布武の果て

上田秀人

集英社文庫

目次

第一章　天下人の産声　7
第二章　近づく戦火　51
第三章　新たな関わり　96
第四章　急転する情勢　142
第五章　崩れた思惑　189
第六章　遠謀の足音　233
第七章　蠢《うごめ》く影　278
第八章　一気呵成《いっきかせい》　320
第九章　嵐来る　360
第十章　合わぬ動き　401
最終章　決意交錯　441
解説　末國善己　513

布武の果て

第一章　天下人の産声

一

慣れてしまえば、潮風というのは気にならなくなる。

「船が入ってきましたなあ」

「あの船形は唐船《からふね》のようですな」

「何はともあれ、湊《みなと》がにぎわうのはよいこと」

「積み出す荷は、今井《いまい》さまの納屋からでございましょう」

するりと流そうとした今井彦八郎《ひこはちろう》へ、魚屋與四郎《ととやよしろう》が小さく笑った。

「まあ、うちの荷が多いことは認めますがね。魚屋さんお取り扱いの塩魚も売れましょうに」

今井彦八郎が魚屋與四郎を見た。

「まあ、多少は儲《もう》けさせていただきますが……今井さまとは桁が違いますよ」

魚屋與四郎が手を振った。

「南蛮船はなかなか来ませんなあ」

「そろそろじゃございませんかね。風はよくなってきたと聞きましたし」

湊の見える庭座敷で向かいあう二人の堺《さかい》商人が期待を見せた。

「種子島《たねがしま》もありがたいですがねえ。鉄炮又《てつぽうまた》さんのおかげで、鉄炮は堺で作られるようになりましたので、前ほど儲かりません」

「一丁三十貫でしたか。三好《みよし》さまからのご注文をこなすだけで精一杯、他のお大名さんのご要望には応えられないとぼやいておられましたがね」

魚屋與四郎に今井彦八郎が苦笑した。

「南蛮船から鉄炮を買って、北条《ほうじよう》さまや今川《いまがわ》さまへ持っていったところで……」

「お金をもらうどころか、取りあげられるのがいいところ。熊野灘《くまのなだ》や遠州灘《えんしゆうなだ》の海賊たちも、積み荷が鉄炮とわかれば、しつこく追いかけて参りますし」

嫌そうな顔で魚屋與四郎と今井彦八郎がため息を吐《つ》いた。

「鉄炮はあきらめましょうか」

「ですなあ。おや、ようやく湯が沸いたようで」

今井彦八郎が、身体《からだ》を魚屋與四郎から釜へと向けた。

茶碗《ちやわん》にお湯を入れ、今井彦八郎が茶を点《た》てた。

「どうぞ」

「いただきまする」

差し出された茶碗を、魚屋與四郎が受け取って喫《きっ》した。

「ええ茶を使《つこ》てはりますなあ」

飲み終えた魚屋與四郎が、褒めた。

「明《みん》から届いた葉茶を、石臼で碾《ひ》いたもので。お気に召したならば、お帰りに少しお持ちになりますか」

「そらありがたい。遠慮のういただきます」

土産《みやげ》に持って帰るかと問うた今井彦八郎に、魚屋與四郎が礼を言った。

「……うん」

己の分を点てた今井彦八郎が茶碗を干して、満足そうにうなずいた。

「ところで魚屋さん、足利《あしかが》将軍さまの弟さまが、上洛《じょうらく》しはるそうですなあ」

さりげなく今井彦八郎が話を変えた。

「弟さまというと、もと興福寺《こうふくじ》の塔頭《たっちゅう》一乗院《いちじょういん》の門跡《もんぜき》やったお方ですな」

驚くことなく魚屋與四郎が応じた。

「たしか、その弟さまは今、越前《えちぜん》の朝倉《あさくら》さまのところにおられたはず。となるとついに朝倉さまが、起《た》たれる」

「……お互いとぼけるのは止《や》めにしまへんか」

今井彦八郎が言葉を崩した。

「最初《はな》からそう言うてもらわんと、戸惑いまっせ」

にやりと魚屋與四郎が笑った。

「朝倉はんは、使いものになりまへんなあ。鉄炮も欲しがりまへんし」

「儲けにつながらんお方や。あんなお方が、上洛の軍勢を起こすはずはおまへんし、万一京を押さえはっても、わたしらにはありがたみはおまへん」

魚屋與四郎と今井彦八郎の意見が一致をした。

「で、今井はんは、足利義昭《よしあき》さまでしたか、を奉じて上洛しはる織田上総介《おだかずさのすけ》さまをご存じで」

「たいしたことは存じまへん。織田上総介はんは、津島《つしま》湊の商人たちとつきあいが深いので、直接のお取引は……」

問うた魚屋與四郎に今井彦八郎が首を横に振った。

「わたいも同じですわ。永禄《えいろく》三年（一五六〇）に今川治部大輔《じぶたいふ》さまを討ち果たしたあと、尾張《おわり》を掌握、その後美濃《みの》と伊勢《いせ》へ手出しをしはったというくらいで」

魚屋與四郎が語った。

「できはりますやろか」

「尾張半国の小名から、尾張、美濃、伊勢の一部を支配するに至ったお方ですやろ。相当なご器量やろうとは思いますけどなあ」

今井彦八郎に訊《き》かれた魚屋與四郎が、微妙な顔をした。

「賢いお方ではおまへんと」

「はい」

確認した今井彦八郎に、魚屋與四郎が同意した。

「ほんまに賢いお方やったら、将軍なんぞ担ぎはりまへんわ。あんな、役立たずの金食い虫の面倒を見てなんになりますねん。せいぜい、尾張守《おわりのかみ》にしてもらうか、侍所《さむらいどころ》所司に任じてもらうか、名前だけの利しかもらえまへん。それで三好さまに逆らうなんぞ、彼我の力の差もわからん、勘定もまともにでけへん阿呆《あほう》……」

「三好さまに勝つ自信がおありなんと違いますやろか」

魚屋與四郎の話に、今井彦八郎が首をかしげた。

「引き算もできはれへんとは。三好さまは、修理大夫《しゅりだいぶ》さまのご逝去以来、少し力を落とさはったとはいえ、阿波《あわ》、大和《やまと》、讃岐《さぬき》、淡路《あわじ》、山城《やましろ》、摂津《せっつ》、河内《かわち》を支配される天下の大大名でっせ。しかも本国は阿波、海さえ渡ればいくらでも援軍を寄こせる。阿波まで行かずとも、摂津、河内の兵だけでも十分。なにより、近江《おうみ》の太守《たいしゅ》六角《ろっかく》はんが、三好さまのお味方をなさるのが大きい」

今井彦八郎が続けた。

「ほんまに大丈夫なんかいな、六角はんは長いこと弟君を擁護して、三好さまに敵対していたはずでっせ。味方する顔で、弟君が来はるなりその配下となって、織田上総介はんと一緒になって京へ攻めて来るんと違いますやろか」

魚屋與四郎が懸念を口にした。

「絶対ないとは言えまへんし、人のことやからいつ裏切るかなんぞ、わかりまへんが……まあ、大事おまへんやろ。織田はんは六角はんの敵浅井《あざい》はんと縁続きやといいますよってなあ」

「なるほど」

今井彦八郎の考えに魚屋與四郎が納得した。

「まずは三好さまの勝ちは揺らぎまへんやろうけど、気にはしとかなあきまへんわ。商人は勝ち馬に乗らなあきまへん。いくら三好さまの庇護《ひご》があるからというて、負けるほうに肩入れしてたら、財も人も、皆、失う羽目になりますよって」

「そうですなあ」

魚屋與四郎が首を縦に振った。

「それにちと気になることもおます」

「三好家ご当主左京大夫義継《さきょうのだいぶよしつぐ》さまと宿老の松永弾正少弼久秀《まつながだんじょうしょうひつひさひで》さまのことですな」

すぐに魚屋與四郎が応えた。

「阿波の三好日向守《ひゅうがのかみ》長逸《ながやす》さま、三好下野守《しもつけのかみ》宗渭《そうい》さま、岩成《いわなり》主税助《ちからのすけ》友通《ともみち》さまらお三人衆との仲がよろしゅうない。三好さまも一枚岩とはいきまへん」

「修理大夫さまがお亡くなりになったのが響きましたなあ」

二人が合わせたようにため息を吐いた。

三好家の先代の主《あるじ》であった修理大夫長慶《ながよし》は、稀代《きたい》の名将と言われていた。

その父で山城国下五郡の守護代三好筑前守《ちくぜんのかみ》元長《もとなが》は、管領《かんれい》細川《ほそかわ》晴元《はるもと》の宿老として、重用されていたが、その勇猛さを妬んだ晴元、一門の三好政長《まさなが》らによって罠《わな》に嵌《は》められ、一向一揆《いっこういっき》の大軍勢に襲われて討ち死にした。

まだ十一歳だった長慶は本国阿波で逼塞《ひっそく》を余儀なくされたが、その才はすぐに頭角を現した。三好元長を排除するのに利用した一向一揆が、細川晴元の手を離れ、畿内《きない》で大暴れしたのだ。わずか十二歳の長慶は一向一揆を抑えるには本願寺《ほんがんじ》と手を結ぶにしかずと、細川晴元との間を斡旋《あっせん》、和睦をなした。

また本願寺からの和睦を受け入れなかった一部の一向一揆が暴発したときには、自ら軍勢を率いて出陣、摂津越水《こしみず》城を奪い返すという手柄も立てた。

一度は細川家へ出仕、臣従するが、細川晴元との反りが合わず敵対、戦いに敗れた細川晴元を京から追放した。

その後、畿内の多くを支配し、天下の副王とキリシタン宣教師から怖《おそ》れられるほどの強大さを持ち、足利将軍家を京から追放するなどした。

後日、足利十三代将軍義輝《よしてる》と和を結び、京へ迎えるなどして、まさに天下人の風格を得た。

しかし、長慶の栄光もここまでであった。

長慶の三弟で、武において並ぶ者なしと怖れられた十河一存《そごうかずまさ》が病死、その領国であった和泉国《いずみのくに》が不安定になった。

さらに、和泉の安定に兵を出した長弟の三好実休《じつきゅう》が討ち死にするなど、長慶の威光にも陰りが出てきた。

衰退を決定づけたのが、長慶の嫡男義興《よしおき》の急死であった。戦場でも武名を挙げた嫡男の死は、他に跡継ぎのいなかった長慶を大いに落胆させ、ついには気病を発してしまった。

気病にかかった長慶は、次弟の安宅冬康《あたぎふゆやす》を誅殺《ちゆうさつ》するなど混迷を深め、永禄七年七月四日、死去した。

その跡を十河一存の息子である義継が継いだが、長幼の序からいけば三好実休の子供から選ばれるべきだとの異論が一族一門から噴出、三好家は義継を認める派、認めない派に分かれてしまった。

その認めない派が、三好長逸を中心とする三好三人衆であった。

「三好一族を見限って、十三代将軍さまの弟さまに付く……か」

今井彦八郎が呟《つぶや》いた。

二

永禄十一年九月七日に岐阜《ぎふ》を発した織田上総介信長《のぶなが》率いる上洛軍によって、十三日、難攻不落とうたわれた観音寺《かんのんじ》城が落とされ六角氏が敗退すると、後詰《ごづ》めに出ていた三好三人衆たちも崩れた。

まず山城国勝竜寺《しょうりゅうじ》城城主岩成主税助友通が降伏、それを受けて残りの三好三人衆たちは、城や領地を放棄、堺を通過して本国阿波へ逃げ帰ってしまった。

「なんや、三好三人衆もたいしたことないな」

「二つに割れたらしゃあないで」

怪しい動きをしていた三好義継、松永弾正少弼久秀は織田信長に与《くみ》し、三好三人衆の敗退に一役買っていた。

「いや、これは計略や。一度京を奪わせておいて、機を見て反攻するおつもりなんと違うか」

堺の町を預かっている納屋十人衆たちが、信長上洛で三好三人衆が逃げた直後、どうなるかを集まって考えていた。

今井彦八郎、魚屋與四郎の二人も、この納屋十人衆である。

納屋十人衆とは、堺湊の海岸沿いに商品を保管する蔵、通称納屋を持ち、交易に大きな影響力を持つ豪商たちのことだ。

他に会合衆《えごうしゆう》と呼ばれる豪商の集まりもあるが、これも中心となるのは納屋十人衆であり、実質堺の方針は、この十人で決められた。

「上総介はんがなんぞ言うて来ても、当分は様子見でよろしいやろ」

納屋十人衆の一人紅屋宗陽《べにやそうよう》が、織田が京をどうするかを見てから対応を決めてもよいのではないかと発言した。

「それしかおまへんなあ」

「潮がどっちに流れるかを確かめてからやないと船は出されへんわ」

ほとんどの納屋衆が紅屋宗陽に賛成した。

「ええやろか」

決まりかかったところに、今井彦八郎が口を挟んだ。

「なんや、今井はん」

紅屋宗陽が文句でもあるんかと、今井彦八郎を睨《にら》んだ。

今井彦八郎と紅屋宗陽は、ともに茶の湯の大家と讃《たた》えられる武野紹鷗《たけのじようおう》の弟子である。

紅屋宗陽は、今井彦八郎が武野紹鷗の娘を嫁にもらい、その茶道具のすべてを受け継いだことにかねて不満を持っていた。

「もし、こちらが新しい将軍さまに付くかどうかを決める前に、三好三人衆さまが阿波から進軍してきはったら、どないしますねん」

今井彦八郎が問うた。

「そんなもん、三好三人衆さまに従うに決まってるやろう」

紅屋宗陽が断言した。

「ちいと待ってえな」

魚屋與四郎が手を挙げた。

「それは織田上総介はんを敵に回すということでええんか。さっきまでの様子見というのと、話が違わへんか」

「そうやなあ」

茜屋宗佐《あかねやそうさ》が魚屋與四郎の発言にうなずいた。

「敵対はまずいんと違うかの」

別の納屋衆も首をかしげた。

「三好三人衆さまが、それで京を取り返しはったらええけど、もし負けはったら……織田の軍勢に堺は襲われるで」

今井彦八郎が述べた。

「堺がたかが尾張の小名ごときに負けることなんぞ、ないわ。周りは濠《ほり》に囲まれてる。数カ所しかない跳ね橋を上げてしまえば、一万の軍勢でも防げる」

紅屋宗陽が反論した。

無法がまかり通る、力があればなにをしてもいいという乱世に、堺は無尽蔵の金を持っている宝の山同然なのだ。

奪い取ってやろうと考える者は多い。

それらに対抗するため、堺はどこの領主にも属さず、自衛できるように町を要害のように造り、戦慣れした牢人《ろうにん》を抱えていた。

おかげで今まで、堺を獲物として襲いかかって来た野盗などはすべて退けていた。

「それに堺は湊や。米も矢も槍《やり》も尽きることなく手に入れられる」

天下の良港を抱える堺には、明船、南蛮船だけでなく、博多《はかた》や平戸《ひらど》の船も入ってくる。

堺を包囲し出入りを塞いでの干殺《ひごろ》しはまず無理であった。

本来ならば、たかが尾張と美濃を領する大名が上洛したというていどで開かれるはずのない納屋衆の会合がおこなわれたのは、織田信長の器量についての見立てを大幅に修正しなければならなくなったためである。

六角氏と三好三人衆を一蹴した実力が、堺をして慌てさせていた。

「なあ、紅屋はん。それやったら、最初から三好三人衆さまに付くと言えばええやろう。それをわざわざ様子見なんぞとごまかしたんはなんでやねん」

魚屋與四郎が鋭い目で、紅屋宗陽を見た。

「そうや。なんでやねん」

「わたしらをだまそうとしたんか」

他の納屋衆も紅屋宗陽を責めた。

「それとも……」

わざと今井彦八郎が一度言葉を切った。

「なんぞ知ってるんかいな」

「……っ」

今井彦八郎に詰め寄られた紅屋宗陽が詰まった。

「紅屋はん、商売のことは秘密でもええ。けど、納屋衆として堺のことを話しおうてるときに隠しごとはあかん」

「…………」

苦い顔で紅屋宗陽が、今井彦八郎から目をそらした。

「外れてもらわなしゃあないな」

「そうですな」

今井彦八郎の意見に魚屋與四郎がすかさず同意を示した。

「皆はんは、どないですやろ」

「反対はしまへん」

「同じく」

他の納屋衆が賛成はしないが反対もしないと応えた。

「どうやら皆さん、考えが甘いようで」

小さく今井彦八郎が首を左右に振った。

「よいしょっと」

今井彦八郎が腰を上げた。

「わたしが抜けますわ」

納屋衆を辞めると今井彦八郎が告げた。

「えっ」

「なにをっ」

塩屋宗悦《しおやそうえつ》、茜屋宗佐が驚愕《きようがく》した。

納屋衆は堺において大きな発言力を持つ。当然、その権力は商いにも及び、納屋衆かどうかで、商いの嵩《たか》は一桁変わる。

納屋衆を抜けるというのは、商いを左前にするに等しい。

それを躊躇《ちゅうちょ》することなく、今井彦八郎は宣した。

「おつきあいしまひょ」

「魚屋はん」

「無茶なことを」

同じように辞めると言って立ちあがった魚屋與四郎に、周囲が絶句した。

「親の代からお世話になってきましたけどな、こう、未来《さき》が読めないようになってきた天下の情勢を、対岸の火事としか思えんお方らと一緒にやっていくなんぞ、ごめんこうむりますわ」

魚屋與四郎が唖然《あぜん》としている連中を嘲笑した。

「今井はん、行きまひょ」

「これからもよろしゅう頼みますわ、魚屋はん」

二人は顔を見合わせて、座敷から出ようとした。

「ま、待ってくれ」

紅屋宗陽が声をあげた。

このまま帰せば、紅屋宗陽の立場も危うくなる。たしかに納屋衆の価値は高く、欠員が出たならば、是非にという豪商は両手の指では足りないくらいいる。それこそ、明日には新しい納屋衆を加えた会合は開こうと思えば開ける。

だが、そこに残るのは、紅屋宗陽によって追い出された今井彦八郎と魚屋與四郎の恨み、そして傍観したはずの塩屋宗悦らによる非難である。

そもそも納屋衆というのは、特権だけを享受するようでは務まらない。堺のためならば私財はもちろん、命も投げ出すだけの覚悟が必須なのだ。

ただ儲かるから、なりたいと考えている連中など、百害でしかない。納屋衆になるには、財はもとより、人柄、評判、店の歴史などいろいろなものを慎重に調べなければならず、欠員が出たからといって一朝一夕に補充が利くものではなかった。一年どころか、二年、三年とかけて、候補者を絞る。

つまり、次が決まるまで納屋衆は定員不足となる。その間の会合は足りない人数で開かれるため、どうしても精度にかけると同時に一人にかかる責任が増える。

「なにをしでかしたんや」

権力が巨大なほど、失敗したときの反発は大きい。

堺の住人は、ほとんど商人である。損得の勘定は鋭く、見抜く目を持っている。もし、納屋衆の判断がまちがっていたら、その責めはしっかりと負わされる。

その原因を作ったとなれば、紅屋宗陽は破滅することになる。

「……逆襲や」

紅屋宗陽が絞り出すように言った。

「三好さまの」

今井彦八郎が確認した。

「そうや。今、わたしの納屋に三好さまの侍が潜んでいる」

あきらめた紅屋宗陽が語った。

「織田もずっと京におられへん」

本国は尾張、美濃なのだ。どうしても兵糧に無理がくる。どれほど裕福な大名でも、本国以外への出兵には限界がある。

「金が続かんわな」

今井彦八郎も同意した。

「それに織田は乱暴狼藉《ろうぜき》を禁じているらしい」

占領地だからといって、京の町屋から略奪をおこなえば、たちまち足下が不安定になる。

足利義昭を将軍とするために上洛したとあっては、京の者を敵に回すわけにはいかなかった。

「兵の不満も溜《た》まる」

いつ死ぬかわからない戦場を生き抜いてきた将兵の楽しみは、占領した土地での乱妨《らんぼう》であった。

金を、宝物を、食いものを奪い、女をなぶる。

死の恐怖から解放された将兵は、生きている証《あかし》だとばかりに、蹂躙《じゅうりん》する。

思うがままに暴れ回って、戦場で積もった不満を解消する。

これをさせないと将兵の不満が溜まり、いざというとき戦わなかったり、下手《へた》をすると敵に寝返ったりする。

この乱暴狼藉だけは、どこの大名も黙認、場合によっては推奨しており、義将と讃えられている上杉謙信《うえすぎけんしん》でさえ認めている。

「織田は一カ月も保《も》つまい」

紅屋宗陽が推量を口にした。

「なにより、そろそろ冬も本番じゃ。近江の辺りが雪で閉ざされては、戻るに戻れなくなる」

織田信長は、浅井長政《ながまさ》、徳川家康《とくがわいえやす》の援軍を含めてとはいえ、五万からの大軍である。その軍勢が京から動けなくなってしまえば、消費する兵糧もすごいことになるが、なにより本国の守りが薄くなりすぎる。

足利義昭を奉戴《ほうたい》して将軍にするという大義名分はあるが、そんなもの乱世では塵《ちり》よりも軽い。

「今こそ、織田の領地を」

「奪われた美濃を取り返す」

尾張、美濃と境を接している国の大名や国人《こくじん》領主は虎視眈々《こしたんたん》と狙い、織田信長によって国を追われた美濃斎藤《さいとう》の一族は失地回復を目指している。

そういった連中にとって、織田軍の主力が京に閉じこめられているのは、絶好の機なのだ。

「たしかに」

紅屋宗陽の見通しを今井彦八郎は認めた。

「問題は京へどのくらいの兵を残していくか。それを確かめるために三好の兵が潜んでいる」

「なるほど。織田の軍勢が国へ帰り、残った兵の数がわかれば、勝てるだけの兵を率いて三好さまが阿波から戻って来られると」

「そうだ」

確かめた魚屋與四郎に、紅屋宗陽が首肯した。

「どうですやろ、今井はん」

魚屋與四郎が問うた。

「弟さまを討ち取れるかどうかで変わりますやろうなあ……」

今井彦八郎が一度言葉を切った。

「……弟さまを討ち取れたら三好さまの勝ち、逃がしたら三好さまの負け」

「ですな」

続いた今井彦八郎の考えに、魚屋與四郎が首を縦に振った。

「織田はんが、京を維持できるか。いや、維持する気があるのか。じっくり見極めなあきまへん」

「今井はん、お願いできますやろうか」

魚屋與四郎が今井彦八郎を見た。

今井彦八郎は、幕府領の一つ堺荘《さかいのしょう》の代官も務めている。新しい将軍が決まれば、一度上洛して続けての役目を願うのが決まりであった。

事実、今井彦八郎はつい先日病死した十四代将軍義栄《よしひで》にも拝謁し、続けて代官の職にあるべしと認められていたが、秋の収穫を終えたところで今回のことが起こったため、集めた年貢を納められず、手元で保管している。

このことを早くに解決しないと、年貢押領《おうりょう》との疑いをかけられかねなかった。

「行かなあかんわな」

魚屋與四郎の提案を今井彦八郎が無言で受け入れた。

三

背中を押された形になったが、今井彦八郎は十月五日、茶を通じての知己である松永久秀の紹介を頼んで、摂津西成郡《にしなり》の芥川《あくたがわ》城へと出向いた。

「堺で納屋を営んでおりまする今井彦八郎と申しまする。織田弾正忠《だんじょうのちゅう》さまには、戦勝の御祝いを申しあげるとともに、お目通りをお許しくださいましたこと、ありがたく存じあげまする」

芥川城の広間で今井彦八郎が平伏した。

「うむ。織田弾正忠である」

上座から甲高い声で、織田信長が応じた。上洛を果たしたことで、織田信長は上総介から弾正忠へと官を進めていた。

「お忙しいところお目通りを願いましたのは、堺荘の年貢の取り扱いについてお伺いいたしたく」

「そなたが代官を務めておるのか」

織田信長が確認を求めた。

「はい。十三代足利義輝さまの御世《みよ》より、代官の任を承っておりまする」

「であるか」

答えた今井彦八郎に、織田信長がうなずいた。

「よくぞ、賊どもに渡さなんだ。褒めてとらす」

足利義栄、ひいては三好三人衆に年貢を渡さなかったことを信長が賞した。

「畏《おそ》れ多いことでございまする」

今井彦八郎が恐縮した。

「年貢は、公方《くぼう》さまが京にお入りになられた後、こちらから人を出す。はげ鼠《ねずみ》はおるか」

不意に織田信長が大声をあげた。

「……これにっ」

足音を立てて、小柄な武士が駆けこんできた。

「見知りおけ。こやつに取りに行かせる」

織田信長が顎で武士を指した。

「堺荘の代官で堺の商人今井彦八郎じゃ。こやつのところに今年の年貢がある。取りに行ってこい。ただし、将軍宣下《せんげ》が終わってからぞ。早すぎると押領のそしりを受けかねぬ。わずかな傷でも反攻の大義になる」

「承知　仕《つかまつ》りましてございまする」

小柄な武士が床板に額を付けて、織田信長の命《めい》を受けた。

「今井彦八郎どの。拙者木下藤吉郎《きのしたとうきちろう》と申す。よしなにの」

「これはお先にお名乗りをいただくとは、畏れ入りまする。今井彦八郎でございまする。

これからもよろしくお願いを申しあげまする」

　木下藤吉郎と名乗った武士の気軽さに、今井彦八郎は少し驚いた。

「百姓の出だでよ。喰《く》えず商売をしていたときもある。気軽に声をかけてつかあせ」

　硬い今井彦八郎に、木下藤吉郎が笑った。

「顔見せが終わったならば、下がれ」

　織田信長が会見の終わりを宣した。

「本日はありがとうございました。これはお目通りをいただきましたことへの御礼と申してははばかりありまするが、どうぞ、お納めくださいますよう」

　今井彦八郎は背後に置いていた箱を二つ、近くに座っていた木下藤吉郎へと差し出した。

「なんじゃ、それは」

　手元に来る前に織田信長が問うた。

「茶道具でございまする」

「ほう、堺の納屋衆が挨拶に差し出す道具とは、どのようなものか。はげ鼠、寄こせ」

　織田信長が木下藤吉郎を急《せ》かした。

「は、ただちに」

　茶道具の箱を抱えて、木下藤吉郎が織田信長の前へ近づいた。

「解け」

「お待ちを」

せっかちに言う織田信長に、木下藤吉郎が慌てて包みを解いた。

「……これは茶壺《ちゃつぼ》だな。銘は……松島《まつしま》」

茶壺を手にした織田信長が箱に墨書されている銘を読んで、驚いた。

「そちらはなんだ」

「……これはなんでございましょう」

箱から出した木下藤吉郎が、戸惑った。

「ええい、おまえに訊いた余がまちがっていたわ。貸せ」

百姓からのし上がった木下藤吉郎は、茶の知識どころか字の読み書きも怪しい。首をかしげた木下藤吉郎から、織田信長が取りあげた。

「茄子《なす》の茶入《ちゃいれ》……紹鷗《の》茄子か」

織田信長が息を呑んだ。

「ともに天下の名物と言われるもの」

「お気に召していただけましたら、亡き義父も喜びましょう」

「そなたの義父……」

「ご存じでございましょうか。堺の商人で武野紹鷗と」

「あの武野紹鷗か」

名前を聞いた織田信長が驚愕した。

「はい。わたくしは娘婿でございまして。義父の遺言で茶道具のすべてを受け継ぎましてございまする。これらは、そのなかでも織田さまにお使いいただけるものと思いまして、持参仕りました」

「今井」

説明を終えた今井彦八郎に、織田信長が表情を引き締めた。

「堺荘の代官、これからもつつがなく務めよ」

「謹んで承りまする」

織田信長が今井彦八郎の身分を保障した。

「公方さまへのお目通りは、明日じゃ」

「叶《かな》いまするので」

今井彦八郎が目を大きくした。

「昨夜飛鳥井《あすかい》権中納言《ごんちゅうなごん》さまがお見えになり、参内《さんだい》と官位叙任の詳細をお伝えくださった」

「おおっ、おめでとうございまする」

朝廷が足利義昭の征夷大将軍《せいいたいしょうぐん》任官を認めたと言った織田信長に、今井彦八郎が祝意を口にした。

「任官は京へ戻られてからになるが、それからではなかなかお目通りは叶うまい」

今はまだ将軍ではないし、居所も芥川城である。格式やしきたりに縛られる洛中とは違い、かなり緩い。これが将軍となって御座所《ござしょ》に入ってしまうと、代官の今井彦八郎とはいえ、目通りを願ってから許されるまで、相当な日数が要る。

「是非にお願いをいたしまする」

「これだけの土産を持ってこられたのだ。無下に帰すわけにはいくまいが」

喜んだ今井彦八郎に、織田信長が笑った。

「金の用意はあるか」

「取り寄せれば、千疋《びき》ほどなら」

織田信長に問われた今井彦八郎が告げた。

百疋が一貫になる。千疋ならば十貫、将軍への挨拶としては少ないが、まだ任官していないこと、ここが臨時の御座所と考えれば、失礼と叱られることはなかった。

「十分である。用意をいたしておけ。明日の朝、余が引き回してくれるゆえ」

「織田さまが直接……」

仲介をしてやると言った織田信長に、今井彦八郎が息を呑んだ。

「それと堺が余に付くように仕向けよ。近い内に矢銭《やせん》を差し出させるゆえな」

「矢銭については私の一存ではかないませぬ。ですが、できるだけのことは力を尽くすと今井彦八郎は誓った。

「これからも余のために働けよ」

織田信長が満足そうに笑った。


摂津西成の芥川城から堺までは近い。

今井彦八郎は、織田信長の前を下がると急いで屋敷へ戻り、金の用意をした。

千疋、十貫は大金ではあるが、堺の商人としてさほどのものではなかった。

「千貫と言われたら、さすがに困ったがな」

手で運ぶには重い。千疋を箱に入れて奉公人二人に担がせ、警固の牢人を数名連れた今井彦八郎は、翌早朝、芥川城へと向かった。

今井家は納屋業以外に、薬や塩、米などの売り買いもおこなっている。堺でも指折りの豪商であり、その財は計り知れないほどある。千貫出せと言われても大丈夫ではあるが、さすが用意に暇がかかる。

「名物が効いたわ」

今井彦八郎が口角を緩めた。

足利義昭との目通りは、織田信長のときと随分違った。

「堺荘の代官、今井彦八郎でございまする。戦勝祝いに参じましてございまする」

まず名乗りを己ですることさえ許されない。身分が違いすぎるとして、今井彦八郎は城の中庭で敷きものも与えられず平伏しているだけであり、すべては足利義昭の側近細川兵部大輔《ひょうぶたいふ》藤孝《ふじたか》が取り仕切った。

「銭千疋でございまする」

「…………」

細川藤孝の奏上《そうじょう》に無言で足利義昭がうなずいた。

「お納めくださるとのことである」

「お側《そば》の方まで申しあげまする。光栄の至りでございまする」

恩着せがましい細川藤孝へ、今井彦八郎が平伏したままで礼を述べた。

これで足利義昭との目通りは終わった。

「顔さえわからんかったわ。姫御前《ひめごぜ》はんでもなかろうに」

今井彦八郎は苦笑した。


永禄十一年十月十八日、上洛の軍勢を起こして一カ月ほどで、足利義昭は征夷大将軍に任じられた。

身分がまだ低かったため、織田信長は足利義昭に供奉《ぐぶ》できず、昇殿はできなかったが、接収した亡き細川氏綱《うじつな》の屋敷で二十三日におこなわれた能には参加、新たな将軍のもとでの地位を見せつけた。

「二月には戻って参りまする」

足利義昭にそう約束した織田信長は十月二十六日に京を進発、二十八日、岐阜へ帰城した。

「どのくらいの兵を残した」

今井彦八郎が京へ様子見に出した奉公人に問うた。

「公方さまのおられる六条本圀寺《ろくじょうほんこくじ》に、将軍家ご奉公衆さまだけですわ。ええとこ千をこえるていどかと」

奉公人が見てきたことを語った。

「千……三千とか四千とかではなく、ただの千やと」

「へえ。多少は本圀寺周辺にも寄宿してはりますやろうけど、一千五百はないかと」

思わず訊き返した今井彦八郎に奉公人がうなずいた。

「魚屋はんのところへ行って来る」

今井彦八郎が慌てて店を出て行った。

堺の町は独特の造りをしていた。

外界と堺を隔てる濠際に納屋衆や会合衆といった豪商の屋敷が建ち並んでいる。これはその財力で、城に匹敵する高く丈夫な外壁を構え、広大な敷地に牢人を駐屯させ、敵からの襲撃に備えるためであった。

言わば豪商の屋敷は、堺という城の櫓《やぐら》であった。

「いてるかい」

今井彦八郎は、少し離れた魚屋與四郎の屋敷を訪れた。

四

「奥で話しまひょか」

迎えた魚屋與四郎が、今井彦八郎の表情から密談だと感じ取った。

「……魚屋はん」

「まずは茶でっせ」

落ち着く間もなく話しだそうとした今井彦八郎を魚屋與四郎が制した。

「心揺らいだままやと、碌《ろく》な思案はでまへん」

「……やったな。まだまだやなあ」

諭された今井彦八郎が苦笑した。

「…………」

茶を喫し終わるまで、奥の座敷は静かであった。

「屋敷うちにええ井戸があるのは、羨ましいな」

落ち着いた今井彦八郎が、魚屋與四郎を羨んだ。

魚屋與四郎の屋敷には名水の出る井戸があり、茶の味に定評があった。

「今井はんの敷地はあきまへんか」

「あきまへんわ。うちは塩っ気のある水しかでえへん」

魚屋與四郎に訊かれた今井彦八郎が首を横に振った。

海に近い堺は、水が悪い。近くを流れる川はあるが、井戸はどう掘っても塩の味がする。塩が混じった水で茶を点てると、味はもとより色味も劣る。

茶の湯を嗜《たしな》む者として、道具よりも水が欲しい。

「こればっかりは、しょうがおまへんな」

魚屋與四郎が勝ち誇った。

「さて、お話を伺いましょう」

すっと魚屋與四郎の雰囲気が変わった。

「おう……」

今井彦八郎も表情を引き締めて、織田信長との遣《や》り取《と》りを述べた。

「思いきらはりましたなあ」

松島の茶壺、紹鷗茄子の茶入を献上したと聞いた魚屋與四郎が、唸《うな》った。

「名物というたところで道具でっさかいな。使わなければ意味おまへん。道具は金で買えますけどな、今重要なのは、世の中がどうなるかですやろ。織田さまに会えた引き合いならば、道具二つ安いもんですわ。あれが足利の弟はんにやったら、丸損ですけど」

今井彦八郎が苦笑いをした。

「それだけの価値が織田はんにあると」

「まだわかりまへん。一度会っただけですさかいな。でも、おもしろいと思いますわ」

「……たった一千五百ほどで公方さまを守れると、その織田はんは思ってはるので」

魚屋與四郎が声を低くした。

「どう思わはります、魚屋はんは」

「無理ですやろう。たかが一千五百なんぞ、堺の牢人だけでもどうにかなりますで。せめて五千はいないと」

「ほな、なんでそうしなかったのかは」

続けて今井彦八郎が問うた。

「まず、織田はんはただの小物で、将軍家から声をかけられたことに舞いあがった公方さまの駒。あるいは三好に勝ったとの力を見せつけたいだけの阿呆……もしくは近江を手に入れるだけの名分が欲しかった」

近江を手に入れない限り、京への派兵は難しい。天下を望むならば、近江国を走る街道と、京を支える水運、この両方が要る。そこを六角に押さえられていた。だからといって、いきなり攻めかかるのは悪評になる。それを防ぐため織田信長は将軍上洛という大義名分を利用した。

訊かれた魚屋與四郎が指を折った。

「どれやと今井はんは考えはります」

魚屋與四郎に問われた今井彦八郎が、どれも違うと首を左右に振った。

「公方さまに何の価値も見いだしていない」

織田信長と足利義昭、どちらも見た今井彦八郎の感想であった。

「ううむう……死んでもええと」

今井彦八郎の言葉に、魚屋與四郎が唸った。

「あの公方さまが死んだとして、他に誰ぞ跡継ぎはいてはったかいな」

「たしか……平島《ひらじま》公方さまの血筋はまだある」

魚屋與四郎の問いに今井彦八郎が告げた。

足利将軍家には、みょうな決まりがあった。

「家中《かちゅう》でもめ事を起こしてはならぬゆえ、将軍家は跡継ぎの男子一人を除いて、出家させる」

本来ならば、少しでも多くの兄弟をもうけ、生まれた男子を分家させるなり、有力な大名の跡継ぎとして養子に押しこむなりして、足利家の力を増すべきである。

しかし、なぜかそれを将軍家はしなかった。

事実、松永久秀の手の者によって襲殺《しゆうさつ》された十三代足利将軍義輝の弟二人は、一人が京都相国寺《しようこくじ》の塔頭鹿苑院《ろくおんいん》へ、もう一人、今の将軍が奈良興福寺の塔頭一乗院へと送られていた。

「代わりはいてるかあ。それでも面倒やなあ」

魚屋與四郎がため息を吐いた。

平島公方はその居所が阿波平島荘というのもあり、三好家の庇護下にある。義輝を害した後、三好家は平島公方の義栄を十四代将軍として選出したが、その選出に反対した松永久秀の抵抗で、生涯京へ足を踏み入れることなく死去している。その平島公方にもまだ男子はいた。

「三好さまは、平島公方はんを担ごうとするやろうな」

「すんなりとはいかんわな」

新たな平島公方を足利義昭死亡の後に受け入れられるくらいならば、最初から松永久秀らは十四代将軍義栄を拒んだりはしていない。

「公方さまが死んだら、元に戻るんと違うんか。織田はんはなにを考えてはるんやろ」

魚屋與四郎が首をかしげた。

「上洛を為《な》し遂《と》げたという名声……」

「……それもあるかあ」

今井彦八郎の意見に魚屋與四郎が腕を組んだ。

「越前の太守朝倉家でもできなかったことをなした。織田は朝倉よりも強い」

「難攻不落の城を持つ六角氏を破った。織田の前に城など役に立たぬ」

二人は織田信長が今回得たであろう名声を口にした。

「ああ、もう一つあったな。京洛《けいらく》で乱暴を働かなかった。織田は正しき武将であるというのが」

今井彦八郎が付け加えた。

実際、織田信長が京にいたのは、一カ月に足りない短い期間ではあったが、一切の乱暴狼藉を働かなかったことで、京の民からの人気は高い。

「朝廷はどうやろ……」

平安のころから、朝廷は身を守るための兵を持っていない。武家が台頭してからは、ときの将軍が、禁裏《きんり》の守護を担当してきた。

だが、それもここ何代かは、できていない。足利将軍家の力が衰退したからである。代わって、管領の大名が京を支配したが、朝廷の守護など気にもしていない。それどころか平気で戦場にした。

かつてはその管領職を巡って、京洛で山名《やまな》と細川が争ってもいる。

「どないやろうなあ。公家《くげ》はんは、本心を見せはれへんから」

今井彦八郎が肩をすくめた。

「なあ、魚屋はん」

「なんです」

姿勢を正した今井彦八郎に、魚屋與四郎が応じた。

「三好さまが公方さまを討てなんだら、わたしは織田さまにすべてを賭けようと思う」

「……………」

今井彦八郎の告白に、魚屋與四郎が黙った。

「……なあ、今井はんが三好家を見限るのはなんでやねん」

しばらく考えた魚屋與四郎が問うた。

「十三代将軍さまを殺したことや。なんで殺さなあかんねん。もう、幕府には地方の大名を動かすだけの力はなかった」

足利義輝は、三好長慶と何度も衝突しては、京を捨てて近江へ逃げていた。三好家は管領細川家の家臣であり、将軍にとっては陪臣でしかない。本来ならば、庭の片隅に這《は》いつくばって、姿を仰ぎ見ることさえ許されない身分である。その三好長慶に睨まれた将軍が京を逃げ出す。

誰の目にも足利幕府は終わっていた。

それでも名分だけはあった。一応、将軍はすべての武士の統領なのだ。その統領を殺せば、謀叛人《むほんにん》という汚名が付く。

すでに三好家を天下人近くまで押しあげた名将長慶は死んでいたが、それでも三好家の隆盛を支えた三人衆や松永久秀らは残っている。

なのに、義輝は首を討たれた。

謀叛という汚名を甘受するだけの利がなければ、将軍襲殺なんぞ愚か者の暴発でしかなかった。

「まあ、やってしもうたことは仕方がない。松永弾正少弼はんがしでかしたことやとはいえ、その場には三好家の当主左京大夫はんもいてたという。当主がやったことは、家臣がどうにかせなあかんやろう。それこそ、一枚岩となって足利義栄はんを十四代将軍にして、先代義輝はんを討ったのは仕方なかったことやという大義名分を作り出さなあかん」

「そうやなあ」

今井彦八郎の話を魚屋與四郎が認めた。

「あるいは、当主の責任をうやむやにして、松永はんを討ち果たす。謀叛は松永弾正少弼の仕業として、切り捨てる」

責任を取らせる相手がいれば、世間は納得する。

「しゃあけど、そのどっちも三好は取らなんだ」

三好につけていた敬称を今井彦八郎が取った。

「なかで争うて、外への対応を怠った。その結果が今や」

謀叛人という汚名は、武家にとって最悪のものになる。いかに下剋上《げこくじょう》が当たり前となった乱世でも、将軍相手はまずい。

松永久秀にそそのかされたとはいえ、三好の当主であった義継が将軍を殺してしまった。それを見て三好三人衆は、義継を松永久秀から引き離し、これ以上の馬鹿をさせまいと幽閉に近い状態におき、松永久秀を討とうとした。しかし詰めが甘く、義継に逃げられてしまった。もともと若い義継を抱えて三好を思うがままにしようとしていた松永久秀である。ここぞとばかりに三人衆への攻勢を強めた。こうして三好は分裂した。

稀代の武将三好長慶がいなくなったというのもあるだろうが、この状況にあきれた武将の離反が相次ぎ、三好の力は減じた。

そこに織田信長が大軍を率いて上洛してきた。

「負けて当然やで」

今井彦八郎は三好を見限った。

「言うとおりやなあ」

魚屋與四郎も納得した。

「もし三好に目があるとしたら、十五代の公方さまを討ち果たして平島公方はんを将軍にするしかない。そして、織田追討の御内書《ごないしょ》を新しい公方はんから出してもらう」

「……………」

話し終えた今井彦八郎に魚屋與四郎が口をつぐんだ。

「それができるのは、今だけやで。まだ世間も今の公方さまに馴染《なじ》んでない。なにかあったところで、さほど騒がんやろう。三好と織田のいざこざにしか見えへん。影響は薄い。さらに公方さまがいてるのは、お寺や。お城でも館でもない。ただの寺や。攻めるに易《やす》く、守るに難《かた》い。そんなところにいつまでも公方さまがいてはるはずもない。じきに館か城が造られるやろ。そうなったら、手間や」

「今しかない……か」

魚屋與四郎が悩んだ。

「やっぱり返事は待ってもらってええか」

しばらく考えた魚屋與四郎が、今井彦八郎に猶予を求めた。

「今井はんの言わはることは道理や。しかし、堺は三好はんの本国阿波から畿内への出入り口や。敵対を露《あら》わにするのはまずい。堺は東への守りは堅いが、海への守りはないに等しい」

「結果が出るまで、三好と決別するのはまずいか」

「と思いますわ」

今井彦八郎の確認に、魚屋與四郎が首肯した。

「わかった」

悩むことなく、今井彦八郎が認めた。

「織田さまの矢銭要求もある。手遅れにならんように頼むで。まあ、魚屋はんのことや。商機を逃すことはしはれへんやろけど」

「そのへんは、心得てるつもりでっせ」

今井彦八郎の懸念を魚屋與四郎が払拭した。

五

永禄十二年正月が明けたばかりの四日、三好長逸らに率いられた主力、およそ一万の軍勢が、堺湊に集合してきた。

「来たな」

「紅屋はんの言うとおりやけど……思ったより少ないな」

その様子を今井彦八郎と魚屋與四郎が見ていた。

「摂津や河内から加わる者もいてるやろう」

今井彦八郎が述べた。

「それにしても、三好はんの将来をかけた戦いやちゅうのに、全力を出さんというのは、どんなもんなんやろ」

魚屋與四郎があきれた。

「本国の阿波もぐらついているのかも知れまへんなあ」

今井彦八郎が唇をゆがめた。

「今回があかんかっても、まだ次があると思ってはるんですやろ」

「紅屋はんも随分と肩入れされてはりますしなあ」

「矢銭要求を蹴飛ばしはった」

今井彦八郎が信長からの要求を納屋衆に伝えたのを紅屋宗陽が大反対して、保留になっていた。

「織田はんが勝ったら、矢銭は倍でっせ」

「その分は紅屋はんに払ってもらいまひょ」

二人が笑った。

「そういえば、今井はん」

ふと思い出したように魚屋與四郎が話を変えた。

「御祝いを申しあげるのが遅れました。おめでとうございます」

「いや、いや」

今井彦八郎が手を振った。

「武野宗瓦《そうが》はん、ぐうの音も出えへんかったと聞きましたで」

「当たり前のことですわ。義父武野紹鷗の茶道具一式、わたしに譲るというのは遺言でしたからなあ」

茶の湯を洗練させたと讃えられる武野紹鷗は、幼い吾《わ》が子宗瓦よりも娘婿今井彦八郎が後を継ぐにふさわしいと、生涯をかけて集めた茶道具の名物すべてを譲った。

それを息子の武野宗瓦は不服としてしつこく返還を求めてきたが、今井彦八郎が取り合わなかったため、ついに幕府へ訴え出たのである。

「名物二つも織田はんに献上したからでっせ。それを聞いた武野宗瓦はんは、卒倒したとの噂《うわさ》ですわ。まあ、無理おまへん。どちらも城一つに値すると言われる名器。金に換えたら、一生遊んで暮らせますよってなあ」

魚屋與四郎が笑った。

「その辺も宗瓦はんのあかんところや。目の前の損得しか見てへん。息子が成人したときに返してやってくれと、なんで父親がわたいに指図しなかったかを考えてへん。宗瓦はんやったら、店が左前になったときに売ってしまう。さすがに父親や、吾が子の質《たち》を見抜いてはった。なんせ一度手を離れた名物はどこへ流れていくかわからへん。いつか巡り巡って手元に帰ってくるかも知れへんし、下手すると敵のものとして現れるかも知れへん。茶人というなら、敵の手元に名物が行くなんぞ、耐えられへんのに」

武野宗瓦のことを魚屋與四郎が酷評した。

「わかってへんからな、あのお方は。父のものやから息子が受け継ぐもんやの一点張り。裁定をなさった木下藤吉郎さまも困ってはりましたわ」

訴えを受けた幕府は、その組織作りに忙しいというのと、たかが町人の相続争いだと軽視して、その扱いを京都に残っていた織田の部将木下藤吉郎に預けた。

「認めたら、今井はんから織田はんへ献上した名物二つも、一度は返さなあかんなりますわな。相続は名物二つを献上する前、そこまで遡ることになりますからなあ」

「認められるわけおまへんわな」

今井彦八郎が鼻で笑った。

武野宗瓦からの訴えを昨年の十二月十六日、木下藤吉郎は却下し、すべての茶道具は今井彦八郎のものだと断定した。

「木下さまとも面識がおましたんやろ。そこまで見こしての献上とは、畏れ入りましたわ」

魚屋與四郎が今井彦八郎の手腕に感心した。

「さすがにそこまでは考えてまへんわ」

今井彦八郎が苦笑した。

「それに織田はんのところにある限り、あの名物は今井はんの名前を背負ってくれてますわな。あれを使うたびに、織田はんは今井はんを思い出す」

「……いつまでもええ思い出になればよろしいけどな」

魚屋與四郎の言葉に、今井彦八郎が表情を真剣なものにした。

「後は……」

今井彦八郎が湊の方へ目をやった。

「三好次第ちゅうこってすな」

魚屋與四郎もうなずいた。

馬のいななき、鎧《よろい》ずれの音が、堺に満ち始めていた。

第二章　近づく戦火

一

堺に上陸した三好三人衆は意気軒昂《いきけんこう》であった。

「周辺の者どもへ、参集を呼びかけろ。断るならば、根切《ねき》りじゃとも伝えよ」

三好日向守長逸が、河内、摂津の国人《こくじん》領主たちに加勢を促した。

堺に広壮な屋敷を持つ三好長逸は、紅屋宗陽ら豪商と親しい。また、茶人としても知られ、武野紹鷗を通じて今井彦八郎や魚屋與四郎たちとも交流があった。

「ご武運を」

織田信長を尾張の田舎者として、認めていない紅屋宗陽は、三好長逸のもとを訪れて、矢銭《やせん》を差し出した。

「かたじけなし。京における将軍を僭称《せんしょう》している愚か者を排除したならば、後を継がれるのは阿波におられる御所さまである。さすれば、そなたを筆頭御用商人として出入りを任せようぞ」

「畏《おそ》れ入りまする」

紅屋宗陽がありがたいと謝意を表した。

しかし、紅屋宗陽と違って、今井彦八郎と魚屋與四郎は直接挨拶には出向かなかった。

「陣中お見舞いを申しあげまする」

それぞれ番頭に米俵をいくつかと酒、味噌《みそ》などの食料を届けさせただけで終わった。

「博打《ばくち》ですなあ」

今井彦八郎を訪れた魚屋與四郎がわざとらしく震えてみせた。

「直接織田はんと会《お》うた今井はんの目を疑《うたご》うては、いまへんけど……」

「決めたんは、魚屋はんでっせ。わたしに尻を持ってこられても困りまんがな」

三好を見限ったに等しい対応をした魚屋與四郎の泣き言に、今井彦八郎が苦笑した。

「しゃあけど、堺中が三好はんの兵で満ちてまっせ」

「これくらい、戦場へ出たら小勢でっせ」

魚屋與四郎の文句を今井彦八郎が流した。

「わたしでも織田さまの非凡さに気がつきましてん。生き死にをかけてる方々が、今さら三好に寄ってくるはずはおまへん」

今井彦八郎が自信満々に告げた。

「そう願いますわ。どっちにしろ、わたしらは堺から出まへんのでな。結果が出るまでじっとしとくだけですわ」

魚屋與四郎も開き直っていた。

「……………」

「なんぞ摂津の衆に仕掛けはったんで」

黙って茶を点《た》て始めた今井彦八郎に、魚屋與四郎が目を細めた。

「まあ、なるやならずやでっさかいな。ここで自慢して、なんもなかったら恥ですがな」

「えらい水くさいですなあ」

教えられないと言った今井彦八郎に、魚屋與四郎が不満を見せた。

「そうですなあ。じゃあ、ちょっとだけ。どうぞ」

では、と今井彦八郎が魚屋與四郎に茶碗《ちゃわん》を差し出した。

「これが……謎解きの手がかりですか」

茶碗をじっと見て、魚屋與四郎が首をかしげた。

「茶の湯はよろしいな。身分なんぞ関係なく、親しくお話ができます」

「むうう」

「ゆっくりと考えておくんなはれ」

唸《うな》る魚屋與四郎を見て、今井彦八郎が笑った。

正月四日、三好三人衆が率いる軍勢は、京を目がけて進軍していった。

「摂津高槻《たかつき》城主の入江《いりえ》も我が方に与《くみ》した」

京を目前にして三好長逸が兵たちを鼓舞した。

「簒奪《さんだつ》の賊が籠もる本圀寺には、百ほどしか敵はおらぬ」

相手を過小に言うのも戦の常道である。

「正道《せいどう》は我らにあり、皆、働け」

三好長逸が槍《やり》を振りあげた。

入江氏が味方したというのは、裏を返せば他の摂津衆である荒木《あらき》、池田《いけだ》は馳《は》せ参じなかったのであり、百というのは足利義昭直属の小姓や馬廻《うままわ》りなどだけで、織田信長が付けた明智光秀《あけちみつひで》や、若狭衆《わかさしゅう》、近江衆は入っていない。

そのあたりのことを勘のいい将兵は気付いている。

「景気を付けなければならぬ」

将というのは、武芸に秀でているだけでは務まらないのだ。兵たちを脅《おび》えさせないようにすることこそ、将の仕事であった。

「気勢をあげよ」

京に入る前から、三好三人衆は兵たちの士気を高めようと声をあげさせていた。

「なんや、なんや」

「うわっ、戦や。あの旗印は三好はんや。これは京の将軍はんを襲うつもりや」

たちまち騒ぎは町屋にも拡《ひろ》がっていった。

「来たか」

将軍足利義昭の家臣であった明智光秀は、三好家の実力をよく知っている。警戒も十分にしていた。

「公方《くぼう》さまをお守りせよ」

人数が少なすぎるため、途中での迎撃は無理だと判断した明智光秀は、市中に散らばって宿を取っていた将兵を本圀寺に集めた。

「殿に報《しら》せを」

ただちに岐阜へ伝令が飛んだ。

「援軍は来る。それまでの辛抱である。無理に討って出ず、敵を引きつけて戦え」

ここで足利義昭を失えば、織田も大きな痛手を蒙《こうむ》る。ふたたび京が三好のものになれば、新たな将軍が擁立されることになる。

言うまでもなくその将軍は三好の傀儡《くぐつ》であり、その指図通りに動く。

「織田を討て」

将軍の命令だと天下の大名へ号令を出すのはまちがいない。そうなれば、折角手に入れた六角氏の領国であった近江を失うだけではなく、織田と境を接している朝倉、武田《たけだ》、伊勢長島《ながしま》一向一揆《いっき》衆も攻めてくることになる。

「殿は来る。かならずだ」

明智光秀は絶対の自信をもって、兵たちを指揮した。

「手堅い」

五日の昼ごろから本圀寺に攻め寄せた三好三人衆は、建物を利用して守りに徹する明智光秀らに手こずっていた。

「かかれ、かかれ、かかれ」

三好家の先陣薬師寺《やくしじ》貞春《さだはる》が、兵たちを伴って何度も本圀寺突入を狙うが、激しい抵抗に遭って、為《な》し遂《と》げられていない。

「一度退《ひ》けい」

日暮れとなったことで、三好三人衆は一度陣を立て直すことにした。

「明日、夜明けとともに総攻撃をかける。美濃からの街道は雪で閉ざされておるという。援軍は来ぬ。慌てることはない。多勢に無勢じゃ。きっと落とせる」

決戦は明日だ、しっかりと休めと三好長逸は兵たちに指示を出した。

少数で多数を相手にするには、不意を突くのがいい。かつて織田信長が数倍の兵力を擁して攻めてきた駿河《するが》の太守今川治部大輔義元《よしもと》を討ち取ったのも、本陣への奇襲であった。

そして奇襲には、周囲が見えなくなる夜が最適である。

三好長逸が将軍義昭側の奇襲を警戒して、兵を下げたのは当然の判断と言えた。

「明るくなれば、一気呵成《いっきかせい》じゃ」

これもまた正解であった。

衆寡敵せずは、真理なのだ。奇襲できる条件を封じてしまえば、三好方の数の優位は揺るがない。

だが、この判断が三好三人衆の致命傷になった。ここは数を頼みにしゃにむに押すべきなのだ。

織田が守り切るか、三好が押しこむか。そのどちらに形勢が傾くかを見守っていた摂津の国人領主たちが、攻めあぐんだ三好三人衆に見切りを付けた。

「ここが切所《せっしょ》だとわかっていない」

被害を気にできる段階ではもうない。すでに足利義昭は将軍宣下《せんげ》を受けている。その足利義昭を襲ったことで、三好三人衆は謀叛人《むほんにん》になった。足利義輝を殺したときは、まだ三好三人衆に力があった。京にある朝廷を押さえているうえ、十四代将軍足利義栄を擁立できた。三好三人衆を非難はできても、攻めることはできなかった。

だが、今回は違う。ここで足利義昭を討ち、京を取り返さなければ、三好三人衆は天下を敵に回す。まさに、生きるか死ぬかの状況であった。

翌朝、日和見《ひよりみ》を決めこんでいたはずの、摂津伊丹《いたみ》城主伊丹親興《ちかおき》、池田城主池田勝正《かつまさ》、その配下荒木村重《むらしげ》らが、兵を率いて本圀寺の救援に来た。他にも細川藤孝、三好義継らも参戦、数の優位がひっくり返るほどではないが、力押しできる状況ではなくなった。

「やむを得ず。陣形を整えて桂川《かつらがわ》を挟んで決戦じゃ」

織田信長の本隊が来るには、まだまだときがある。

そう考えて陣を移した三好三人衆だったが、敵が増えたからといっての退きは、兵たちの士気を下げる。

「勝てないから、下がった」

状況を把握できない兵たちは、三好三人衆の考えなどわからないし、将も説明などしない。兵たちが逃げ腰になれば、戦は負けである。

桂川を挟んでの合戦で、三好三人衆は敗北した。

二

堺はふたたび喧噪《けんそう》に包まれていた。ただ、それが数日前と違っていたのは、その騒ぎが慟哭《どうこく》や罵声、うめき声によって発せられていることであった。

「負けはりましたなあ」

魚屋與四郎が、炉の炭を火箸で突いた。

「……織田さま、見事な勝ちようでっせ」

舞いあがった灰に迷惑そうな顔をしながら、今井彦八郎が同意した。

「これで紅屋はんらの目が、覚めてくれたらよろしいねんけどなあ」

「まだ、あきまへんやろ。織田はんが勝ったというより、三好の独り相撲《ずもう》で転んだようなもんですよって」

ため息を吐《つ》いた今井彦八郎に、魚屋與四郎が皮肉を利かせながら述べた。

「……将軍のご威光というやつですか」

今井彦八郎は魚屋與四郎が今回の戦は織田の力ではなく、足利将軍家の名前で勝ったと言いたいのを理解した。

「ですやろう、摂津衆なんぞ、織田はんに与したというより、三好の失策に乗じただけですがな」

京でおこなわれた合戦の経緯は、半日ほどで堺に届く。とっくに、魚屋與四郎も今井彦八郎も詳細を知っていた。

「まだまだ紅屋はんらは、織田はんを認めまへんて」

魚屋與四郎が懐から餅を取り出して、火箸に突き刺して焼き始めた。

「……魚屋はん」

気儘《きまま》すぎる魚屋與四郎に、今井彦八郎があきれた。

「茶では、腹は膨れまへんやろ。ほれ」

魚屋與四郎がもう一つの餅を箸に刺して、今井彦八郎に渡した。

「いただきます」

今井彦八郎が苦笑しながら受け取った。

「堺を見逃してはくれまへんやろ」

餅をあぶりながら魚屋與四郎が口にした。

「三好は、阿波から来て、堺から陸へあがらはったさかいな」

今井彦八郎も箸を動かしながら、うなずいた。

「勝てるやろうか」

「三好がどのくらいやる気かによるやろ」

焼いた餅にかぶりつきながら訊《き》く魚屋與四郎に、今井彦八郎が応えた。

「一枚岩に戻ったら、三好の勝ちやと思うけど……まどろっこしいな」

今井彦八郎がなかなか焼けない餅に業《ごう》を煮やして茶碗に入れ、上からお湯を注いだ。

「無理やろ。今回の戦でも三好の若殿さんは、将軍さまに味方して、三人衆はんと槍を突き合わしたというしな」

「今度の会合はいつあるやろ」

納屋衆が集まって話をし、どう動くかを決めるのが、堺の決まりであった。

「織田さまが、京にいつ来るかやろ。それを見てからやないと、なんも決まらん」

餅を引っ張りながら訊いた魚屋與四郎に、今井彦八郎が告げた。


本圀寺の足利義昭が襲われて三日、織田信長がわずかな供回りだけを連れて、上洛《じょうらく》してきた。

「御身《おんみ》に危険が及びましたこと、わたくしめの不徳でございまする。深くお詫《わ》びを申しあげ奉《たてまつ》りまする」

本圀寺へ着いた織田信長は、まず足利義昭に謝罪をなした。

「躬《み》に危難なく、咎《とが》めだてはいたさぬ」

足利義昭が織田信長を許した。

「ここでは御身にふさわしからず」

織田信長は足利義昭のために御所を新築するとして、天下に合力《ごうりき》を求めた。

「えらい勢いでんなあ」

三好三人衆が阿波へ逃げ帰り、織田信長が上洛した後、堺で納屋衆の会合がおこなわれた。

「威を張っているが、織田なぞたかが尾張と美濃の二カ国だ。三好は勢力を減じたとはいえ、倍はある。それに城こそ奪われたが、六角氏もまだ健在じゃ」

紅屋宗陽が織田信長を認めないと主張した。

「なあ、今井はん。あんたはんは織田はんにお会いになったんですな」

魚屋與四郎が知っていながら訊いた。

「お目にかかりましたで」

今井彦八郎がうなずいた。

「どないでした」

「なかなか覇気のあるお方やとお見受けしました」

続けて問うた魚屋與四郎に、今井彦八郎が答えた。

「なにを言うてるねん。織田なんぞに覇気があるわけないやろう。覇気とは修理大夫さまのようなお方なればこそ身につけられるのだ」

紅屋宗陽が鼻先で笑った。

「いつまで死人に頼ってるんでっか。それともなんですかいな。修理大夫さまの霊が、織田はんに取り憑《つ》いて滅ぼしてくださると」

今井彦八郎が紅屋宗陽を嘲弄した。

「おのれっ……新参者の分際で」

紅屋宗陽が今井彦八郎を睨んだ。

「新参者とは、おもしろいことを言わはる。たしかにわたしは大和の出ですけどな。堺で商いをし、堺に住んでますねん。なにより、納屋衆ちゅうのは、出自でどうこうなるもんでしたかなあ。それやったら、先祖代々堺に住んでいたお方がしはったらええ。わたしはいつでも降りまっせ。商いにしくじって没落したお方が何人、納屋衆にならはることやら」

「ぐっ」

「商いで店を大きくでけへん器量で、堺をどのように発展させていくか、楽しみですわ。ほな」

今井彦八郎が捨《す》て台詞《ぜりふ》を残して席を立とうとした。

「短気起こしたら、あきまへん。座りなはれ、今井はん」

魚屋與四郎が、今井彦八郎を宥《なだ》めた。

「紅屋はんもよろしゅうおまへんで。納屋衆は一枚岩でなければあきまへんとわかってはるはず。ここで今井はんに抜けられてみなはれ、どうなります」

「どうもならんわ」

仲裁に入った天王寺屋助五郎《てんのうじやすけごろう》の諭しを紅屋宗陽は撥《は》ねのけた。

「……本気ですか」

「おうよ。こいつ一人くらい抜けたところでどうということはないわ。後を継いでもええというお人の用意はでけてる」

声を低くした天王寺屋助五郎に、紅屋宗陽がかつてとは違うと強がった。

「話にならんわ」

天王寺屋助五郎があきれた。

「今井はん、わたしも抜けますわ」

「なにを言う」

さすがの紅屋宗陽も顔色を変えた。

「ほな、わたしもつきあいますわ」

魚屋與四郎も同意した。

「おつきあいしましょう」

「あたらしい会合を作りましょうや」

同意する者が続いた。

「ま、待ってくれ」

紅屋宗陽が降参した。

このまま納屋衆を二分したら、紅屋宗陽の名前は地に堕《お》ちる。

三好家に取って代わろうとしている織田家との交渉は、堺の命運を左右しかねない重大事である。そのときに、原因は今井彦八郎との意見の相違であるとはいえ、話し合いをまとめあげられず分裂を促したとあっては、良識ある商人たちから非難されて当然であった。

「矢銭の要求はどうします」

魚屋與四郎が座りなおして訊いた。

「一万貫やろ。ちょっと多すぎへんか。聞けば石山《いしやま》本願寺はんでさえ五千貫やったというやないか」

金の問題になると商人は厳しい。紅屋宗陽がさきほどの失敗を取り返さんとばかりに、皆の同意を求めた。

「たしかに、多いですな」

天王寺屋助五郎もうなずいた。

「こればかりは、同意見ですわ」

魚屋與四郎も同じ思いだと首を縦に振った。

「しかし、堺の繁栄振りを他所《よそ》から見たら、石山本願寺はんの比やおまへんで」

一人今井彦八郎だけが妥当だと言った。

「尼崎《あまがさき》にも矢銭の要求はいってますやろ」

ふと天王寺屋助五郎が口にした。

堺ほどではないが、尼崎は瀬戸内海の重要な湊《みなと》で、九州博多や備後鞆《びんごとも》などとの交易を通じて繁栄している。かつては室町幕府の重鎮であった赤松《あかまつ》氏の支配を受けていたが、その勢力が減衰するにつれて独立を強め、今では堺同様の自治をおこなっている。

「あそこは一向宗の影響も強い。応じたんと違いますか」

総本山たる石山本願寺が織田信長の要求に応じているのだ。尼崎も同じだろうと魚屋與四郎が述べた。

「いや、尼崎は三好とのつきあいも深いし、毛利《もうり》はんとも縁がある。そうそう新参者に頭はさげへんやろう」

今井彦八郎が手を振って否定した。

尼崎は摂津国になるが、播磨《はりま》とも近い。どちらも三好家が最盛期には支配あるいは、影響を及ぼしていたところである。淡路とも近く、堺以上に三好家とは繋《つな》がっているといえた。

「尼崎の様子を見てからでも、遅くはないんと違うか」

ここぞとばかりに紅屋宗陽が提案した。

「堺から尼崎は、海を使えばすぐやしな」

天王寺屋助五郎も応じた。

「ほな、織田はんの矢銭の要求には応じへんと」

「誰も応じへんとは言うてないわ。臨機応変に対応しようというだけじゃ」

不満そうな今井彦八郎に、紅屋宗陽がきつい口調で返した。

「跳ね橋はどないしますねん。京での騒ぎが落ち着き次第、織田はんは来まっせ」

さすがに一万貫の銭となると、商人の力だけでは安全に運べない。三好の残党はもちろん、織田信長のことを気に入らない近隣の国人領主、野盗などが奪おうとしてくる。

そしてそれくらいは織田も承知している。矢銭を出させておいて、奪われたでは織田の勢威に傷が付く。

矢銭の用意ができたら、織田が受け取りの兵を寄こすのはまちがいなかった。

兵たちが来てから断りを入れたら、どうなるか。

「お断りを」

「ふざけたことを」

「見せしめにしてくれようぞ」

受け取りに来た兵たちを率いる部将が怒る。断られたので帰って来ましたなど、織田信長が許すはずもないのだ。

当然、力尽くで奪おうとする。

そのとき跳ね橋が下りていれば、堺は丸裸である。あっという間に蹂躙《じゅうりん》されてしまう。

「上げるに決まってるやろ」

今井彦八郎の質問に、紅屋宗陽が答えた。

「それは敵対と見なされまっせ」

「下ろしていたら、降伏と取られるで」

警告した今井彦八郎に紅屋宗陽が反論した。

「それは……」

「なあ、今井はん」

さらに言いつのろうとした今井彦八郎を紅屋宗陽が制した。

「おまはんは、なんや」

「なんやとは」

質問の意味がわからず、今井彦八郎が問うた。

「商人《あきんど》やろ」

「そうや」

紅屋宗陽の指摘に、今井彦八郎がうなずいた。

「なら、最初から値付けをされてどないすねん。相手の言い値で堺を売るつもりか。商人やったら、まず交渉やろ」

「うっ」

正論に今井彦八郎が詰まった。

「わたいが三好さまに肩入れするのは、堺に富と安定をもたらしてくれはったからや。しかし、織田はんは何一つ、堺に示してくれてまへん。これは金があるのかどうかさえわからん客に、商品を渡すのと同じやで」

「至言ですな」

天王寺屋助五郎が紅屋宗陽の言い分を認めた。

「反論できまへんなあ」

魚屋與四郎も同感だと告げた。

「まずは交渉ですか」

今井彦八郎が難しい顔をした。

「交渉の通じるお方やったら、よろしいねんけどなあ」

「それをなんとかするのが、堺を代表する納屋衆の仕事やで」

今井彦八郎の危惧を紅屋宗陽が一蹴した。

「それに尼崎には、ちぃと貸しもある」

紅屋宗陽が、にやりと笑った。

三

三好三人衆を撃退した者への論功行賞を終えた織田信長は、堺と尼崎に矢銭を要求した。もちろん、金も目的ではあるが、織田の支配を受け入れるかどうかの試金石であった。

「皆の意見も聞かねばなりませぬので」

堺は拒絶ではなく、猶予を求めた。

使者をていねいに帰した後、堺は跳ね橋を上げた。

「払うつもりはない」

対して尼崎は要求を蹴飛ばした。

一向宗の影響が強い尼崎は、守護不入を旨としてきた。ようは、どこの大名の支配も受けないと宣言したのだ。

本来ならば、尼崎を押さえるべき赤松氏も往年の力はなく、石山本願寺も本山は要求に応じたというのに、織田信長との仲を斡旋《あっせん》はしなかった。

「焼き払え」

織田信長は、容赦なかった。

将軍宣下を受けた足利義昭を襲う者が畿内にいた。これが織田信長を怒らせた。

「見せしめにする」

畿内が不安定で、また足利義昭が狙われるようであれば、織田信長はその守りのために、多くの兵を京に置かなければならなくなる。

足利幕府という後ろ盾を自らの手で得た織田信長は、これから近隣を切り取りにかかるつもりでいる。そのためには、兵も兵糧も金もかかる。たとえ五千の兵でも、惜しいのだ。

「立ち向かえ」

大坂《おおさか》からは得られなかったが、播磨の御堂《みどう》と称される英賀《あが》から一向宗徒の加勢もあり、尼崎も当初は強気であった。

堺ほどではないが、濠《ほり》を持ち、一向宗徒や牢人《ろうにん》という戦力を抱えているうえに、鉄炮《てつぽう》などの新兵器も金にあかして準備している。

だが、衆寡敵せず、万余の軍勢に押し寄せられては、二千ほどの兵力ではどうしようもない。

「なんとしても落とせ」

先日の本圀寺襲撃で足利義昭を守るための兵を出さなかった摂津の国人領主たちは、必死であった。

ここで織田信長に認めてもらわないと、三好三人衆に与した入江家のように潰されて城を取りあげられてしまう。

「少し脅してやれ」

織田信長の指示で火矢が放たれ、尼崎に火が付いた。

「これしき……」

「我らには三好さまと堺が付いている」

尼崎は火事を抑えこみ、抵抗を続けている。

「焼かれましたな」

「容赦のないことで」

燃える尼崎は、堺からもよく見えた。

「同じ羽目になりそうでございますな」

今井彦八郎の屋敷、その望楼から堺を取り囲む織田の兵たちを見下ろしながら、魚屋與四郎が天を仰いだ。

堺と陸地を隔てている濠の向こうに、織田方の兵がぎっしりと集まっていた。

「堺とつきあいの深い国人領主たちの旗も含まれておりますなあ」

「当然ですな。己が生き残るためには、他人を踏み付けにするなぞ、当たり前ですし」

魚屋與四郎と今井彦八郎が苦笑した。

「さて、そろそろ出かけまひょか」

「今日で決まればよろしいけど」

二人が顔を見合わせた。

ことがことである。本来納屋衆だけでおこなわれる会合に、豪商と呼ばれる者たちも参加していた。

「船頭多くして、になりそうでっせ」

今井彦八郎が嫌そうな顔をした。

「皆不安なんですわ」

天王寺屋助五郎が近づいてきた。

「どうなりそうで」

最初から織田に従うべきだと口にしている今井彦八郎は、爪弾《つまはじ》きとまではいかないが、敬遠されている。納屋衆を含めた皆の風向きをわかっていなかった。

「三分、七分というとこでしょうなあ」

天王寺屋助五郎が答えた。

「念のために訊きますけど、織田さまに付くが三分……」

「…………」

今井彦八郎の確認に天王寺屋助五郎が無言で肯定した。

「尼崎の現状を聞いて、まだそう思えるとは、どなたさまも目が曇っておられる」

「そうとも言えまへんで」

天王寺屋助五郎は紅屋宗陽が会合場所に入ってきたのを報せた。

わざと遅れてきたのか、悪びれもせず、堂々とした紅屋宗陽が、一同を見回した。

「遅くなったことをお詫びする」

紅屋宗陽が鷹揚《おうよう》に詫びた。

「というのも、三好日向守さまと連絡を取り合っていたからでの」

「日向守さまと……」

「さすがは、紅屋はん」

集まっていた堺の商人たちが声をあげた。

「で、日向守さまはなんと」

その場の興奮を抑えるべく、天王寺屋助五郎が大声で、紅屋宗陽に問うた。

「三好は堺を見捨てぬと」

「おおっ」

「これならば安心であるの」

胸を張った紅屋宗陽に、一同が歓喜した。

「三好はんが、本気になったら、織田ごとき一蹴じゃ」

「その三好は、二度も織田に負けて四国へ逃げ帰ってるけどな」

気炎をあげる商人に、今井彦八郎が皮肉げな顔をした。

「今井はん、声が大きい」

隣にいた魚屋與四郎が、今井彦八郎を宥めた。

「三好さまが、まもなく堺へ兵を送ってくれはります。皆々はん、屈することなく耐えましょう」

堺は西を大坂湾に開いている。水軍を持たない織田には海上の封鎖はできない。阿波や淡路から来る三好三人衆の軍勢を防ぐことはできなかった。

「ほんまに三好は、来てくれはりますのか」

「日向守さまを疑う気か」

たまらず口を出した今井彦八郎に、紅屋宗陽が険しい声で応じた。

「そうやおまへんけど、間に合いますんか。明日、いや、今の今、織田さまが攻めてきても不思議やおまへんで。皆はんも見てはりますやろ、濠の向こうを」

今井彦八郎が懸念を表した。

「気の弱いことやなあ、織田は攻めてこん」

紅屋宗陽が今井彦八郎を鼻で笑った。

「なんでそうやと言えんねん」

「……これは日向守さまから教えられた秘策や。他言は許されへん」

確証はあるのかと訊いた今井彦八郎に、紅屋宗陽が声を低くした。

「和泉と河内の国人領主たちは、寝返る」

「なんと」

「それはっ」

紅屋宗陽の話に、座がどよめいた。

「和泉や河内の国人たちは、三好さまに恩がある。今は、日向守さまのご指示で、織田に従っている振りをしているだけや。それらが、日向守さまの合図で一斉に裏切るんや。織田は混乱する。そこへ跳ね橋を下げて牢人衆を突っこませれば、織田なんぞ敵やない」

「そうやそうや」

「これで一万貫の矢銭を払わんでええ」

「紅屋はん、さすがでんなあ」

衆議は話し合うことも、意見を戦わすこともなく決した。

「ほな、織田の要求は拒絶ということでよろしいな」

紅屋宗陽が一同に確認した。

「ちょっとええか、紅屋はん」

魚屋與四郎が口を挟んだ。

「なんや」

紅屋宗陽が顎で魚屋與四郎を促した。

「断りの使者はどないすんねん。誰が行く」

「それは……」

言われた紅屋宗陽が困惑した。

「織田はんとの敵対を言い出したんは、紅屋はんや。おまはんが行くのが相当やと思うけどな」

「いや、わいはあかん。いつ日向守さまのお使者が来るかわからへん。堺を離れるわけにはいかん」

紅屋宗陽は拒んだ。

「ほな、どなたはんが……」

魚屋與四郎が一同を見た。

「……………」

誰もが魚屋與四郎から目をそらした。最後は力で無理押しをしてくる武士を商人は信用していなかった。

ましてや、織田と敵対して三好三人衆に与すると縁切りを告げに行くなど、命の保証はない。

「首にして送り返してやれ」

気に入らない使者が殺されるなど、乱世では珍しいことではなかった。

「もちろん、わたしも御免でっせ」

「なら、今井はんに行ってもらおう。今井はんは、織田はんと面識もあることやし」

いい考えだと紅屋宗陽が手を打った。

「今井はんとは反対の答えを押しつけといて、殺されてこいですか。いやあ、紅屋はん、さすがにそれは引きまっせ」

「うっ……」

魚屋與四郎がわざとらしく震えてみせた。

「己の意見も伝えられへんお方のするこっちゃ、おまへんで」

お前が行けと言われた紅屋宗陽が詰まった。

「ほな、どないするねん。おまはんも行きたくないねんやろ」

紅屋宗陽が魚屋與四郎に代案を要求した。

「行かんでもええんと違いまっか」

「えっ……」

魚屋與四郎の言葉に紅屋宗陽が唖然《あぜん》とした。

「行かんでもすみますやろ。跳ね橋を上げたままということは、織田はんを受け入れる気がないとわかりますやろ。なにもわざわざこっちから喧嘩《けんか》売りにいかんでもよろしいがな」

「しかし、それでは三好三人衆はんが納得せえへんぞ」

「そんなん知らん。誰も使者に行きたくないねん。さきほどの紅屋はんの話やないけど、わたしらは商人や。血腥《ちなまぐさ》いことは苦手で当然やろ」

「たしかにそうやな」

天王寺屋助五郎が魚屋與四郎の意見に同意した。

「そうや、わざわざ敵対したと言うか、商人が」

「裏で相手の足を引っ張るのが、商いや。真っ向勝負なんぞ、阿呆《あほう》のやるこっちゃ」

誰でも命は惜しい。たちまち、衆議は放置に傾いた。

「……皆がそう言うなら、そうする。解散や」

不満そうな口調で紅屋宗陽が首肯した。

「…………」

「ちょっとは大人しゅうしときや」

無言で立ち去ろうとした今井彦八郎に紅屋宗陽が勝ち誇った。

「茶でもしまひょか」

会合場所を出た今井彦八郎を魚屋與四郎が誘った。

「……せっかくのお誘いやけど、止《や》めときますわ」

今井彦八郎が断った。

「手助けが要りますやろ」

魚屋與四郎が首を横に振った。

「……それはっ」

「そんだけ思い詰めた顔してはったら、なんぞしでかす気やとわかりまっせ」

なぜ気付いたと驚いた今井彦八郎に、魚屋與四郎が肩を叩《たた》いた。

「まあ、ゆっくり話しましょうや」

「わたしも入れてもらえますかな」

強引に今井彦八郎を誘った魚屋與四郎に、天王寺屋助五郎も参加したいと声をかけた。

四

魚屋與四郎の屋敷に集まった三人は、庭隅に作られた狭い東屋《あずまや》で茶を喫していた。

「ええ水や」

一口飲んだ天王寺屋助五郎が感嘆した。

「自慢の井戸から昨日汲《く》んで寝かしておいたんやで」

魚屋與四郎が胸を張った。

「…………」

天王寺屋助五郎と魚屋與四郎の会話に入らず、今井彦八郎は茶碗を手にせず、無言で座っていた。

「今井はん」

黙っている今井彦八郎に魚屋與四郎がしびれを切らした。

「このままでええと思ってはりますんか」

「滅びやな」

魚屋與四郎の糾弾に、今井彦八郎が短く返した。

「堺が焼けると」

「それですますほど織田さまは甘《あも》うない」

天王寺屋助五郎の質問に、今井彦八郎が首を横に振った。

「根切りでっか」

皆殺しに遭うかと魚屋與四郎が訊いた。

「死んだ方がましやという目に遭うやろ。堺はまちがいなく、濡《ぬ》れたぞうきんのように最後のひとしずくまで搾り取られて、要らんなったら捨てられる」

織田信長は尼崎を攻めていながら、堺には手出しをしていない。その差は何なのか、今井彦八郎なりに考えていた。

「どういうことです」

「尼崎は、播磨、中国、そして瀬戸内海の出入り口や。ようやく摂津と山城を支配し、河内をどうにか押さえているだけの織田さまでは保ち続けられへん。それだけの兵を敵対しているに等しい播磨、丹波《たんば》の国境でもある摂津に置いたら、浦上《うらがみ》はんや波多野《はたの》はんを刺激する。先日、将軍はんが殺されかかったところや。あらたな火種は避けたいやろ。かというて、そのままにしておいたら、織田なんぞと甘く見られる」

浦上は播磨と備前《びぜん》を、波多野は丹波を支配している戦国大名である。どちらも京を窺《うかが》うほどの力はないが、地元に強い根を張っていた。

「なるほど。尼崎は、播磨と丹波への見せしめにされると」

天王寺屋助五郎が口にした。

「三好への見せしめでもある」

今井彦八郎が付け加えた。

「尼崎と同じように、堺も潰せると脅すということでっか」

「いいや、そんなくらいで我慢するようなら、天下なんぞ望みはらへんやろう。堺を支配することで、三好三人衆に二度と畿内の土地は踏まさんと宣言しはるつもりやと見ている」

「それだけ、腹を立てとると」

「そうや、高槻城のやられようを見たらわかるやろ」

魚屋與四郎の確認に、今井彦八郎がうなずいた。

上洛してきたときに従属を誓いながら、三好三人衆が本圀寺を襲うのに与した入江春《はる》景《かげ》を織田信長は許さなかった。美濃から上洛した翌日には、畿内の兵と追いついてきた美濃の兵を入江春景の籠もる高槻城へ向かわせた。

「今後は忠節を尽くしまする」

勝てないと悟った入江春景が謝罪をしたが、織田信長はこれに取りあわなかった。

「兵どもの罪は問わず」

織田信長は、主君の指図に従っただけの兵は助命した。

「首を討て」

が、降伏した入江春景だけでなく、一門、重臣も斬首した。

「堺を残しても、納屋衆は……」

「……………」

最後まで言わなかった今井彦八郎に、魚屋與四郎と天王寺屋助五郎も黙った。

「魚屋はん、手を貸してくれますか」

「なんぼでも貸しますで。まだ、死にとうはないさかいな」

「わたくしも」

今井彦八郎に尋ねられた二人が、首を縦に振った。

織田信長は、尼崎を蹂躙した後、当然のように堺へ要求を突きつけた。

「返答はなしか」

最初の使者に日延べを願って以来、堺は跳ね橋を上げたまま、織田との交流を拒んでいる。

「舐《な》めておるな」

相手にしないというのは、拒絶の一つである。

「攻めまするか」

織田信長の竹馬《ちくば》の友で腹心の丹羽《にわ》長秀《ながひで》がそろそろ攻めるかと問うた。

「いや、堺は焼かぬ。いや、焼けぬ」

はっきりと織田信長が否定した。

「なぜでございましょう」

「尼崎と違って、代わりがないからよ」

問うた丹羽長秀に織田信長が答えた。

「南蛮交易の船が入る湊は、このあたりでは堺だけである。尾張津島まで、南蛮船は来ぬ」

遠く万里の波頭をこえて来た南蛮船は、なぜか堺より東へ行こうとしなかった。というのもわざわざ熊野灘をこえなくとも、薩摩《さつま》の坊津《ぼうのつ》、肥前《ひぜん》の平戸、筑前の博多、そして堺と十分交易できる湊があったからである。

足利義昭を将軍に就けたとき、副将軍、管領《かんれい》、畿内二カ国の領有などの褒賞を辞退した代わりに、織田信長が求めたのは近江の草津《くさつ》と大津《おおつ》、そして堺に代官をおくことであったが、それは物流《もののながれ》を支配するためであった。

東海道と伊勢道が合流する陸路の中心草津、敦賀《つるが》や越前と繋がる湖水路の終点大津、そして海運の要所堺を押さえてしまえば、京へ入るもののほとんどを支配できる。

なかでも織田信長は堺を特別視していた。

「堺には南蛮船が来る。南蛮船は鉄炮や硝石を運ぶ」

織田信長は早くから鉄炮という新兵器の価値を認めていた。

「次を放つまで手間がかかりすぎる。鎧《よろい》も貫く威力は魅力であるが、弓のように数で制圧できないのは厳しい」

「鉄炮もそうだが、消費する硝石が高すぎる。一発ごとに永楽銭《えいらくせん》が飛んでいく。とても実用には適さない」

鉄炮を手に入れた武将がその威力を凌駕《りょうが》する欠点に運用をあきらめるなか、織田信長は、違った考え方をしていた。

「高いのならば、安くすればいい」

堺は種子島から製法を手に入れ、鉄炮鍛冶《かじ》を始めている。当たり前の話だが、南蛮から船で持ちこまれる鉄炮を買うより、堺で作られたものの方が安い。

「手に入れた鉄炮を使うには硝石がいる」

鉄炮は一発撃つごとに、火薬を消費する。その火薬の主原料となる硝石が、日本では産出せず、輸入にたよるしかなかった。

鉄炮を作り、硝石を輸入できる。それが堺である。

もし、堺を焼いてしまえば、鉄炮鍛冶の技術を持った職人が巻きこまれてしまうこともある。そうでなくても灰燼《かいじん》に帰せば、鍛冶をすることができなくなり、他所へ流れていきかねない。

また、硝石を運んでくる南蛮船も堺が焼けたと知れば来なくなる。言うまでもないが、南蛮船は堺がなくなったからといって、積み荷をそのままにして帰国したりしない。

「買いませんか」

坊津、博多、平戸へ硝石が流れ、それを手に入れた松浦《まつら》や毛利、大友《おおとも》、島津《しまづ》、龍造寺《りゅうぞうじ》などの大名が強化される。

天下布武を旗印にしている織田信長にとって、他の大名が強大になることは認められず、なんとしてでも無事な状態で堺を手に入れなければならなかった。

「では、いかように」

「鬨《とき》の声をあげ続け、圧迫をかけろ。ときどき弓を射かけるのもよい。ただし火は付けるな。貴重な硝石が燃えてしまう」

手立てを尋ねた丹羽長秀に、織田信長が命じた。

「はっ」

指図を受けた丹羽長秀が駆け出した。

「……今井と言いおったな。あやつはどう出るかの。少しはものが見えるようであったが」

一人になった織田信長が、楽しそうに笑った。


ときどき思い出したように、弓と鉄炮を撃ち合う。

そんな日が続いた。

「いつ決めはりますねん、日向守さまは」

姿を見せない三好三人衆に、堺の民が苛立《いらだ》ち始めた。

当然といえば当然であった。なにせ、濠をこえた向こうには一万をこえる兵が槍の穂先を光らせているのだ。

「織田をこえるだけの兵を集め、渡海させるには、しばしかかるのは当然であろう」

紅屋宗陽をはじめとする三好三人衆に近い納屋衆や豪商が宥めるが、不信の念は募っていく。

「三好はんは、織田はんに負け続けや」

そこに魚屋與四郎たちがつけこんだ。

「二度の戦で三好はんは、数千の将兵を失っている。とても織田はんに勝てるだけの数は揃《そろ》わへん」

負けて逃げていった三好三人衆たちを堺の住人は見ている。

「これは、あかんのと違うか」

「土佐《とさ》の長宗我部《ちようそかべ》が阿波を狙《ねろ》うてるちゅうやないか。本国を守るだけで三好はんは精一杯なんやで」

堺が一枚岩から割れた。

いや、最初から一枚ではなかったことに、あらためて気付かされた。

「わかってるんか、一万貫やぞ」

商人には、金の話がもっとも浸透しやすい。

紅屋宗陽が、矢銭の要求を受け入れるかと問うた。

「金で命は買われへん」

「一人で一万貫やったら、死んでも払わへんけど、頭割りにしたらそれほどやないやろ。

どうせ、納屋衆がようけ払《はろ》うてくれるやろうし」

それも織田の圧迫の前に、壁たり得なかった。

「ええ頃合いやで」

魚屋與四郎が今井彦八郎に囁《ささや》いた。

「今夜出るわ」

今井彦八郎がうなずいた。

「湊の出入りを見張っている紅屋の手の者も、だいぶ気が気でなくなってるからな。今やったら、目盗めるやろ」

天王寺屋助五郎が船の手配は任せろと告げた。

織田信長の要求を断ると決議してから、紅屋宗陽とその仲間は堺の出入りを封鎖した。もともと跳ね橋は上げられており、もし下げられればすぐに気付かれる。密《ひそ》かに出入りできるものではなかった。

そうなると堺から出ようとする者は、船を使うしかない。

「荷は出してええが、納屋衆はあかん」

交易で生きている堺だけに、船を止めることはできないが、乗りこむ者を制限することは可能である。

紅屋宗陽とその仲間は、船に乗りこもうとする者の顔を確認し、納屋衆が勝手に逃げ出したり、織田と交渉しようとしたりしないように見張りを立てていた。

言うまでもないが、これは今井彦八郎の行動を制限するためのものであった。

しかし、それが崩れ始めていた。

「紅屋がまちがえた」

「あいつから金を奪って、織田さまに献上したらええ」

「三好はんが帰って来はったら、そのときはそのときや」

魚屋與四郎と天王寺屋助五郎の流した噂《うわさ》で、紅屋宗陽たちはその身と店を守らなければならなくなった。そのため、湊の見張りが手薄になっていた。

「最後の仕上げをしてくるわ。今井はん、後は頼むで」

手を振って魚屋與四郎が湊から離れた。

「あの舳先《へさき》に白い布をつけている船ですわ。まちがえんように」

天王寺屋助五郎も離れていった。

「……………」

今井彦八郎が湊近くの納屋に身を潜めていた。

その耳に騒ぎが聞こえてきた。

「紅屋が襲われている。阿波屋もや」

すぐ側《そば》で天王寺屋助五郎の声がした。

「なんやて」

「旦那はん」

湊に残っていた紅屋宗陽の見張りたちが駆け出していった。

「今や」

すばやく今井彦八郎が船へ乗りこんだ。

「行ってくれ」

「へい」

天王寺屋の船頭が、艪《ろ》をこぎ出した。


堺湊を出た船は、織田軍の包囲をこえたところで接岸した。

「おおきに」

短く礼を口にした今井彦八郎が岸へと飛びあがった。

「ほな、お気をつけて」

船頭に見送られた今井彦八郎は、長い滞陣で気の立っている織田の兵たちに見咎められないように注意しながら、信長の本陣を目指した。

「堺荘の代官、今井彦八郎でございまする。弾正忠さまにお目通りを」

織田の本陣にたどり着いた今井彦八郎は、すぐに信長の前へと連れていかれた。

「遅い」

織田信長の機嫌は悪かった。

「申しわけございませぬ」

今井彦八郎が平伏した。

「あと三日来なければ、攻めていたぞ」

織田信長が、小姓に合図をした。

「はっ」

小姓が陣幕を捲《まく》りあげた。

「…………」

今井彦八郎が息を呑《の》んだ。陣幕の向こうには、数えきれないほどの丸太、そして梯子《はしご》が置かれていた。

織田信長は堺を落とすためとして城攻め同然の用意をしていた。

「畏れ入りましてございまする。堺は織田さまに従いまする。かならずや、わたくしが」

今井彦八郎は交渉を捨てた。

少しでも堺の有利になるように、和睦の条件を考えていたが、それを口にすれば、己は殺され、明日には堺は攻められると理解したのだ。

「うむ。殊勝なり。ならば、これらの用意は、他所で使うとしよう」

織田信長がにやりと笑った。

「矢銭二万貫を出せ。加えて代官を受け入れよ。抱えている牢人は放逐いたせ。あと、堺の鉄炮は余の許可なく売ることを禁じる。硝石もな」

「二万貫……わかりましてございまする」

倍に増えたのは懲罰と、納屋衆の命の代金だと今井彦八郎は悟った。

「お代官さまも受け入れまする。牢人も出しましょう。ですが、鉄炮と硝石はご一考賜りますよう。堺は商いの町でございまする。その商いに制限がかかるとなれば、反発が……」

今井彦八郎が織田信長の顔色を窺った。

「ふん。さすがに文句が言える有様だと思ってはいないようだな」

織田信長が今井彦八郎が言外に含めたものを読んだ。

「鉄炮と硝石については、代官にさせよう」

堺が降伏してからでいいと織田信長は、今井彦八郎の願いを認めた。

「ありがとう存じまする」

今井彦八郎が地面に額をこすりつけた。

「今後、堺のことはそなたが差配せよ。荘園《しょうえん》の代官も続けてよい」

納屋衆筆頭として、織田のために働けと信長が命じた。

「はっ」

「おい、こやつを堺まで送ってやれ」

叩頭《こうとう》した今井彦八郎を織田信長が指さして、小姓に指図した。

「胸を張れ」

織田の代弁者として、堺を押さえてみせろと、信長は今井彦八郎を送り出した。

「………」

騎馬武者と十名ほどの足軽に囲まれた今井彦八郎が、堺の跳ね橋手前まで近づいた。

「今井や。撃つなよ」

大声を出して今井彦八郎が、手を振った。

「織田さまの使者じゃ。跳ね橋を下ろせ。心配せんでも橋を渡るのは、わたしだけや」

警固のなかから今井彦八郎が前に出た。

「堺を潰しとうなかったら、下ろせ」

一発の銃弾、一本の矢が飛んでも今井彦八郎は死ぬ。

だが、今井彦八郎はそれを怖《おそ》れていなかった。それよりも堺を落とす用意をしながら、今井彦八郎が来るのを待ち続けた織田信長の辛抱を怖れていた。

「さっさとせええ」

もし、今井彦八郎の話を堺が受け入れなかったら、明日には納屋衆の首が織田信長の前に並ぶ。

今井彦八郎の絶叫に応じるように、跳ね橋が下りた。

「よしっ」

ここからが今井彦八郎の戦場である。

今井彦八郎は、肚《はら》に力を入れた。

第三章　新たな関わり

一

下ろされた跳ね橋をゆっくりと歩きながら、今井彦八郎は一つの時代が終わったことを感じていた。

「足利将軍、三好家でさえ、落とせなかった堺が……」

織田信長に膝を屈するべきと納屋衆を出し抜いて使者となった今井彦八郎だが、なんともいえない寂しさを感じていた。

「矛盾なことだ」

跳ね橋を渡り終わった今井彦八郎は、気合いを入れて表情を消した。

「お、おのれなにをした」

堺の町に戻った今井彦八郎を怒りで震える紅屋宗陽が待ち受けていた。

「なにをしたかとお問い合わせで」

「聞こえなかったのか」

繰り返した今井彦八郎に、紅屋宗陽が怒鳴った。

「わかりませんか。堺を救ったんでございますよ」

今井彦八郎が胸を張った。

「なにを言う。堺を織田に売ったくせに」

聞いた紅屋宗陽が一層怒りを強くした。

「物見櫓《ものみやぐら》に上がらはりましたか」

紅屋宗陽とは逆に、落ち着いた口調で今井彦八郎が尋ねた。

「そんなことせんでもええ」

「あきまへんな」

言い返す紅屋宗陽に、今井彦八郎がため息を吐《つ》いた。

「塀の内側しか見てないから、今がわかりまへんねん。文句言わずに、一回物見櫓へ上がりなはれ。そして織田さまの陣をよう見たらよろし」

「要らん」

「紅屋はん、確かめるくらいよろしいがな。それでなんもなかったら、今井はんを思いきり誹《そし》らはったらよろし。わたしらも今井はんに不信の念を抱きまっせ」

少し離れていたところから二人の遣《や》り取りを見ていた天王寺屋助五郎が、紅屋宗陽を宥《なだ》めた。

「……そうやな」

紅屋宗陽が天王寺屋助五郎の仲裁にうなずいた。

「ちっと待っとけ」

「ここででっか。立ったままでというのはかないまへんな。南宗寺《なんしゅうじ》へいてますわ。そこで納屋衆集めて話し合いまひょ」

命じた紅屋宗陽に、今井彦八郎が文句を言った。

「それもそうですな」

「お茶でもしてたらええし」

今井彦八郎の要求に、天王寺屋助五郎と加わってきた魚屋與四郎が賛成した。

「……好きにさらせ」

腹立たしげに言い残して、紅屋宗陽が離れていった。

南宗寺は三好長慶が非業の死を遂げた父元長の菩提《ぼだい》を弔うため、弘治《こうじ》三年（一五五七）に建立した臨済宗《りんざいしゅう》の寺院である。畿内を支配していた三好長慶の手になるものだけに、その伽藍《がらん》は豪壮で、寺域は広大であった。

茶の湯の師である武野紹鷗もここに眠っており、今井彦八郎、魚屋與四郎らとの縁も深かった。

「お茶でもしますか」

南宗寺を訪れた一同を、二世住持笑嶺宗訢《しょうれいそうきん》が迎えた。

笑嶺宗訢は南宗寺開祖の大林宗套《だいりんそうとう》が永禄十一年（一五六八）正月二十七日に入寂《にゅうじゃく》した跡を受け、その法統を継いだ。伊予《いよ》の出身で十五歳で出家、その後京の大徳寺《だいとくじ》へ入り、そこで高僧大林宗套と出会った。

「すんまへんな。不意に押しかけて」

今井彦八郎が詫《わ》びを言った。

「大事おまへん。坊主は暇してまっさかいな。それに客人でも来てくれんと、茶も飲めまへんし」

笑嶺宗訢が笑って手を振った。

堺では茶が根付いてきていた。客を招いての茶会もよくおこなわれている。しかし、それでも茶は高い。

三好家の菩提寺として建立された南宗寺でも、そうそう茶は使えなかった。さらに織田信長の台頭で、三好家は畿内の所領のほとんどを失い、寄進が止まってしまった。

「今度、寄進しますわ」

今井彦八郎が告げた。

「それはありがたし」

一礼して、笑嶺宗訢が茶会の用意に下がった。

「今井はん」

笑嶺宗訢がいなくなるのを待っていたかのように、魚屋與四郎が声をかけてきた。

「わかってますけどな、ちと待っておくれやす。紅屋はんが来てからでなければ、二度手間になりますやろ」

「……すんまへん」

早く知りたがった魚屋與四郎が引いた。

「お待たせを」

笑嶺宗訢が、茶碗《ちゃわん》を持った弟子たちを率いて入ってきた。

「どうぞ」

「遠慮なく」

「いただきまする」

勧められた今井彦八郎らが、一礼して茶碗を手にした。

「作法もなんも気にせんと飲むのもよろしいな」

魚屋與四郎が茶碗を置いて、笑った。

「静かでんなあ」

堺は今、織田の大軍に包囲されている。納屋衆以外の者たちも、かつてない規模の軍勢に恐怖を感じて、あちらこちらで集まっては不安そうに話し合っている。なかには恐怖からわめき出す者もいた。

　それらの喧噪《けんそう》も南宗寺の本堂までは届かなかった。

「天王寺屋はん、そんなのんびりでよろしいんか」

　魚屋與四郎があきれた。

「慌てても仕方おまへんがな。相手が強すぎますわ。こちらからどうにかするという有様ではなくなりました。向こうの言いはることをこちらは飲みこむだけ」

「こっちの命は織田はんに握られていると」

「違いますかいな、今井はん」

　確かめるような魚屋與四郎に、天王寺屋助五郎が今井彦八郎へ話を向けた。

「正しいとも言えますし、違うとも言えまんなあ」

　今井彦八郎が空になった茶碗を手でもてあそんだ。

「織田さまはこのまま堺を使いたい。だからと言うて、こっちの言い分が通ることはおまへん」

「……………」

　そこへ紅屋宗陽が険しい顔で現れた。

「どないでした」

天王寺屋助五郎との話を打ち切って、今井彦八郎が紅屋宗陽に問うた。

「まずは、口を湿しなはれ。その様子ではまともにしゃべれまへんやろ」

笑嶺宗訢が、残しておいた茶碗を紅屋宗陽の前に置いた。

「冷めてますけど、今はそれがよろしいやろ」

「………」

笑嶺宗訢に促された紅屋宗陽が茶碗を一気に呷《あお》った。

「……今井」

紅屋が茶碗を投げ出すように置き、今井彦八郎を睨《にら》んだ。

「あれは……本気か」

「見はりましたか」

紅屋宗陽の質問に、今井彦八郎がうなずいた。

「織田は堺を本気で潰すつもりだったのだな」

小さく紅屋宗陽が震えていた。

「どういうことですねん」

二人の遣り取りの意味がわからないと魚屋與四郎が割りこんだ。

「織田は……織田は、城攻めの用意をしていた」

「城攻め……」

紅屋宗陽の答えに、天王寺屋助五郎が怪訝《けげん》な顔をした。

商人は戦場にもいた。行軍する兵たちに酒や食料を売り、敵から奪った武具や防具などを買い取るためである。

戦場では食料や酒などが不足し、略奪品は余る。普段よりも高く売れ、いつもより安く買いたたける。

戦場は商人にとって、大儲《おおもう》けができる好機であった。

しかし、危険もあった。付いていった武将が負けたときは、昨日までの客が略奪者に変わる。逃げるときに行きがけの駄賃とばかりに、金を持っている商人を襲う。また、追撃に来た勝った方にしてみれば、商人とはいえ敵なのだ。略奪への遠慮はないし、一人でも敵に利をもたらす商人を始末しておくにこしたことはない。

まさに命がけの商売であった。

当然、そんな博打《ばくち》のようなまねをしなくても、十分儲けを得られる堺の商人たちが、戦場へ同行することはなかった。せいぜい、武将の機嫌を取りに挨拶をしにいくくらいで、兵と兵がぶつかりあっている現場には近づかない。

ゆえに、天王寺屋助五郎は攻城の用意と言われて、怪訝な顔をしたのだ。

「その言葉の通り、城を攻め落とす用意よ。無数の丸太に火矢、あれを堺に向けられては、とても防げぬ」

紅屋宗陽が首を左右に振った。

「……はあ」

天王寺屋助五郎がまだ得心できないといった顔をした。

「紅屋はんが、驚かはるだけの敵やとわかってくだされば、けっこうで」

苦笑しながら、今井彦八郎が述べた。

「さて、紅屋はんも納得してくださったところで、織田さまのお指図をお伝えしますわ」

今井彦八郎が本題に入った。

「一つ、堺に代官を置くこと。二つ、矢銭《やせん》として二万貫を納めること。三つ、鉄炮《てっぽう》と硝石を織田さまに納めること。他家に売る場合は、代官まで届け出ること」

「二万貫……」

「なんちゅう金額や」

「前の要求より倍に増えてるやないか」

皆が絶句した。

「仕方おまへんやろ。前は逆らう前でっせ。敵対したぶん、値上げされても文句は言えまへんで」

「しかし、あまりに法外や」

紅屋宗陽が唖然《あぜん》とした。

一貫は二石《こく》にあたる。二万貫だと四万石、ちょっとした大名並みの負担になった。

「金を惜しんで、すべて失いますか」

「むっ」

今井彦八郎に言われた紅屋宗陽が唸《うな》った。

「納屋衆で多めに負担するとしても、皆で割ればさほどやおまへん。数百貫ほどでっせ」

「それでも高いわ」

紅屋宗陽が納得いかないと拒んだ。

「ほな、紅屋はんの分はよろしいわ。わたしが払いましょ。その代わり、織田さまにはご報告申しあげまっせ。紅屋は織田さまのご命に従いませんちゅうて」

「やめい。そんなまねされたら、殺されるわ」

大きく紅屋宗陽が手を振った。

「矢銭は仕方おまへんで。石山本願寺はんも払いはったことやし、こっちは三好はんの軍勢を上陸させたという弱みがおます」

魚屋與四郎が仲裁に入った。

「それのどこが弱みになるねん」

紅屋宗陽が魚屋與四郎に噛《か》みついた。

「堺から出た三好はんの軍勢がどこへ行ったか、考えてみたらわかりますやろ」

「むっ」

言われた紅屋宗陽が詰まった。

「三好はんらは、京へ出て本圀寺を攻めた。それがなにを表すのか、わかってはりますやろ」

「……謀叛人《むほんにん》か」

紅屋宗陽が苦い顔をした。

三好長逸を中心とする軍勢が本圀寺を襲ったのは、永禄十一年十月十八日に足利義昭が将軍宣下《せんげ》を受けた後の、永禄十二年正月五日であった。

征夷大将軍《せいいたいしょうぐん》の御所を大名が襲う。これはあきらかな謀叛になる。

その謀叛を堺は手助けした。

謀叛というのは、成功して初めて許される。勝者は、名分でも理由でも好き放題にできる。もし、本圀寺で三好方が足利義昭を葬り去っていたら、今ごろ織田信長は京を捨てて、本国の美濃に帰って逼塞《ひっそく》している。

堺も勝った三好に与《くみ》した功績によって、相応の褒賞を得たはずであった。まちがっても織田方の軍勢に囲まれて、矢銭を要求されてはいない。

だが、実際は三好方の敗北であり、堺は織田信長の包囲を受けている。堺に大義名分はない。期待していた三好日向守の援軍は来なかった。

「代官も置かれるか」

紅屋宗陽がため息を吐いた。

堺は管領《かんれい》細川家の支配から脱却以降、ずっと納屋衆あるいは会合衆《えごうしゅう》の談合によって治めて来ていた。

支配されることなく、己たちですべてを決めてきたという矜持《きょうじ》が、堺の者たちにはある。

派遣された代官を認める。それは織田信長の支配下に入るとの意味であり、以降堺はなにをするにも織田家の許可を取らなければならなくなる。

「仕方おまへんなあ。矢銭だけで満足して堺を放置したら、またぞろ三好の軍勢を迎え入れますやろ」

今井彦八郎が当然の対応だと言った。

堺に織田の代官が常駐すれば、三好との交流は断たれる。もし、三好が船で堺へ近づけば、上陸する前に代官に知られる。

本圀寺の二の舞はなくなる。それどころか待ち受けることもできる。

また、堺から三好への援助もやりにくくなる。堺に持ちこまれた硝石、作られた鉄炮を三好に売ることが難しくなる。

「どうにもならんか」

紅屋宗陽が集まっていた者たちの顔を見た。

「……………」

「あきまへんやろう」

「手立ては難しゅうございますな」

今井彦八郎が無言で首を左右に振り、魚屋與四郎と天王寺屋助五郎が嘆息した。

「三好はんは来はりませんでしたからなあ」

笑嶺宗訢が、しみじみと口にした。

「和泉、河内の国人《こくじん》衆の姿もない」

紅屋宗陽がようやく三好日向守にだまされていたと気付いた。

「あと言うまでもおまへんけど、二度と三好はんの味方はできまへんで。それこそ堺は潰されます」

今井彦八郎が付け加えた。

「……今井はん、後は任せる」

うなだれた紅屋宗陽が降伏を認めた。

二

二月、堺は矢銭二万貫を差し出し、織田信長の武将佐久間信盛《さくまのぶもり》を代官として迎えいれた。

「御礼を……」

軍勢を引いた織田弾正忠信長に、今井彦八郎は御礼言上《ごんじょう》をした。

「うむ。そなたもよく、働いた」

織田信長が今井彦八郎をねぎらった。

「余に仕えよ」

今井彦八郎の手腕を認めた織田信長は、摂津住吉《すみよし》郡二千二百石で召し抱えた。

「かたじけのうございまする」

深々と今井彦八郎が頭《こうべ》を垂れた。

「一つ、お伺いしてもよろしゅうございましょうや」

質問するにも許可を得なければならない。

「申せ」

手短に織田信長が促した。

「先日、公方《くぼう》さまに……」

「おとなしくしていろと命じたことか」

言いかけた今井彦八郎に、気の短い織田信長が途中から言葉を重ねてきた。

「はい」

「馬鹿をしでかしかけていたからな」

織田信長が淡々と告げた。

本圀寺の襲撃を防いだ後、織田信長は足利義昭に、この正月十四日、殿中御掟《でんちゅうおんおきて》と称する九カ条を押しつけた。
一、不断可被召仕輩、御部屋衆、定詰衆、同朋以下、可為如前々事
一、公家衆、御供衆、中次御用次第可有参勤事
一、惣番衆、面々可有祗候事
一、各召仕者、御縁へ罷上儀、為当番衆可罷下旨、堅可申付、若於用捨之輩者、可為越度事
一、公事篇内奏御停止之事
一、奉行衆被訪意見上者、不可有是非之御沙汰事
一、公事可被聞召式日、可為如前々事
一、閣中次之当番衆、毎事別人不可有披露事
一、諸門跡、坊官、山門衆、徒医陰輩以下、猥不可有祗候、付、御足軽、猿楽随召可

参事

この九カ条は、警固の衆は今まで通りにすることとか、足利義昭に呼ばれた公家《くげ》、幕臣はすみやかに伺候しろとか、将軍への直訴は禁じるとか、僧侶や僧兵、医師、陰陽師《おんみようじ》などを許可なく御所へ入れてはいけないとか、概《おおむ》ね足利義昭の身柄を危機から守るためのものであった。

今井彦八郎が問題にしたのは、この二日後に追加された七カ条にあった。

一、寺社本所領、当知行之地、無謂押領之儀堅停止事

一、請取沙汰停止事

一、喧嘩口論之儀被停止訖、若有違乱之輩者、任法度旨、可有御成敗事、付、合力人同罪

一、理不尽入催促儀堅停止事

一、直訴訟停止事

一、訴訟之輩在之者、以奉行人可致言上事

一、於当知行之地者、以請文上可被成御下知事

寺社の所領を勝手に吾《わ》がものとするな、いろいろなもめ事は法度《はっと》に照らし合わせて信長が裁くので余計な口出しはするな。直接訴訟を受けるな、知行地を宛《あて》がうならばしっかり文書に書いておけと足利義昭の行為に制限を掛けるものであった。

「公方さまを御輿《みこし》にしたがる者が出てきたのでな」

織田信長が答えた。

「……公方さまを御輿になさっているのは、弾正忠さまでは」

「御輿……先日まではの」

首をかしげた今井彦八郎に織田信長が言った。

「………」

「わからぬか。公方さまは余が兵を率いて上洛《じょうらく》するための御輿。いや、織田の軍勢を京に置くための名分」

その言葉の意味がわからない今井彦八郎に、織田信長が付け加えた。

「で、では、もう公方さまは要らぬと」

「要らぬとは申しておらぬ。まちがえるな、公方さまは御輿ではなく、本尊である」

「本尊でございますか」

今井彦八郎がまたも怪訝な顔をした。

「これはわかりやすいだろうが。御輿は担いで動かすものだ。そして本尊は安置してほったらかしておけばいい」

「それはっ……」

あまりな物言いに今井彦八郎が絶句した。

「まさか、そなた、武士は将軍に忠誠を尽くすべしなどと思っておるまいな」

「…………」

問われた今井彦八郎は戸惑った。

たしかに将軍は武士の統領であり、すべての武士は将軍を主君として仰がなければならない。だが、先々代十三代足利将軍義輝は、三好義継、松永久秀によって害されている。他にも足利家の所領は、そのほとんどを国人が押領《おうりょう》している。足利将軍家は金閣寺《きんかくじ》、銀閣寺《ぎんかくじ》を建てたころを頂点として衰退を続け、すでに天下の主といえるだけの力はない。

しかし、足利将軍家という名前に忠誠を捧《ささ》げる者もいる。先日の本圀寺の襲撃でも、若狭から派遣されていた警固の者は、優勢な三好勢に屈することなく、その命を捨ててまで足利義昭を守っている。

「美濃を領した余が、これ以上領地を拡《ひろ》げるにはどうすればいい」

織田信長が質問を変えた。

「背中の三河《みかわ》は徳川のものだ。手出しはできぬ。飛騨《ひだ》は山国で、わざわざ兵を損してまで奪うほどの価値はない。伊勢は一向宗徒、神戸《かんべ》、北畠《きたばたけ》と面倒が多い。信濃《しなの》は上杉と武田が取り合っている。となれば……」

「近江しかございませぬ」

答えを促すような織田信長に今井彦八郎が答えた。

「であろう。だからこそ、市《いち》を浅井に出した」

「越前、朝倉への押さえでございますか」

妹を浅井長政に嫁がせたと言った信長に、今井彦八郎が確かめた。

「それくらいはわかるか」

織田信長が歯を見せて笑った。

「加賀《かが》の一向一揆、若狭の国人ども、朝倉が近江へ出てくるとは思えぬが、なにがどうなるかなどわからぬだろう。ならば手を打つべきだ」

「仰せの通りでございまする」

商いの極意と同じだと今井彦八郎は、織田信長の考えかたを称賛した。

「これで近江へ兵を出せる。なれどあと一つ足りぬ」

「六角さまを滅ぼすだけの大義名分」

織田信長の言いたいことを今井彦八郎は読み取った。観音寺城を失った六角氏は、近江の各地に潜み、隙を見ては織田に手向かっていた。

「それで公方さまを」

「朝倉が御輿を持っていながら使わないのであれば、余が担いでやろうと思ったのよ」

小さく織田信長が笑い声を漏らした。

「……………」

今井彦八郎が息を呑《の》んだ。

将軍となるべき足利義昭を担いで、上洛する。たしかに大義名分であった。これに従わなかった六角氏は、織田、徳川、浅井の連合軍によって粉砕され、その領地を奪われた。

「どのような祭りでも、御輿が社《やしろ》に入れば終わる。そして御輿は次の祭りが来るまで、社のなかに安置され、外へ出ることはない」

「御輿が京へ入った。そこにいたる困難は他人にさせて、これからは……」

織田信長の言葉で、今井彦八郎はその危惧するところを汲《く》んだ。

「そうよ。あれが将軍になるまで、何一つ手を差し伸べなかった連中が、征夷大将軍という御輿を担ぎ出そうとしている。そういった輩《やから》を余は許さぬ」

強い口調で織田信長が宣した。

「そのための御掟でございましたか」

今井彦八郎が安堵《あんど》した。

織田信長は、足利義昭を御するためではなく、周囲を牽制《けんせい》するためだと言ったのだ。

これが足利義昭を支配するためのものであれば、いつ紛争が起こるかわからなくなる。

三好三人衆に担がれた足利義栄は別にしても、殺された足利義輝は支配を押しつけた三好長慶と何度も衝突し、そのたびに京を落ちて近江の六角氏や朽木《くつき》氏を頼っている。

もちろん、逃げ出す足利義輝に京を奪い返す力はなく、しばらくして朝廷の仲立ちで三好長慶と和睦をし、京へ戻って来るのだが、それでも世情は不安になる。

商人にとって世情の不安は、商売が安心してできないことから、できるだけ避けて欲しいところであった。

「今はな」

織田信長が冷たい目をした。

「…………」

今井彦八郎が震えあがった。

「これより、尼崎を攻める。堺を揺るがすな」

話は終わりだと、織田信長が手を振った。


尼崎は堺が織田に膝を屈しても、まだ抵抗を続けていた。

「仏を畏《おそ》れよ」

英賀から来た一向宗徒が、織田信長への抵抗を頑として止《や》めなかったのだ。

一向宗徒は織田信長が石山本願寺へ矢銭を要求したことを不遜だと憤っており、尼崎商人をそれに巻きこんでいた。

「もう一度降伏を勧めろ」

二月二十八日、織田信長は最後の慈悲を尼崎に突きつけた。

「矢銭一万貫を支払い、市中にいる一向宗徒、牢人《ろうにん》を追放せよ」

「ふざけるな」

織田信長の要求を尼崎はふたたび蹴った。

「落とせ」

三月六日、織田信長は尼崎攻めを開始した。

「退くなっ」

「持ちこたえよ」

一向宗徒と牢人が必死になったところで、戦を重ねて来た練達の織田兵の前にはどうしようもない。

尼崎の抵抗は一日で終わった。

「見せしめじゃ。焼け」

織田信長は尼崎を壊滅させ、播磨の国人領主たちへの警告とした。

「燃えている」

尼崎の末期《まつご》は、嫌でも堺から見えた。

「前とは炎の勢いが違う。あれでは尼崎は潰《つい》える」

紅屋宗陽が膝を突いた。

堺の抵抗を弱めるため、織田信長は一度尼崎に火を付けている。それは堺を含めた尼崎周囲への降伏勧告であり、規模が違った。

「危うく、ああなるところやったんでっせ」

魚屋與四郎が、紅屋宗陽を非難した。

紅屋宗陽は織田信長へ抵抗するため、尼崎にも連携を申しこみ、抗戦をそそのかしている。その結果が尼崎を焼いた。

「…………」

責められた紅屋宗陽がうなだれた。

「三好は、堺だけやのうて、尼崎も見殺しにしはったな」

天王寺屋助五郎が嘆息した。

淡路から船を出せば、尼崎は近い。それこそ、堺に援軍を送るよりも容易《たやす》い。だが、三好長逸らは動かなかった。

「堺は織田さまに従う。それしかおまへんけど……」

決意を表しながらも今井彦八郎は、最後まで言い切れなかった。

三

誰でも思うがままに商いができる楽市楽座《らくいちらくざ》を領内に広めている織田信長である。

堺を支配下に置いたとはいえ、上納金を求めてきたり、運上《うんじょう》を課したり、商売の相手を制限したりはしなかった。

「余が求めたものを求めたときに用意いたせ」

織田信長の要求はそれだけであった。

「欲深いお方でなく、よろしゅうございましたな」

「代官所は作られましたけど、織田はんのお侍さんがいてくれはるおかげで、もめ事も少のうなりましたしな」

「表だってでけへんようにはなりましたけど、船で海へ出てしまえば三好はんとの商いもいけますすし、今までどおりや」

堺の商人たちが織田信長の支配を歓迎しだした。

「大蔵卿法印《おおくらきょうほういん》のご就任、おめでとうございまする」

今井彦八郎のもとを訪れた魚屋與四郎が真剣な顔で祝いを述べた。

「ありがとう存じまする。これも公方さまのご慈悲によるもの。浅学非才なわたくしには過ぎたるものとは存じておりまするが、お断りするのも非礼でございますれば、畏れ多くもお受けいたしましてございまする」

今井彦八郎もていねいに応じた。

京に入った足利義昭の無聊《ぶりよう》をお慰めするとして、今井彦八郎は献茶をおこなった。また、堺荘の代官として足利家へ年貢米を納めた功績もあり、今井彦八郎は大蔵卿法印の位を授かっていた。

「お祝いがおそくなり、申しわけおまへん」

挨拶は終わったと魚屋與四郎がいつもに戻った。

「いやいや。こっちもいただいておきながら、使うのを遠慮してましたし」

今井彦八郎が、大蔵卿法印を与えられたのは、永禄十一年の冬であった。しかし、そのとき堺は織田信長と敵対していた三好に近かったため、今井彦八郎は官職の使用を避けていた。

三好が排除しようとしている足利義昭からもらったものをうれしそうに使うのは、当時の堺では嫌がられたうえ、本圀寺の変以降は織田信長と敵対したこともあり、やはり使いにくかったのだ。

その両方の制限がなくなった。

今井彦八郎は堂々と大蔵卿法印としての格をひけらかせるようになった。

「商いはどないです」

今度は今井彦八郎が魚屋與四郎に訊《き》いた。

「ちと痛いですなあ」

魚屋與四郎がため息を吐いた。

「やはりお得意さんが……」

今井彦八郎が痛ましげな目をした。

魚屋與四郎は長く三好家の御用商人を務めてきた。とくに三好長慶の弟実休とは、魚屋與四郎が愛用していた珠光《じゆこう》の茶碗を譲るほど親しく交友していた。

祖父の七回忌をおこなう金もないほどに零落していた魚屋が、納屋衆になるほど豊かになったのは、三好実休による贔屓《ひいき》のおかげであった。

「まあ、実休はんがお亡くなりになってから、三好はん相手の商売も儲けが薄うなりましたので、やっていけないほどやおまへんけど……」

魚屋與四郎が難しい顔をした。

三好実休が長慶から河内、和泉を預けられた関係もあり、堺との縁は深かった。また茶の湯を好んで武野紹鷗の教えを受けた三好実休は、今井彦八郎や魚屋與四郎とも親しくしており、商人をよくわかっていた。

その三好実休が永禄五年三月五日、和泉国八木《やぎ》郷付近でおこなわれた畠山高政《はたけやまたかまさ》との戦いで討ち死にしてしまった。以降、堺と三好氏との仲は、当主長慶が病に伏して実権を三人衆に奪われたこともあり、徐々に共栄から疎遠へと変化していった。

「商いは過去を振り返るもんやおまへん。浮き沈みなんぞ、日常茶飯事ですがな。三好はんがあかんなったら、織田はんをお得意にしたらすみますやろ」

一転して魚屋與四郎が表情を明るくした。

「それが目当てですかいな」

魚屋與四郎の意図を読んだ今井彦八郎が苦笑した。

「お願いできまっか」

「仕方おまへんな」

今井彦八郎が引き受けた。

「天王寺屋はんと一緒でっせ」

「もちろん、結構で」

条件を付けた今井彦八郎に、魚屋與四郎が首肯した。

今井彦八郎は、堺代官の佐久間信盛のもとを訪れた。

「織田弾正忠さまは、いつ京へおいでで」

「殿はお忙しい。いつ、お報《しら》せがあるかはわからぬぞ。待っておれ」

織田信長への目通りを求めた今井彦八郎に、佐久間信盛が引き受けた。

堺の降伏に尽力し、織田信長から直臣として召し抱えられた今井彦八郎の求めとあれば、尾張からの譜代とはいえ佐久間信盛も無下に断れなかった。

「よしなにお願いをいたしまする」

今井彦八郎もそれで満足した。

織田信長は今、六角氏から奪った近江から東南へと兵を進め、伊勢へ進攻している。他にも全国の諸大名へ、上洛して新しい将軍へ忠誠を誓うように命じる書状を出したりと多忙を極めている。

朝、京にいたかと思えば、昼から近江へ駆けていたりと寸刻の暇《いとま》もない。

「気長に待つしかおまへんな」

今井彦八郎が魚屋與四郎に告げた。

だが、呼び出しは意外と早かった。

「明日昼過ぎに京妙覚寺《みようかくじ》まで参るようにとのことである」

「承りましてございまする」

佐久間信盛からの使者を受けて、ただちに今井彦八郎は魚屋與四郎と天王寺屋助五郎に報告、すぐに京へ向かった。

「遅れるわけにはいきまへん」

織田信長と何度か会っている今井彦八郎は、その性格をあるていど摑《つか》んでいた。

武家の統領である将軍足利義昭を御輿だとか、本尊だとか平然と言い放つそこに、情や想《おも》いは感じられない。

かなり険しい性格だと今井彦八郎は考えていた。

また、京を押さえている当代の権力者を待たせるわけにはいかなかった。織田信長の機嫌次第で、こちらの首が飛んでも不思議ではないのだ。

今井彦八郎は前日中に京へ入るべきだと、天王寺屋助五郎、魚屋與四郎を急《せ》かした。

「一夜の宿をお借りいたしたく」

今井彦八郎は、大徳寺に滞在を頼んだ。

「どうぞ、一夜といわず、ご存分にご滞在を」

大徳寺は堺の南宗寺の本山にあたる。南宗寺歴代の住職大林宗套も笑嶺宗訢も大徳寺で修行を積んでいる。大林宗套は大徳寺の九十世、笑嶺宗訢は百七世とつながりは強い。

また、応仁《おうにん》の乱で伽藍一切を焼かれたとき、堺の商人たちが再建に合力《ごうりき》している。大徳寺にとって、堺の商人は重要な檀《だん》家衆《かしゅう》であった。

「どのようなお方や」

宿坊に落ち着いたところで、魚屋與四郎が今井彦八郎に織田信長の人となりを問うた。

「手段を選ばんお方や」

「そんなもん、武士はみんなそうやろう」

答えた今井彦八郎に、魚屋與四郎が首を横に振った。

「格が違う」

「……格が違うとは、どういうことですねん」

天王寺屋助五郎が首をかしげた。

「将軍はんを近江進攻の名分にしはるんやで」

今井彦八郎が先日織田信長から聞いた話を述べた。

「それはまた……」

「わかりやすうてよろしいがな」

天王寺屋助五郎が驚き、魚屋與四郎が笑った。

「欲のないお方は、信用なりまへんよってなあ。世のなかを糺《ただ》すとか、悪逆無道の某《なにがし》を討つとか、苦しんでいる民を助けるのが務めとか、外面のええ遊女《あそびめ》みたいなもん。腹のなかは真っ黒け」

「たしかに、坊主のお題目で戦をしかけられたら、たまったもんではおまへんわな」

魚屋與四郎の話に、今井彦八郎が苦笑した。

「肚《はら》の据わりが違うというのは、わかりましたけどな。保《も》ちますやろうか」

天王寺屋助五郎がふたたび問うた。

京に旗を立てた織田信長は、天下人へと名乗りをあげた。これをおもしろく思わない者は多い。

己《おの》が京を支配し、天下に号令を発したい者、たかが尾張半国の国人領主であった織田家の下風《かふう》に立てるかという者、稔《みの》りの多い尾張を手に入れたいと考えている者、武家の台頭に歯止めを掛けたいと思っている者、天下万民を信者にしたいと考えている者、まさに織田信長は四面楚歌《しめんそか》といえた。

なかでも越前の太守朝倉義景《よしかげ》は怒り心頭に発していた。

義昭を数年前から抱えこんでおきながら、ただ囲うだけで上洛の軍勢を起こさなかったくせに、織田信長によって将軍宣下が為し遂げられると、儂《わし》をないがしろにしたと不機嫌になる。

誰がどう考えても、子供のわがままのようなものであるが、それでも面目が立たないという理由は通る。

朝倉義景は織田信長への不快の念を隠そうとはしていなかった。

「越前だけやったら、さほど問題ではおまへんけどなあ……他のお大名が一緒になったら、ちと危ないやろうなあ」

今井彦八郎が腕を組んだ。

「織田はんの所領は、尾張、美濃、近江の半分と伊勢の一部。合わせて百五十万石ちゅうとこですやろ」

「越前の朝倉、丹波の波多野、紀伊《きい》の畠山、阿波と讃岐、淡路の三好、播磨の小寺《こでら》らが手を組めば、倍はいきますな」

勘定した今井彦八郎に天王寺屋助五郎が続けた。

「数だけで決まるもんやおまへんやろ」

魚屋與四郎が手を振った。

「数が増えれば増えるほど、大将も多くなる。船頭多くして船山に登るやったらまだよろしいけどな、船が割れてしまえば、溺れるだけ」

「でんな」

嘲笑する魚屋與四郎に、今井彦八郎が同意した。

「それを見逃すお人やおまへんわ」

今井彦八郎が告げた。

「まあ、明日、会《お》うて、値付けしてみはったらよろしい。これはあかんと思えば、手を引かはったらすむこと」

百聞は一見にしかずだと今井彦八郎が言った。


「堺荘の代官、今井宗久《そうきゅう》、お許しに応じて参りましてございまする。同行いたしておる者は、堺の住人津田宗及《つだそうぎゅう》、千宗易《せんのそうえき》にございまする」

織田信長が滞在している妙覚寺の警固は厚い。

翌日、定められた刻限より、一刻《いっとき》（約二時間）早く、妙覚寺を訪れた今井彦八郎は、警固の責任者に名乗りを告げた。

武士というのは、同じ武士でなければ、ぞんざいに扱う。普段の堺であれば、それでもよいが、織田信長の家臣として禄《ろく》をもらった以上、相応の態度をとらなければならない。ここでへりくだれば、今井彦八郎を家臣にした織田信長の顔を潰すことになる。そして、今井彦八郎たちを雑に扱った警固の侍も無事ではすまなくなる。

天王寺屋助五郎、魚屋與四郎は織田の家臣ではないが、それぞれ家名《いえな》を持っている。天王寺屋、魚屋と名乗るより、津田、千と苗字《みようじ》を告げたほうが、少しはましな対応を受けられた。

「お声がかかるまで、納所《なつしよ》で待たれよ」

警固の侍が三人を案内した。

「ずいぶんとお客が多いですなあ」

魚屋與四郎が納所で待っている人数に感心した。

「武家はわかるが……公家がおおいな」

天王寺屋助五郎も目を剝《む》いていた。

「公家はんは、そのときどきで近寄るかどうかを決めはります。そのあたりの機微は公家はんの得手としはるところ」

「いけると思えば寄ってきて、あかんと思えば去っていく。公家はんだけやおまへんな。わたしら商人も同じ。この目利きがでけん者は、世のなかを渡っていけまへん」

魚屋與四郎の意見に、今井彦八郎が同意した。

「公家はんの姿が見えなくなったら、危ないというわけでんな」

魚屋與四郎が小さく笑った。

「貴殿が今井どのか」

三人のところへ、鎧兜《よろいかぶと》ではなく直垂姿《ひたたれすがた》の武士が近づいてきた。

「さようでございまする。畏れ入りまするが、あなたさまは」

初めて見る顔に今井彦八郎が戸惑った。

「明智十兵衛《じゆうべえ》でござる」

「……あなたさまが」

名乗った武士に、今井彦八郎が驚いた。

明智十兵衛光秀は、足利義昭の家臣であった。美濃の土岐《とき》氏の出と自称し、その縁で織田信長と足利義昭の仲立ちをおこなった。今回の上洛の下準備をしただけでなく、本圀寺襲撃では守将として足利義昭を守り抜いた。

その功績をもって、織田信長からも禄を与えられ、織田の重臣丹羽長秀と並んで京の差配を預けられていた。

「お初にお目にかかりまする。堺荘の代官を承っておりまする今井彦八郎でございまする。こちらは堺の津田、千」

「よろしくお願いをいたしまする」

「よしなにおつきあいのほどをいただきますよう」

今井彦八郎は名乗りつつ天王寺屋助五郎、魚屋與四郎を紹介した。

「幕臣明智十兵衛でござる」

天王寺屋助五郎と魚屋與四郎に、明智光秀が礼をした。

「少し、よろしいか」

明智光秀が今井彦八郎に求めた。

「お召しがございますまで、暇をいたしております」

どうぞと今井彦八郎がうながした。

「今井どのらは、茶を嗜《たしな》まれるのか」

「飲みかたを知っているていどにございますが」

明智光秀の問いかけに、今井彦八郎が謙遜した。

「なにを言われるか。貴殿は武野紹鷗どのが娘婿だと聞いた」

「ご存じでございましたか」

今井彦八郎が申しわけなさそうに頭を垂れた。

「明智さまもお茶を」

魚屋與四郎が今井彦八郎に代わって尋ねた。

「とてもしているとは言えぬが、味くらいは知っている」

情けなさそうに首を左右に振った。

「それがなにか」

今井彦八郎が尋ねた。

「織田の殿がな、茶の湯を覚えろと仰せになられての」

明智光秀が嘆息した。

「恥を申すようだがの。吾《われ》は貧しい日々を過ごしてきた。先祖伝来の城地を一色《いっしき》左京大夫に奪われて以来、各地を浪々、茶どころか食べるのにも苦労した」

苦く頬をゆがめながら、明智光秀が続けた。

「公方さまにお仕えするようになり、越前へ移ってからは生活の苦労はなくなったが、それでも茶を喫するだけの余裕はなかった。異郷の地じゃ、公方さまはまだしも、吾のような軽輩はどうしても、越前の衆に遠慮せねばならぬ。越前朝倉のために戦に出たわけでもない者が、一乗谷《いちじょうだに》で茶を楽しんでいては……いい気はすまい」

「たしかに」

明智光秀の言いぶんに今井彦八郎は首肯した。

「そこに、織田の殿がお茶の会をお開きになられることが増えた。とくに京の公家を招かれる。茶を囲んで、公家衆の機嫌を伺われている」

「ほう」

魚屋與四郎が感嘆の声を漏らした。

「織田の殿がおられないときは、その役目を京の留守を預かる我らがいたさねばならぬ。しかし、茶の心得がなければ、公家衆に嗤《わら》われ、相手にされぬ。道具を揃《そろ》えるくらいの金はござるが、それでは無理でござる」

疲れたように明智光秀がため息を吐いた。

「お公家はんに道具を揃えるだけの金はおまへんわなあ」

明智光秀の言いたいことを魚屋與四郎が理解した。

乱世が続いたことで、いや、武家の台頭によって、諸国にあった公家の荘園《しようえん》はそのほとんどを奪われた。かつて望月《もちづき》の欠けたることもなしと思えばと自負した公家は、今や見る影もない。公家にあるのは歴史だけとなり、いい茶道具を手に入れることはできず、残るはただ受け継がれてきた礼儀礼法だけである。そういった公家は、いい道具を揃えたとしても作法なしの茶を下卑たものとして、嘲笑した。

「そこで、茶を吾に教示していただきたい」

明智光秀が頼んできた。

「殿のお許しを得ねば、ご返事できませせぬ」

身分は違えども明智光秀と今井彦八郎は同僚である。そこに師弟関係を持ちこんでよいのかどうか、今井彦八郎だけでは判断できなかった。

「……さようか」

「ほな、わたくしがお教えしまひょ」

織田信長の許可が出るまで返事は待ってくれと言われて落ちこんだ明智光秀に、魚屋與四郎が手を上げた。

「わたくしならば、織田さまとかかわりはおまへんよって」

「頼めまするか」

魚屋與四郎の言葉に、明智光秀が喜んだ。

「今井どの、殿がお呼びでござる」

取り次ぎの侍が、今井彦八郎に報せた。

「では、後日」

明智光秀が魚屋與四郎と再会を約して去っていった。

四

織田信長は辟易《へきえき》した顔で、今井彦八郎たちを迎えた。

「殿さまにおかれましては、ご機嫌うるわ……」

「止めい、聞き飽きたわ」

挨拶を始めた今井彦八郎を、織田信長が手を振って制した。

「今朝から、来る者、来る者、同じことを言いおる。余の機嫌がうるわしいとどうしてわかるのだ」

「それはご不幸なことでございました」

織田信長の怒りに今井彦八郎が同情した。

「ですが、目下の者からいたしましては、そう申しあげるしかございませぬ」

「無駄なことを言う暇があったら、さっさと用件を口にいたせばいい。挨拶を止めることで、相手をする客の数を増やせるというに」

「ご辛抱くださいませ。それが世間というものでございまする。力を持っておられるお方のご機嫌を損なうわけには参りませぬゆえ」

「かえって余の機嫌は損なわれておるぞ」

「それはまだ殿さまのことを、皆がわかっておらぬからでございまする。いずれ、殿さまのことを知るにつれて、変わって参りましょう」

「……もう少し無駄につきあえと」

「はい」

睨むような織田信長に、今井彦八郎がうなずいた。

「あれに我慢せねばならぬのか。なにを申しておるのかわからぬ言葉遣い、真っ黒に染めた歯を見せつけるような笑い顔、いろいろ吐《ぬ》かしておるが、最後には先祖伝来の荘園を返してくれか、合力をしてくれとの要求だけ。公家とは、なんだ」

織田信長の不満は終わっていなかった。

「わかりませぬ。公家さまがたとのおつきあいがないとは申せませぬが、商人としてはあまりありがたいものではございませぬ。なにせ、公家さまにはお金がございませぬので」

「金なしは商人の客ではないか。客でない者のことはどうでもいい……か」

今井彦八郎のあきれ顔に、織田信長が笑った。

「後ろの二人はなんだ」

織田信長がようやく天王寺屋助五郎と魚屋與四郎に目を向けた。

「お報せもせず、連れて参りましたことをお詫び申しあげまする。どちらも堺の住人で、ともに先日、わたくしが殿さまのもとへ参られるように手伝ってくれました者で。これにおりまするのが津田助五郎宗及、屋号を天王寺屋、こちらに座しておりまするのが、千與四郎宗易、屋号を魚屋と申しまする」

あらためて紹介をしながら、今井彦八郎は二人の功績を言い立てた。

「お初にお目にかかりまする。津田宗及と申しまする」

「初めて御意《ぎよい》を得まする。千宗易めにございまする」

天王寺屋助五郎と魚屋與四郎が深々と床に額を付けた。

「弾正忠じゃ。彦八郎を助けたようじゃな」

織田信長が、二人の功績を認めた。

「彦八郎の評判はどうじゃ」

「よろしゅうございまする」

「さすがは武野紹鷗どのが娘婿だと、皆感心をしておりまする」

問うた織田信長に、天王寺屋助五郎と魚屋與四郎が答えた。

「佐久間はどうじゃ」

「堺のためにご尽力をいただいておりまする」

「かたじけなく存じておりまする」

「彦八郎」

重ねての下問に応じた二人を見た織田信長が、険しい顔で今井彦八郎へ声をかけた。

「まことでございまする。佐久間さまは、決して堺の者どもに無理を強《し》いられませぬ。また、殿さまのご訓示のお陰で兵たちも無《む》体《たい》をいたしませぬ。堺はなに一つ変わっておらぬと、皆喜んでおりまする」

今井彦八郎が織田信長を見つめながら述べた。

「ふむ。どうやら偽りではなさそうじゃな」

織田信長が怒気を収めた。

「今日は、その者どもを見せたかったのだな」

「はい。わたくしだけでは堺を押さえきれませぬ。それを助けてくれまする二人を殿さまにもお見知りおきいただきたく、ご無理をお願いいたしましてございまする」

確認する織田信長に、今井彦八郎が首肯した。

「つまり、そちに代わって、この二人が余のもとへ報告に来ることもあるというのだな」

「さようでございまする」

今井彦八郎が首を縦に振った。

「ならば、余に会うためになにかしらの名分がいるな」

織田信長が顎に手を当てて思案し始めた。

「……そなたらは、茶をいたしておるか」

「わたくしを含めて、皆、武野紹鷗の教えを受けておりまする」

尋ねられた今井彦八郎が認めた。

「ならば、そなたたちを余の茶堂衆《さどうしゅう》といたす」

「織田さまの……」

「これは……」

織田信長の辞令に、天王寺屋助五郎と魚屋與四郎が驚いた。

茶堂衆とは、茶の湯の指導をおこなうだけでなく、織田信長の催す茶会の差配もする。それは、織田信長の茶会に同席することを意味する。つまり、織田信長が茶会でどのような話を誰としていたかを知ることができる。

天下をこれからどうするか、どこを攻めるか、秘中の秘を耳にするのだ。

「禄はくれてやらぬぞ」

「結構でございまする」

「よろこんで務めさせていただきまする」

ただ働きだと言った織田信長に、天王寺屋助五郎と魚屋與四郎が首を縦に振った。

商人にとって、織田家の動向、将軍家の意向、天下の趨勢《すうせい》を他人より早く、正確に知れる立場は、金を払ってでも欲しいもの。

「ふふふ」

喰《く》い付いた二人に、織田信長が含み笑いをした。

「もちろん、そなたたちの話も聞かせよ」

「仰せられるまでもございませぬ」

代表して今井彦八郎が受け入れた。

「殿さま、早速ではございまするが……」

魚屋與四郎が発言の許可を求めた。

「なんじゃ」

「先ほど、明智さまより茶の指導をとのお話をいただきましたが、問題はございませぬか」

「明智か……あの者は公方さまの臣じゃ。余が否やを申すわけにもいかぬ。好きにいたせ」

織田信長が魚屋與四郎に手を振った。

「ご家中方につきましては、いかがいたしましょう」

もう一つ魚屋與四郎が尋ねた。

「そうよな……與四郎、これから茶は要るな」

「はい。お公家の方々とおつきあいをなさるのならば、茶は有用でございましょう。かつては室町第《むろまちだい》さまを中心に京でも流行いたしたと聞いてございまする」

室町に御所があったことから、足利将軍家を室町第と称した。

「足利のお家芸か」

「お家芸と言えるかどうかはわかりませぬが……今後、ご家中の方々は京で公家衆とお話をなさる機会が増えましょう。一つくらい雅《みやび》ごとをご存じであれば、なにかとよろしいかと」

今井彦八郎が勧めた。

「公家とのつきあいか……茶が無難かの。今さら、権六《ごんろく》や内蔵助《くらのすけ》に歌を詠めとは言えぬな」

織田信長が苦笑した。

権六は柴田勝家《しばたかついえ》、内蔵助は佐々成政《さっさなりまさ》、どちらも織田家を代表する武将であった。

「家中の者にも許す。茶の席で恥を掻《か》かぬていどにしてやれ」

「承知いたしましてございまする」

織田信長の認可に、今井彦八郎が礼を述べた。

「それより、三好はどうしている」

茶の一件は終わったと織田信長が話を変えた。

「最近は、まったく」

今井彦八郎が堺へはなにも言ってこないと述べた。

「硝石を買い集めている様子は」

「ございませぬ」

やはり今井彦八郎が応えた。

鉄炮に使う硝石は海外から持ちこまれるだけで、国内で製造はできない。尼崎が焼けた今、硝石の輸入は堺か博多になる。博多に入った硝石は、大友が買い占め、ほとんど四国や畿内には出回らなかった。

「ならば、しばらくは動かぬな」

織田信長がうなずいた。

軍を起こすには、いろいろなものが要る。兵糧、矢弾、硝石など、どれが不足してもまともには戦えなかった。

「もし、硝石の買い入れを三好が申し入れてきたならば、すぐに報せよ」

「心得ておりまする」

今井彦八郎が引き受けた。

「殿さまは、伊勢を」

この後どうするのかを今井彦八郎が伺った。

伊勢を攻めた織田信長は神戸氏を取りこむことには成功したが、北畠氏の頑強な抵抗に遭い、足利義昭の仲介で和睦をしていた。

「いいや、公方さまの和睦を受けたばかりだ。それを破るのは、いささかまずかろう」

実力を持たない将軍にあるのは、面目だけである。その面目を御輿として担いだ織田信長が潰すのは、まずかった。

「では……」

「越前じゃ」

恐る恐る顔色を窺《うかが》った今井彦八郎に、織田信長が短く告げた。

第四章　急転する情勢

一

ようやく堺に日常が戻ってきた。

「おめでとうさん」

「厄払いもすみましたな」

永禄十三年（一五七〇）春。二月三日の節分を、堺では一つの節目としていた。

「鬼遣《おにや》らいはどないでした」

「追儺《ついな》のまねごとだけはしましたけどな」

毎年二月二日で一年が切り替わる。正月とは違っているが、堺ではこちらを重視し、厄除《やくよ》けをおこなう。

「もう、織田はんのような鬼は勘弁ですわ」

魚屋與四郎がため息を吐《つ》いて見せた。

「表では言えまへんけどな」

「まったく……」

苦笑する魚屋與四郎に今井彦八郎が仕方ないとばかりに、首を左右に振った。

「儲《もう》けはりましたやろうに」

同席していた天王寺屋助五郎もあきれた。

「たしかに、大儲けさせてもらいましたわ。今井はんも、天王寺屋はんも同じでっしゃろう」

にやりと魚屋與四郎が笑った。

「たしかに儲けは出ましたけどなあ、魚屋はんほどやおまへんわ」

今井彦八郎が首を横に振った。

「うちも織田さまのご要望に応じたものを納めただけでっさかいな、儲けは出してますけど、薄いでっせ。あんまり利をのせて、織田さまに聞こえたら……」

天王寺屋助五郎が肩をすくめた。

十五代将軍足利義昭の誕生以来、織田信長は何度も朝倉義景へ、上洛《じょうらく》して将軍へ拝謁し、忠節を示せとの書状を出していた。

しかし、朝倉義景はそれに対し、なんの返答も見せなかった。

「公方《くぼう》さま、内意を無視する朝倉を咎《とが》めねばなりませぬ」

「だがの、朝倉には朝倉の事情もあろう」

これを機に京を狙える越前を押さえておきたい織田信長の考えに、足利義昭は気乗りしなかった。というのも、織田信長に担がれて上洛するまでの数年、足利義昭は朝倉義景の庇護《ひご》を受けてきたからであった。

「加賀の一向一揆《いっき》がの」

越前に長くいただけに、足利義昭は朝倉が上洛しなかった、いや、できなかった理由を知っていた。

越前と国境を接する加賀の一向一揆衆であった。

もともと加賀は富樫《とがし》氏が守護を務めていたが、年貢の負担が多かったからか一揆が勃発、それを本願寺が後押ししたことで、大騒乱となった。

「進めば極楽、下がれば地獄。死ねば現世の苦しみから解き放たれ、極楽浄土へ行ける」

本願寺の教えどおり、百姓たちは死を怖《おそ》れずに抗《あらが》い、ついには富樫氏を滅ぼし、加賀を手に入れた。

「百姓の持ちたる国」

そうは言いながら、実際は本願寺の僧侶に支配された加賀は、その影響力を近隣の越《えつ》中《ちゅう》、能登《のと》、飛騨、そして越前へと及ぼし始めた。

背中を加賀の一向一揆衆に狙われているとなれば、とても兵を率いて上洛などできるはずはなかった。

「軍勢を引き連れて参るわけではございませぬ。越前から京にいたる土地は、若狭、近江ともに公方さまに従っておりまする。朝倉左衛門督《さえもんのかみ》どのを襲う者などはおりませぬ。ただ、公方さまのお顔を拝謁いたすだけ。となれば百ほどの兵を伴えばすみましょう」

朝倉義景を気遣う足利義昭を、織田信長が論破した。

「このまま左衛門督どのの振る舞いを許されれば、天下の大名も皆、公方さまを侮りましょう。公方さまと縁のあった朝倉だけに、率先して礼を尽くすべきでございまする」

「……弾正忠に任せる」

将軍の権威にかかわると言われれば、そこまでであった。

足利義昭が、朝倉討伐を認めた。

とはいえ、すぐとはいかない。暦の上では春になっているが、北近江や若狭、越前は雪深く、軍勢を動かすのは難しい。

「潰してくれる」

織田信長は朝倉義景を完全に降伏させるつもりになっている。となれば一万からの軍勢が要る。雪があれば、陣を張るのも難しい。寒さは、軍勢の大敵であった。

まず暖を取らなければならない。それだけの薪《まき》や炭を運ばなければならなくなる。さらに寒さに対抗するため、人は普段よりも多くの食料を欲する。

薪、炭、多めの食料、これの手配だけでも大変なのに、それを軍勢に伴わせなければならないのだ。

冬の軍事は、よほどのことがない限りするものではなかった。

「夏に入り次第、軍を起こす。皆、用意を怠るでないぞ」

織田信長は四月に朝倉討伐をおこなうと宣した。

「やっとか」

織田家の御用商人となった三人は、ほくそ笑んだ。

すでに去年、織田信長から越前を攻めると聞かされていた。聞いていながら、なにもしないようでは商人ではない。

三人は、まだ刈り取りからまもなく市場にあふれている米を買い占めたり、職人に命じて矢を作らせたりと準備をしてきた。

織田家へ納める商品は、三人の持っている納屋と呼ばれている堺湊《みなと》近くの蔵でいまや遅しと出番を待っていた。

だが、そのなかで一人魚屋與四郎だけは、まだ物資の調達にいそしんでいた。

織田の茶堂衆《さどうしゅう》となっていながら、魚屋與四郎はまだ将軍家直参《じきさん》の立場も維持している明智光秀との交流があった。

「茶の指導をお願いする」

明智光秀の願いを受け、魚屋與四郎が師匠となったのだ。

「糧秣《りょうまつ》と鉄炮《てつぽう》の弾薬《たまぐすり》をご手配いただきたい」

その明智光秀から、魚屋與四郎は頼まれたのだ。

明智光秀は足利義昭の将軍就任を受けて正式な幕臣となり、山城国において一千二百貫の禄《ろく》を与えられていた。一千二百貫は軍役として、馬上武者二騎、徒《かち》武者二十人、足軽など十五人とそれに付随する小荷駄を用意しなければならない。

これは、領主の責任であった。

とはいえ、幕府はまだその機能を取り戻していない。いや、織田信長が取り戻せないように仕向けている。

それくらい堺の商人なら誰でもわかっている。

織田信長はあくまでも足利義昭を飾りにしておきたいのだ。幕府の威光を取り戻し、天下に号令などされては、信長の天下取りができなくなる。

また、足利義昭は幼いころに奈良興福寺へ僧侶として出されたこともあり、戦のことをわかっていなかった。

「討て」

将軍がそう命じれば全国の武士がたちまち集まってきて、勝利すると思いこんでいる。いや、追討状が出されればたちまち畏《おそ》れ入って、降伏してくるものだと信じている。だが、そのていどでひれ伏すようなら、最初から十三代足利義輝を殺すような馬鹿なまねなどはしない。

「十四代将軍義栄さまには、弟君さまがおられる。血の近いお方が大統《たいとう》を継がれるのが当然。将軍の地位を簒奪《さんだつ》した者に大義はない」

当然反発し、戦になる。

「勝利せよ」

将軍は室町第にあって指示を出すだけで、戦場へおもむくことはない。

さすがに戦には兵が要るとわかってはいるのだろうが、その兵たちに飯を食わせ、使用する弓矢を整えるなど、将軍の仕事ではないと気にもしていなかった。

そのため、幕臣である明智光秀は、その手配を一からしなければならず、だが、美濃の出で、長く越前にいた光秀に洛中《らくちゅう》や大坂に武具、兵糧を扱う知り合いの商人はなく、慌てて茶を通じてつきあいのある魚屋與四郎を頼ってきた。

「お任せを」

京の奉行でもある明智光秀との縁を強くしたい魚屋與四郎としては、まさに渡りに船であった。

「兵糧と矢と弾と火薬、あと柴《しば》」

戦場へ向かうとはいえ、相手と対峙《たいじ》するまでは夜営もある。まさか行軍中ずっと糒《ほしいい》を水でふやかしてばかりはいられない。

夜営のときは、火を焚《た》く。これは、灯《あか》りを確保するためと、身体《からだ》を冷やさないようにするためである。

身体が冷えれば、どうしても動きが鈍くなるだけでなく、風寒《ふうかん》の邪《じゃ》などを引きやすくなる。

戦場に火はなくてはならないものであった。

「荷駄を出すのも楽になりましたしな」

織田信長が摂津、河内、山城を支配したことで、野盗などの跳梁《ちょうりょう》が減った。敗残兵や喰《く》いかねた連中が堕《お》ちる野盗は、治安の悪化の象徴でもある。

いかに洛中を支配しているとはいえ治安が悪ければ、人心は得られない。その点を織田信長はよく理解していた。

「法に従わぬ者は、皆殺しにせよ」

織田信長は自軍の兵でも、奪うな、犯すな、殺すなという命令に違反した者は許さなかった。ときには自ら太刀《たち》を振るって、法を犯した者を成敗し、京の六条河原に罪状を示した高札《こうさつ》とともに晒《さら》した。

「配下にも厳しい。織田はんなら信じられる」

これが功を奏し、洛中の民の支持は織田信長に集まっている。

「安心して街道を行けなんだら、商いは回りまへんよってなあ」

今井彦八郎も織田信長のやりかたを認めていた。

「朝倉はんも阿呆《あほう》やなあ。まあ、御輿《みこし》を洛中へ運ぶだけの力はおまへんねんやろうけど、何年も世話してきたという実績は大きい。実際六角はんを破って上洛させた織田はんには及ばんでも、将軍はんへご挨拶をしておけばそれなりの地位はもらえますやろうに」

魚屋與四郎が首を横に振った。

幕府には力がない。蔵入り領も京周辺に少し残っているていどで、ほとんどは押領《おうりよう》されてしまっている。しかし、名分だけはあった。

武家に与えられる官位は、すべて幕府がとりまとめて朝廷へ請願する。朝廷は幕府を通じない官位任命はおこなわない。これで幕府はなんとか天下に威を張っていた。

もちろん、武家の官位は令外《りようげ》とされ、実質なんの意味もない。采女正《うねめのかみ》だからといって、禁裏の女官を把握しなくてよいし、式部大夫《しきぶのたいふ》だからといって朝廷の行事にかかわることはない。ただ名乗るだけであった。

他にも幕府の役職というのもある。

管領《かんれい》、侍所、政所《まんどころ》、問注所《もんちゅうじょ》などの司《つかさ》、佐《すけ》、相伴衆《しょうばんしゅう》、御伽衆《おとぎしゅう》などの将軍側近といった、表向き幕府を動かす重職になる。

これも幕府が天下の実権を失った今、ただの名乗りだけになっている。

武家の官位、官職はまさに飾りであった。

だが、この飾りが大いなる力を持っていた。

かつて徳川家康が今川家から独立するときに、なんとかして三河守をいただきたいと、まだ不安定な領国の把握を後回しにして上洛したのも、三河の支配者だという名分が欲しかったからだ。三河守になれば、朝廷から三河の徴税、徴兵の権を認められたとなる。言うまでもなく実効力はまったくないが、それでも戦う理由にはなる。

いかに戦国乱世といえども、理由もなく他人に襲いかかるのは、世間の反発を招く。

そもそも武士が戦って領土を奪うのは、収入を増やすためである。戦いの結果、負けて奪われた土地に住んでいる者にとって、領主が代わるのは大きな出来事になる。

年貢が六公四民から八公二民にあげられるかも知れない。兵役が今より厳しくなるかも知れない。人頭税など新しい負担が増えるかも知れない。

百姓はもとより、郎党を数人から十数人しか抱えていないような小さな国人《こくじん》にとって、領主が代わることは、生死にかかわるのだ。

名分もなく不意討ちをしてくるような領主では、どのような苛政をしくかわからない。

となれば、襲われたもとからの国人領主に手を貸すのは当然である。

しかし、そこに朝廷あるいは幕府のお墨付きがあれば、下手《へた》な抵抗は己たちの立場を悪くする。朝敵とまではいかなくとも、まつろわぬ民、謀叛人《むほんにん》扱いは受ける。そうなれば、土地ごと奪われても、救いの手は伸びてこない。

名分があるだけで抵抗がかなり違う。

「将軍はんの前に手を突くだけで、朝倉はんは加賀守になれたやろうに」

朝倉義景にとって加賀の一向一揆衆が最大の敵である。それがあるために、朝倉義景は足利義昭を奉じて上洛できなかったのだ。その加賀を押さえる名分が手に入っただろうに、もったいないと魚屋與四郎がため息を吐いた。

二

織田信長が敗退した。

永禄十三年四月二十日、織田信長は徳川、幕府の軍勢を合わせて三万をこえる大軍をもって、朝倉攻めに出た。

わずか五日で若狭を征した織田信長は、朝倉一門の景恒《かげつね》が郡司を務める敦賀郡へ進出、勢いをもって、一蹴した。

織田信長の快進撃は逐一京へ報《しら》され、そこから堺へももたらされていた。

「秋までには終わりそうでんな」

堺でも織田の勝利は疑いのないものとなっていた。

商売にいそしんでいた堺に、急報が届いた。

「なにがあった」

「へっ」

「まさか……」

越前朝倉家征伐に出た織田、徳川、幕府の連合軍の背後を、味方であったはずの浅井が襲った。

その一報を受けた今井彦八郎、魚屋與四郎、天王寺屋助五郎は絶句した。

負けるはずのない戦いであった。

将軍から追討の命も出ていた。織田と徳川は合わせて三万という大軍に加え、十二分な鉄炮、弓矢を用意していた。

数でも武器でも優《まさ》っている。そこに名分も備わっていた。

それが見事な敗北を喫した。

「浅井備前守さまが、寝返ったっちゅうのは、ほんまかいな」

魚屋與四郎が首をかしげた。

「ほんまらしい」

今井彦八郎がため息を吐いた。

商人には商人の繋《つな》がりがある。詳しいことははっきりとわかっていないが、いろいろなところから話が入ってくる。

ただ、今回は織田信長から第一報が入った。

「鉄炮と硝石を揃《そろ》えよ」

織田信長から出された使者は用件を伝えるとともに、浅井家が敵に回ったことを報せた。それを聞いた今井彦八郎が、急いで魚屋與四郎と天王寺屋助五郎を呼び出したのである。

「浅井備前守さまは、織田さまの妹婿ですやろうに、馬鹿にもほどがおまんな」

魚屋與四郎が首を左右に振った。

「ほんになあ。先が見えへんにもほどがあるわ」

天王寺屋助五郎も同意した。

「おいっ」

そこへ紅屋宗陽と笑嶺宗訢が走りこんできた。

「聞いたか」

紅屋宗陽が立ったままで口を開いた。

「たぶん、紅屋はんの言いたいことは聞いていると思いますけどな、まずは座りはったらどないです」

今井彦八郎が落ち着けと言った。

「そんな場合やないやろ。織田が負けたんやぞ」

紅屋宗陽が大声を出した。

「まあ、お座りを。立ったままでできる話やおへんやろ」

天王寺屋助五郎も宥《なだ》めた。

「紅屋はん」

笑嶺宗訢も紅屋宗陽の袖を引いた。

「ああ、うん」

ようやく紅屋宗陽が腰を下ろした。

「一服しまひょか」

「わたいがしますわ。道具お借りしても」

立とうとした今井彦八郎を魚屋與四郎が制した。

「今井はんには、話をしてもらわなあきまへんし」

「すんまへんな。道具はお好きなように」

今井彦八郎の許しを得た魚屋與四郎が部屋を出ていった。

「さて、紅屋はん。織田弾正忠さまが負けられたというのを、どこでお知りになりました」

織田信長は今井彦八郎の主君になる。同じ茶堂衆である魚屋與四郎や天王寺屋助五郎の前では気やすく呼べても、紅屋宗陽や笑嶺宗訢の前では、きちんとしなければならなかった。

「京や。京の知り合いが報せてくれた。織田が這々《ほうほう》の体《てい》で、逃げて来たと」

「なるほど、なるほど」

紅屋宗陽の答えに、今井彦八郎が何度もうなずいた。

「それやったら、弾正忠さまがご無事であったというのもご存じですな」

「ああ」

問われた紅屋宗陽が首肯した。

「浅井が寝返って、織田の退路を断《た》ったと聞いたぞ」

「らしいですな。くわしい次第はまだ聞いてまへんが」

うれしそうな紅屋宗陽に、今井彦八郎が頬をゆがめた。

「義理とはいえ、弟に裏切られるとは、織田は終わったな」

紅屋宗陽が唇をゆがめて見せた。

「なぜに」

不思議そうに今井彦八郎が首をかしげて見せた。

「身内に見限られたんやぞ。それだけ織田に人望がないということや。人が寄らないと天下は維持でけへんわ」

「人望がないと。それは違いますな」

勝ち誇る紅屋宗陽に、今井彦八郎が手を振った。

「なにが違うねん」

「浅井に先を見通す目がなかっただけですわ」

訊《き》いた紅屋宗陽に、今井彦八郎が述べた。

「たしかに、そうですなあ。浅井は阿呆としか言いようおまへん」

天王寺屋助五郎も同じ思いだと言った。

「どこが阿呆やねん」

笑嶺宗訢が尋ねた。

「浅井備前守は弾正忠さまに付いて、将軍さまの入洛《にゆうらく》をお手伝いした。つまり、浅井備前守は今の天下において、弾正忠さまに劣るとはいえ、功臣ですわ」

今井彦八郎が続けた。

「それを浅井備前守はなにを思うたか、捨てて朝倉へ付いた。今回の戦は、織田家の私戦やおまへん。将軍さまのお名前で起こされた戦。それに敵対したとなれば、謀叛にな る。功名を捨てて、謀叛人となったわけですわ、浅井備前守は」

「勝ったらええことや」

「たしかに、戦は勝ってなんぼですわな。で、勝ちましたか」

言い切った紅屋宗陽を、今井彦八郎が見つめた。

「勝ったやないか。織田の軍勢が脆《もろ》くも崩れ去り、弾正忠は命からがら京へ逃げこんだ」

「弾正忠さまはご無事でっせ」

紅屋宗陽に今井彦八郎が応じた。

「あのお方は、生きておられる限り、かならずや蘇《よみがえ》りなさいまする」

「軍勢がなくなったら、どないしようもないやろう」

断言した今井彦八郎に、紅屋宗陽が反論した。

「紅屋はん」

天王寺屋助五郎が、今井彦八郎と口論になりかけている紅屋宗陽へ声をかけた。

「……なんや」

気を削《そ》がれた紅屋宗陽が、うるさいなと言わんばかりの顔で天王寺屋助五郎を見た。

「京から織田さまの敗北が報されたと言いはりましたな」

「そうや。京の知り合いが教えてくれたわ。もう、洛中はその話題一色やというで」

確かめるような天王寺屋助五郎に、紅屋宗陽が胸を張った。

「で、朝倉はん、浅井はんの兵は京へ入りましたんか」

「えっ」

「将軍さまから、弾正忠さまをお咎めなさるお言葉でも出ましたか」

「それは……」

問い詰めてくる天王寺屋助五郎に紅屋宗陽が、戸惑った。

「織田さまの本国美濃へ、朝倉はん、浅井はんは攻め込みましたか」

「………」

紅屋宗陽が黙った。

「一遍、敵地での戦いに負けただけで、総大将はご無事、本国たる美濃と尾張には、揺るぎもない。朝倉はんは、まあ、せいぜい近江の一部と若狭を手に入れたくらい。これで勝ったと」

天王寺屋助五郎が鼻先で笑った。

「織田さまの領地は美濃と尾張、伊勢を合わせて百五十万石、そこに三河と遠江《とおとうみ》の徳川はんをくわえれば、二百万石。対して朝倉が越前と若狭、浅井が近江半国、足しても百万石には届かへん」

今井彦八郎も口を挟んだ。

「たしかにそうやけどな、これで織田にも勝てるとわかった連中が、立ち上がる」

もう一度紅屋宗陽が立ち直った。

「三好はんが来る」

「はあ」

「あかんわ」

「話になりまへんな」

勢いよく告げた紅屋宗陽に、今井彦八郎らが顔を見合わせてあきれた。

「二度と三好に与《くみ》しないと誓ったはずでっせ」

今井彦八郎が堺が織田信長に降伏したときのことを思い出せと言った。

「状況が変わったんや」

紅屋宗陽が言い返した。

「笑嶺はんも、そう思いはるか」

すっと今井彦八郎が目を紅屋宗陽から笑嶺宗訢へ移した。

「まあ、そうやなあ。去年とは話が変わってるとは思うわ」

笑嶺宗訢が答えた。

「商売ちゅうもんは、潮目を読まなあかんやろ」

「三好を堺へ迎え入れると」

「そこやねんなあ」

問うた今井彦八郎に笑嶺宗訢が、困惑を見せた。

「三好はんに与したら、織田はんは許さへんやろう」

堺には織田信長が置いた代官がいる。いくら密《ひそ》かに動いても、三好との遣《や》り取《と》りを隠し通せるはずはなかった。

「当たり前や。我らが黙ってへんで」

すぐに通告すると今井彦八郎が宣告した。

「そうなれば、わたいと紅屋はんの首は飛ぶわなあ」

笑嶺宗訢が難しい顔をした。

「一族郎党根《ね》切《き》りやな」

今井彦八郎が皆殺しになるぞと脅した。

「かというて、三好はんが、この機を逃すとは思えへん」

ちらと笑嶺宗訢が紅屋宗陽に目をやった。

「報せたやろうなあ」

今井彦八郎が紅屋宗陽を見て、嘆息した。

「なんや、文句あるんか」

「おまへんわ。三好をお得意先として商いをするんやったら、当然でっさかいな」

いきがった紅屋宗陽に、今井彦八郎が応じた。

「ええんか」

「堺として三好に味方するわけにはいきまへんが、一人の商人として商いをするのまで、あかんとは言えまへんなあ」

「そうでんな。それを言い出したら、堺は死にますわ」

驚いた紅屋宗陽に今井彦八郎と魚屋與四郎が顔を見合わせた。

「ただし、それでなにがあっても、堺は紅屋はんを守りまへん」

織田信長に咎められたとき、弁護はしないと今井彦八郎が述べた。

「…………」

「今井はん」

笑嶺宗訢が険しい表情になった。

「本音を聞かしておくれやす。織田はんは保《も》ちますやろか」

「弾正忠さまは、天下でもっとも金持ちでっせ」

問いに今井彦八郎が応えた。

「もっとも金持ち……なるほど。ええ答えですわ」

笑嶺宗訢が表情を和らげた。

「浅井はんは、おろかでんなあ」

しみじみと笑嶺宗訢が言った。

「はいな。朝倉はんの後押しがあるさかい、しばらくは保ちますやろうけど……」

今井彦八郎が首を横に振った。

「しかし、痛いですなあ。浅井さまにはいろいろとお納めしてますねんけど、代金をいただいてまへんわ」

天王寺屋助五郎が苦笑した。

「弾正忠さまの義弟はんやということで、安心してましたしな」

魚屋與四郎も肩をすくめた。

「まあ、二度と商いはしまへん。近江と若狭の商人には気をつけんと」

「さすがにわたしらへ話を持ちかけてはきまへんやろ」

吐息をつきながら漏らした今井彦八郎に、天王寺屋助五郎が首をかしげた。

「いや、言うてきますわ。弾正忠さまは、すべてを捨てて逃げてきたとお使者から伺《うかご》うてます」

「鉄炮やな」

今井彦八郎の言葉で天王寺屋助五郎が気付いた。

織田信長は早くから、新式の武器である鉄炮に目を付けてきた。

「足軽が名のある武将を倒せる」

一騎当千の武者を、一発の銃弾で討ち取れる。

一発必中は無理だとしても、十丁も揃えればまずまちがいない。槍《やり》や刀の届かない間合いから、槍も刀もまともに使えない百姓出身の足軽が倒す。

「一人の武将を得るのは難《かた》いが、百丁の鉄炮はどうにでもなる」

名のある武将を召し抱えるとなれば、一千石からかかる。いや、一千石ですめば安い。三千石、五千石かかるのも珍しくはなかった。

一千石は銭《ぜに》にして、およそ五百貫になる。鉄炮は多少の上下はあるが、一丁およそ三十貫で買える。武器としては異常なくらい高いが、それでも武将の禄が毎年要ることを思えば、一度手に入れれば、壊れるか失うかするまで使える鉄炮は安い。

「今は浮かれてますやろうなあ。織田が我らの武に脅えて、貴重な鉄炮まで捨てて逃げたと」

今井彦八郎が嘲笑を浮かべた。

「やろうなあ」

百丁手に入れたとすると、銭にしてじつに三千貫になる。それも手に入れようにも、堺や紀州《きしゆう》根来《ねごろ》、近江国友《くにとも》など、限られた地域でしか作られていない貴重な武器である。

「いつ気付かはりますかね」

魚屋與四郎も笑った。

「なにを言うてる」

紅屋宗陽が首をかしげた。

「鉄炮はそれだけでは役に立ちまへんやろ」

「硝石か」

笑いながら答えた魚屋與四郎に、紅屋宗陽が理解した。

鉄炮は鉛の弾を火薬で撃ち出す。その火薬を作るのに、木炭と硝石が要った。このうち硝石は、わが国では産出せず、交易で手に入れるしかなかった。

「敦賀では手に入らんか」

「急には無理ですやろ。敦賀に南蛮船は寄りまへん。今から南蛮船を呼ぼうとしても、そんな伝手《つて》もおまへんやろうし」

紅屋宗陽の問いに、今井彦八郎が応じた。

堺でも南蛮船は年に数回くらいしか来ない。風と潮の流れの関係があり、南蛮船は敦賀へ寄ってはいなかった。

「それに硝石は高《たこ》うおますよってなあ。とても買《つ》えまへんやろ」

今井彦八郎がにやりと口の端を吊り上げた。

三

改元があり、元亀《げんき》元年（一五七〇）の五月に入って今井彦八郎は、織田信長に呼び出された。

「負けたわ」

足音も高く、今井彦八郎の待つ部屋へ入ってきた織田信長は、どっかと上座に腰を落とした。

「御身《おんみ》ご無事のご様子。なによりと存じあげまする」

今井彦八郎が織田信長の無事こそ大切だと告げた。

「うむ」

満足そうに織田信長がうなずいた。

「お伺いいたしても」

「かまわぬ」

状況を教えてくれと願った今井彦八郎に、織田信長が許した。

「浅井備前守さまが裏切られたのは、なぜでございましょう」

「朝倉との縁を断ちきれなかったのだろう。浅井は、朝倉の被官であったからな」

織田信長が苦い顔をした。

「六角さまとの縁もあったと聞いたことも」

今井彦八郎が怪訝《けげん》な顔をした。

「浅井は独り立ちできるほど大きくないからの。なにせ、浅井は近江守護の京極《きょうごく》氏の家臣筋よ」

小さく織田信長が笑った。

浅井氏はご多分に漏れず、戦国乱世の流れに乗って、主家の領土を押領、北近江三郡を支配した。

しかし、それが京極氏の衰退に乗じた六角氏との敵対に繋がった。

「後詰《ごづ》めをお願いいいたしたい」

浅井氏の当主亮政《すけまさ》は、六角氏に抵抗するため、朝倉氏を頼り、その与力《よりき》となった。だが、それも亮政の死で変わった。

一代の傑物とまで言われた亮政の死は浅井氏を揺るがし、ついには押さえられていた京極氏に復活の目が出てきた。

「やむなし」

京極氏が権力を取り戻せば、押領をした浅井は潰される。

亮政の跡を受け継いだ久政《ひさまさ》は、生き延びるため六角氏へ従属を申し出た。

つまり浅井氏は六角と朝倉の両方にすり寄ったのだ。

大きな力を持つ二つの戦国大名に挟まれた小領主としては、やむを得ない選択であった。

幸い、朝倉には加賀一向一揆、六角には三好と、敵対する勢力があったお陰で、浅井はどちらの先兵たるをも選ばずにすんだ。

もし、加賀一向一揆がなければ、朝倉が近江へ進出するときの先陣として六角を敵に回さなければならなかっただろうし、三好がいなければ、六角が若狭へ兵を出すときの先鋒《せんぽう》として使われただろう。

とはいえ、その拮抗《きっこう》も崩れた。

六角氏でお家騒動が起こったのだ。若い当主が、古参の重臣を謀殺。家中は大きく割れた。

「好機なり」

いつどちらの先手《さきて》としてすり潰されるかわからない状況は辛《つら》い。

浅井久政は、六角への従属を決めた責任を取って隠居、嫡男賢政《かたまさ》に家督を譲って、六角との手切れを図った。

賢政は、正室として迎えていた六角氏の重臣平井《ひらい》加賀守の娘を離縁、さらに六角義賢《よしかた》(承禎《じょうてい》)から与えられた偏諱《へんき》を放棄し、名前を長政とあらためたうえで出兵、怒って出陣してきた六角氏を野良田《のらだ》の戦いで撃破した。

「浅井は六角ではなく、朝倉を取った」

織田信長が続けた。

「そこに余が出てきたわけだ。美濃から京へ入るには、どうしても近江を通らなければならぬ。しかし、街道筋は六角が支配している。近江が淡水《うみ》の水運もまたしかり。六角が余に従わねば、御輿は担げぬ」

かつて織田信長は足利義昭を御輿と呼んでいた。

「従わせる気などございませんでしょうに。六角さまと手を結ばれるならば、浅井に妹姫さまを嫁がせるはずはありますまい」

今井彦八郎があきれた。

野良田の戦い以来、浅井と六角は仇敵《きゅうてき》同士であった。その浅井に人質ともとれる婚姻をした織田を六角が認めるはずもない。

「当然だろう。もし、六角が従ったとしても、いつまで手を結んでいられるかなどわからぬ。六角が掌《てのひら》を返したら、京に御輿をおいたまま余は美濃に封じられる。そうなっては困るゆえ、六角には滅んでもらう」

織田信長が淡々と述べた。

「では、浅井の裏切りの影響はさほどないと」

「あるわ、馬鹿者め」

訊いた今井彦八郎に、織田信長が怒りを見せた。

「浅井が敵に回っただけならば、どうということはない。たしかに小谷《おだに》の城は難攻不落であるが、そんなものどうにでもなる。難攻不落の山城ほど、相手をするのは楽じゃ。城の周りに柵を作り、敵の出入りを塞いでしまえば城下町も領地も、こちらのもの。実入りがなくなれば、配下の部将もどうしようもなくなろう」

譜代の家臣とはいえ、年貢がなければ生きてはいけなくなる。

「では、お市さまの御身がご心配で」

嫁に出した妹姫のことを案じているのかと、今井彦八郎が尋ねた。

「心配ではあるが、他家に輿入れさせた段階で、あきらめておる。なにより、備前守を織田にくくりつけておけなかったのは、あやつの失敗じゃ」

乱世の女は嫁入り先を味方に付けるだけでなく、その内情を事細かに報せるのが役目である。織田信長がそれを果たせなかった市のことを捨てたと口にした。

「…………」

今井彦八郎はなにも言えなかった。

「まあ、市の失敗でもあり、余の油断でもあったが、幸い、藤吉郎と弥助《やすけ》が働いたのでな、ほとんど兵の損失もなくすんだわ」

織田信長が安堵《あんど》の顔をした。

「弥助……ああ、荒木摂津守さまでございますな」

通称を今井彦八郎は知っていた。

「逃げたのもおるし、傷ついて戦えなくなった者もおる。もちろん、敢《あ》えない最期を遂げた者もな。二千ほどが消えたわ」

ぐっと織田信長が歯ぎしりをした。

「だが、なにより面倒なのは……これで織田は与しやすしと考える連中が出てくること
よ」

「実状を知らぬ輩でございますな」

今井彦八郎が納得した。

「それ以外は、どうということはない。すぐに取り返す。浅井は潰す、朝倉は滅ぼす。

近江と越前は、余がものにする」

覇気を織田信長が見せた。

「鉄炮はどうだ」

織田信長が呼び出した用件を口にした。

「急ぎ作らせておりまするが、なにぶんにも職人が少なく」

すぐには揃わないと今井彦八郎が頭を下げた。

「職人を増や……すわけにはいかぬか」

作れる者を増やせと言いかけた織田信長が、首を左右に振った。

「はい。技を盗まれては大事になりまする」

今井彦八郎が同意した。

鉄炮は古来の鍛冶《かじ》の技ではどうしても届かない仕組みをしている。とくに筒の尻に当

たる尾栓《びせん》の部分は、種子島の刀鍛冶が娘をポルトガル人に差し出して、なんとか手に入れたほどの秘密であった。

「仕方ないか」

織田信長があきらめた。

「ところで、三好はどうだ」

あっさりと織田信長が話を切り替えた。

「今のところ、堺にはなにも」

今井彦八郎が三好三人衆からの声かけなどはないと伝えた。

「余が負けるなどと思っておらず、戸惑っておるのかの」

織田信長が苦笑した。

「かも知れませぬ」

今井彦八郎が同意した。

「三好は動かぬか。正味のところ助かる。三月《みつき》でよいから大人しくしていてくれればいい」

「三月ということは、八月、秋でございますか」

戦は農閑期におこなうことが多い。秋ならば少なくとも稲の刈り取りを終えていなければ、百姓を足軽として徴用できなかった。

「それだけあれば、織田は立ち直る」

「…………」

言いながら見つめられた今井彦八郎が黙った。

織田信長が三カ月以内に鉄炮や火薬の準備を整えろと命じたとわかったのだ。

「できるな」

「精一杯いたしまする」

今井彦八郎が頭《こうべ》を垂れた。

「鉄炮は二百丁、いや、三百丁は欲しい」

「三百でございまするか」

あらためて数量をあげられた今井彦八郎が目を剝《む》いた。

「それ以上できれば、なおよし」

限界をこえろと織田信長は言っていた。

「畏れ入りましてございまする」

今井彦八郎が深々と頭を垂れた。

つい十日ほど前に、織田信長は手痛い敗退を喫し、多くの兵と武具、兵糧を失った。

通常の武将ならば、この損害を回復するだけで数年はかかる。人も育てなければならず、失った武具、兵糧は買い直さなければならない。

もとに戻すだけでも、大変なのだ。それを織田信長は、旧に復するだけでなく、より増強しようとしていた。

計り知れない財力に、今井彦八郎は感嘆していた。

「下がれ」

話はすんだと織田信長が腰を上げた。

四

六月、予想もできなかった事態が起こった。

「なんやてっ」

今井彦八郎が、顔見知りの尼崎商人の話に驚愕《きょうがく》した。

「摂津がこちらについたと言うたんや」

勝ち誇った表情で、尼崎商人が告げた。

堺を降伏させた首謀者ともいえる今井彦八郎は、尼崎商人から嫌われている。尼崎が焼かれたのも、堺がさっさと降伏したからだと恨まれてもいる。

わざわざ商いを装って、堺まで来て今井彦八郎に聞かせたのも嫌味であった。

「池田筑後守《ちくごのかみ》どのが、織田さまを裏切ったと」

今井彦八郎が息を呑《の》んだ。

池田筑後守勝正は、当初三好に与し織田信長の上洛に敵対したが降伏し、帰順した。

以降は、本圀寺の変でも奮戦、織田方の武将として活躍、先般の朝倉攻めにも参加、殿《しんがり》を務め勝ちにのる朝倉、浅井の兵を退け、その武功を織田信長から賞されたばかりであった。

「筑後守なんぞ、役に立たん」

尼崎の商人が嗤《わら》った。

「あっさりと三好さまを見捨て、織田に尾を振るような者は、身一つで逃げ出したわ」

「逃げ出した……」

「そうや。池田左衛門《さえもんのじょう》尉さまが決起、荒木さまも同意なされて、城を奪取されたんや」

誇らしげに尼崎の商人が告げた。

「荒木どのが、織田さまを見限った」

「これで織田も終わりじゃ。おまえらもな」

大笑しながら尼崎の商人が帰っていった。

「……荒木はんが織田さまを見限る。そこまで未来の見えへんお方とは思えん」

荒木摂津守村重と今井彦八郎は茶を通じての交流があった。京に近い摂津は政争に巻きこまれることも多く、国人たちも戦慣れをしている。そうでありながら、京の公家《くげ》たちとの交流もあり、雅《みやび》ごとにも精通していた。

「たしかに織田さまの力は落ちているけど、寝返るほど弱ってはない」

先日会った織田信長は、とても敗軍の将とは思えない気迫に満ちていた。

「訊きにいきたいところやけど、今は危ないな」

尼崎の商人の態度からもわかるように、堺を降伏させ、その代官となっただけでなく、織田家の茶堂衆として抱えられた今井彦八郎は、憎悪の対象である。

「おそらく、後ろには三好がいてるな」

今井彦八郎は三好長逸らが、池田左衛門尉知正《ともまさ》をそそのかしたと考えていた。

「お報せをせんならんな」

どうせ追い出された池田勝正は、織田信長のもとへ駆け込んでいる。すでに織田信長は摂津で起こっていることを知っているに違いない。だからといって、放置しておくのは大きなまちがいであった。

「なぜ報告をしない。堺も裏切ったな」

浅井長政に裏切られ、続けて池田知正、荒木村重も敵になった。幸い、どれも織田の譜代ではない新参ばかりではあるが、それだけに疑心暗鬼は深い。堺も一度抵抗して降《くだ》った、新参のなかの新参なのだ。

わかっているだろうことでも、しっかり話をしておかなければ、面倒になる。

「弾正忠さまは、岐阜城か」

五月九日まで京におり、後始末をしていた織田信長は、朝廷、公家、将軍に健在を見せつけた後、本城へ戻り軍勢の再編をおこなっている。

池田知正、荒木村重らの行動は、この隙を狙ったものといえた。

今井彦八郎は現況を知る限り、書面に認《したた》めて美濃へ送った。


「三好は来るかなあ」

摂津が敵に回ったと知った魚屋與四郎が難しい顔で訊いた。

「堺にか、けえへんわ」

今井彦八郎はあっさりと打ち消した。

「やな。けえへんな」

魚屋與四郎が安堵の息を漏らした。

「軍船が見えた段階で、ただちに早馬が出るわ」

堺には織田家が新たに設けた見張り櫓《やぐら》が海沿いにあった。ここには、一日中交代で足軽が詰め、万一のときは釣り鐘を鳴らす。

もちろん、鐘を鳴らしたからといって、堺に数千からの織田兵が集まってくるわけではないが、周辺だけでなく京にまで三好の来襲は報される。

かつての本圀寺の奇襲の二の舞を演じないようにと作られた仕組みであった。

「あのときに兵を寄こさなかったんや。今さら、誰も三好の連中に従わへんしな」

今井彦八郎が吐き捨てた。

「となると……やっぱり尼崎か」

「恨み骨髄やろうからな」

三好三人衆は摂津で織田と決別した池田知正、荒木村重の援護のために兵を出す、出さなければならない。

かつて三好に付いていた堺を見捨てた経緯がある。もし、もう一度同じように池田知正と荒木村重のもとへ兵を出さなければ、二度と三好三人衆の誘いに乗る者はいなくなる。

「摂津はどうなるやろ」

魚屋與四郎が不安そうな顔をした。

摂津が織田の敵になれば、播磨、丹波との連絡も断たれる。織田の勧誘になびきかけていた国人たちの動きが止まる。

「さあ、わからんわ。ただ、織田家の敗戦につけこんだだけやったら、言うてる間にあかんなるやろ。池田と荒木だけで、弾正忠さまと渡り合えるもんでもなし」

「………」

考えを聞いた魚屋與四郎が黙った。

「魚屋はん、要らんことしてはんのと違いますやろうな」

その様子に今井彦八郎が目つきを鋭いものに変えた。

「まだしてまへんけどな。荒木はんから大量の硝石、火薬の手配をしてくれとのお話が来ましてん」

気まずそうに魚屋與四郎が告げた。

「茶の師に戦いの準備を頼むとは……」

小さく今井彦八郎が首を横に振った。

「……火薬の手配」

ふと今井彦八郎が引っかかった。

「鉄炮は」

「いいや」

問うた今井彦八郎に、魚屋與四郎が答えた。

「池田が、鉄炮をそんなに持ってたか」

「織田に与してから、買ってるやろう」

確かめた今井彦八郎に、魚屋與四郎が応じた。

堺に鉄炮と火薬の取引の制限を命じた織田信長だったが、それは味方となった武将には適用されなかった。もっとも、無限に購《あがな》えるものではない。生産された鉄炮は織田に優先的に納められ、その後残ったものが希望する武将たちに譲られる。

当たり前だが、代金は取る。しかも織田に一丁あたりいくらと決められた上納金を納めるため、割高になっている。

裕福な摂津の国人領主とはいえ、一度に十丁も手に入れることは難しい。

「先日の朝倉攻めで殿を務めたというやないか。そのときに拾ってきたんとちがうか」

魚屋與四郎が推量した。

「命からがら逃げるときに、鉄炮を拾い集めるだけの余裕があるか」

「商人やったら、持てるだけ持つで。銭は命やさかいな」

首をかしげた今井彦八郎に魚屋與四郎が応じた。

「武士やで、荒木も池田も。武士は命をなにより大事にする。生きてない限り、銭も名前もないからな」

今井彦八郎が首を左右に振った。

「たしかにそうやな」

魚屋與四郎も思案に入った。

「となると、どこかにそれだけの鉄炮がある」

「紅屋も笑嶺も、横流しをするほど阿呆やない」

鉄炮は今井彦八郎たち納屋衆の管轄している鍛冶屋でしか作っていない。ひそかに鍛冶場を設けて、鉄炮を作ることはまず無理であった。また、できたとしても、数を作れるほどの規模にはできなかった。鍛冶場は煙と音を出す。とても隠せるものではない。

「南蛮船から買ったか」

「尼崎やな」

二人が顔を見合わせた。

南蛮船は命がけで海を渡ってくる。いかに高い値段を付けたところで、つきあいのない、すなわち信用のない相手との商いはしなかった。だまされたり、襲われたりするかも知れないからだ。

「どうする、今井はん」

魚屋與四郎が今井彦八郎の顔色を窺《うかが》った。

「当てずっぽやからな」

今井彦八郎が淡々と告げた。

「そうやな。なんも証《あかし》はないわな。焼けた尼崎に南蛮船が入ったという話も、聞いてへんしな」

織田信長にこのことは報せないと暗に言った今井彦八郎に、魚屋與四郎はほっとした。

「そろそろ弾正忠さまのもとに書状が届くころやろう」

今井彦八郎が呟《つぶや》いた。

堺代官の職にある今井彦八郎の書状は、早馬をもって織田信長のもとへと送られた。

「彦八郎からか」

その書状を織田信長は、戦場で受け取った。

「堺は裏切らぬか」

読み終わった織田信長が満足そうに笑った。

池田家の内紛から摂津半国が敵に回った話を、織田信長はとっくに知っていた。

ただ、今はそこまで手を伸ばせないから、放置しているだけであった。

「蠅《はえ》め」

浅井と組んだ朝倉の近江進出を聞いて、旧領の回復を狙って六角承禎、義治《よしはる》父子が挙兵したのを聞いた織田信長が、近江野洲河原《やすがわら》に迎え撃った。

「起《た》つのが遅いわ。備前守が寝返ったと同時に兵を出しておれば、余も少しは焦ったろうがな」

北近江は敵に回ったが、旧六角領は無事だった。それが越前から逃げ帰ろうとした兵たちに幸いした。

もし、街道筋を押さえられていたら、織田の損害は数倍になり、回復にかなりの期間がかかった。

「やることが姑息《こそく》よな」

六角氏の隅立《すみた》て四《よ》つ目結紋《めゆいもん》の旗印を見ながら、織田信長がその笑みを嘲笑に変えた。

京から美濃へ戻る織田信長を途中で襲おうとした六角親子だったが、間道《かんどう》を抜けられて失敗していた。

「蹴散らせ」

織田信長の指図で軍が動き、六角勢は蹴散らされた。

「次はおまえじゃ、備前守」

床几《しょうぎ》に座ったまま、織田信長が小谷城のほうを睨《にら》んだ。


一度美濃へ戻った織田信長は、その間に調略をおこない、浅井家に従っている国人を寝返らせた。

「虎御前山《とらごぜんやま》に本陣を置く」

美濃を出た織田信長は六月二十一日、小谷城を見渡せる虎御前山に滞陣、小谷城付近を放火するなどして挑発した。

「援軍を」

浅井家に属していた国人たちが、救いを求めた。

「出陣する」

浅井長政が陣触れを出した。

「合力《ごうりき》してくれようぞ」

朝倉義景は一族の景健《かげたけ》を陣代《じんだい》として派遣し浅井勢と合流、姉川《あねがわ》を挟んで織田、徳川連合軍と対峙した。

「今じゃ、押し返せ」

一時浅井の勢いに押されかけた織田、徳川連合軍だったが、深入りしすぎた浅井勢が息切れしたことで逆転、小谷城下まで追いこんだ。

「ここまででよい」

そこで織田信長は軍を納め、小谷城を守る要地である横山《よこやま》城を攻略、城将三田村国定《みたむらくにさだ》らを降伏させ、後を木下藤吉郎秀吉《ひでよし》に預けて岐阜城へ戻った。

その勝報は堺にも届いた。

「やはり、朝倉や浅井は織田さまの敵やおまへんな」

天王寺屋助五郎が手を打って喜んだ。

「摂津も保たんな」

紅屋宗陽も織田の強さをあらためて認めていた。

「三好の動きはどないです」

今井彦八郎が三好から敬称を外した。

「こっちにはなんも言うてけえへんけどな、ちいと気になることがある」

訊かれた紅屋宗陽が頬をゆがめた。

「気になること……」

「ああ。最近、荷船が空いてへんねん」

「荷船が空いてない……」

「尼崎か」

瀬戸内や大坂湾を行き来する荷物は、商家が所有している船だけでなく、水軍衆が持つ船も使われた。

当たり前のことながら、水軍衆の持つ荷船を借りるには、相応の冥加銭《みようがせん》と代金が要るうえに、伝手を持っていなければならなかった。

「動くか、三好」

今井彦八郎の推量は当たった。

織田信長が姉川を挟んでの戦いで、浅井、朝倉を蹴散らして一カ月もしない七月二十一日、三好三人衆が摂津に上陸、池田家の支城野田《のだ》、福島《ふくしま》に入り、織田に与している三好義継の支城古橋《ふるはし》城を攻撃、全滅させた。

「急げ」

堺だけでなく、京、摂津の織田方陣地から早馬が岐阜城へと飛んだ。

「まだあきらめぬとは、しつこい」

古橋城陥落の悲報を受けて、八月二十日、織田信長は美濃を進発、二十三日に京本能《ほんのう》寺《じ》へ到着、軍勢を整え二十五日摂津へ兵を進め、二十六日には三好三人衆の籠もる野田、福島を包囲した。

「生かして帰すな」

四万と号する大軍を織田信長は、三好三人衆にぶつけた。

「退《ひ》くな」

三好三人衆も増援を受けて二万となった軍勢と、堅固な城に頼って抵抗した。

摂津の西側は、大坂湾に続く湿地帯のため、大軍を動かすには向いていない。織田信長は兵の損失を怖れ、力攻めにはせず、ときをかけて攻略を進めた。

「勝ちは動かんな」

今井彦八郎は楽観していた。

三好三人衆が国元からの援軍を迎えたとはいえ、兵数はほぼ倍ある。さらに織田信長のもとへ、雑賀衆《さいかしゅう》、根来衆が加わった。雑賀衆も根来衆も鉄炮の名手として知られており、金で雇われて味方になる。鉄炮の威力を知っている織田信長が、紀州守護職畠山氏を通じて話を持ちかけていた。

「池田も荒木も、ものが見えんなあ」

堺の納屋衆たちも、今井彦八郎と同じ考えであった。

目と鼻の先で戦いがおこなわれているというのに、堺は対岸の火事だとばかりに変わることなく、商いをしていた。

「い、い、石山が……」

「どないしてん」

跳ね橋を渡ってきた商人が、今井彦八郎のもとに飛びこんできた。

「石山本願寺が、織田滅すべしと決起……馬鹿な」

聞いた今井彦八郎が、驚愕の声をあげた。

九月十二日、山門を固く閉じ、三好三人衆の誘いにも応じず、織田に陣中見舞いを出すわけでもなく、静かにしていた石山本願寺が豹変《ひょうへん》した。

「法難織田を排除せよ」

山門から僧兵に率いられた一向一揆衆が織田へ襲いかかった。

「仏敵、弾正忠を折伏《しゃくぶく》せよ」

石山本願寺法主《ほっす》の顕如上人《けんにょしょうにん》が、織田信長と敵対すると決めたのだ。

「どうなってんねん」

話を聞いた魚屋與四郎が、顔色を変えて駆けつけた。

「気配もなかったで」

天王寺屋助五郎も衝撃を受けていた。

まったく石山本願寺の動きは、摑《つか》めていなかった。

石山本願寺は一向宗の総本山である。その頂点に座している顕如が、織田と敵対すると決めた。全国すべての一向宗徒が、織田に対して牙を剝く。

「伊勢で一向宗徒が蜂起した」

「雑賀衆、根来衆が織田から離れた」

「朝倉、浅井が近江宇佐山《うさやま》城へ兵を出した」

たちまち織田の置かれた状況は悪化の一途をたどった。

「比叡山《ひえいざん》も……」

そして、織田家の重臣で浅井、朝倉の抑えとして宇佐山城を指揮していた森可成《もりよしなり》が、比叡山僧兵の横槍を受けて討ち死にした。

「ここは一度退かれるべきでござる」

柴田勝家が、織田信長に進言した。

「やむなしか」

九月二十三日、織田信長は軍をまとめて京へと逃げ帰った。

「これはまずいで」

今井彦八郎が震えた。

堺は、敵中に孤立した。

第五章　崩れた思惑

一

　西から三好三人衆と石山本願寺、北から浅井、朝倉、比叡山延暦寺《えんりやくじ》、南から伊勢長島一向一揆《いっき》衆が織田を攻めていた。

　かろうじて東の徳川が同盟を堅持してくれているおかげで、そちらへ兵を割かなくてすんでいるとはいえ、織田信長は身動きが取れない状況に陥っていた。

「さすがにあかんか」

「三好はんに挨拶したほうがええんとちゃうか」

　集まった納屋衆にも織田を見限るべきではないかという意見が出だした。

「おまはんがわたしらに相談もなく、勝手に織田へ与《くみ》するなんぞ決めへんかったら」

　老齢の納屋衆が、今井彦八郎に怒りをぶつけた。

「そうや、そうや。おまえらが悪い」

「三好はんに、詫《わ》びを入れてこい」

「財産すべて差し出して、お許しを願え」

尻馬に乗った連中が騒ぎ立てた。

三好長慶に代わって洛中《らくちゅう》の支配者となった織田信長に重用されている、今井彦八郎たちへの風当たりは強い。

とくに三好家が畿内を握っていたころに優遇されていた連中の態度が露骨であった。

「ほな、どないしたらよかったんで」

今井彦八郎が言い返した。

「織田に屈せず、跳ね橋を上げて抵抗していれば、よかったんや」

最初に今井彦八郎を非難した老齢の納屋衆が声を大きくした。

「抵抗した尼崎は、一度灰燼《かいじん》に帰されましたが」

今井彦八郎が冷静に言い返した。

「尼崎と堺では、守りが違う。堺は城に匹敵する」

「城……織田さまはいくつ城を抜いてこられましたか、おわかりで」

胸を張った老齢の納屋衆に、今井彦八郎が嗤《わら》った。

「うっ……」

老齢の納屋衆が詰まった。

「止《や》めとき、塩屋はん」

争いに割りこんだのは紅屋宗陽であった。

「紅屋、おまはんもそう思うやろ」

塩屋と呼ばれた老齢の納屋衆が、紅屋宗陽に同意を求めた。

「あのときは思いましたけどな。今は違いますわ」

「えっ」

首を左右に振った紅屋宗陽に、塩屋が唖然《あぜん》とした。

「おまはん、三好日向守さまと近かったやないか」

「そうですけどな、あのまま日向守さまを頼っていたら、堺は滅んでまっせ」

紅屋宗陽が大きく首を左右に振った。

「思い出してくださいや。織田はんが、堺を囲んだときのことを」

「……………」

言われた塩屋が黙った。

「あのとき、三好さまはなにもしてくださらなかった。たとえ軍船の一隻でもいい。堺の沖合に姿を見せてくださっただけで、わたしらの後ろには天下の三好がついているとどれだけ心強かったことか」

「あのときは仕方なかった」

塩屋が言い返した。

「それに織田も同じじゃないか。堺が孤立しているのに、助けてもくれへんやないか」

「本気で言うてはりまんのか」

聞いていた今井彦八郎があきれた。

「本気じゃ」

塩屋が歯を剝《む》いた。

「堺は孤立してまへんで」

今井彦八郎に代わって、魚屋與四郎が口を出した。

「どういうことやねん」

「堺は、摂津、河内、和泉の三国に繫《つな》がってます」

「それがどないやちゅうねん。当たり前のことを今さら言う意味はあんのか」

魚屋與四郎の話に、塩屋が反発した。

「摂津が敵に回っても、まだ河内と和泉があると言うてんねん」

塩屋への敬意を魚屋與四郎は取り払った。

「河内は三好日向守さまと仲違《なかたが》いしている三好左京大夫さまの領地、そして河内は生駒《いこま》をこえれば大和や。大和はやはり三好三人衆と敵対している松永弾正少弼さまの国。堺は孤立しているように見えるけど、違うわ」

魚屋與四郎が続けた。

古来、堺と大和のかかわりは深い。

間に生駒の山々があるとはいえ、さほどの難所ではない。一日あれば十分に行き来ができた。

「もし、日向守の軍勢が堺を取り囲んでも、跳ね橋を上げて守りに徹していれば、すぐに援軍が来る」

「来るという保証はどこにあんねん」

まだ塩屋の気は収まらなかった。

「……なあ、塩屋はん」

「なんや」

ため息交じりの魚屋與四郎に、塩屋が機嫌の悪い顔を向けた。

「納屋衆辞めたらどうや」

「……どういうこっちゃ」

「ついでに隠居もし」

一瞬、なにを言われたかわからないといった風の塩屋に、魚屋與四郎が追い打ちをかけた。

「…………」

　理解した塩屋が絶句した。

「あんたはこれからの商売には向いてへん。代々続いた塩屋の看板を下ろすことになんで」

「お、おまえっ……」

　遠慮のない魚屋與四郎に、塩屋が激昂《げっこう》した。

「ちいとおまはんは、納屋衆の座にあぐらをかきすぎたわ。もう、世の中が変わってるねん。それに気付かへんようでは、商人として失格や」

　魚屋與四郎が重ねて言った。

「小僧がなにをほざく」

　塩屋が魚屋與四郎を睨《にら》みつけた。

「儂《わし》はおまえが小便漏らしていたころから、生きるか死ぬかの商いをしてきたんやぞ。店の規模でも、おまえの倍はある」

　わなわなと震えながら、塩屋が魚屋與四郎を指さした。

「今すぐに頭を床にこすりつけて詫びろ、そして納屋衆から外れて、堺から出ていけ。そしたら見逃したる」

　塩屋が魚屋與四郎に向けていた指を、外へと動かした。

「出ていくのは、塩屋はんですわ」

黙って見ていた天王寺屋助五郎が口を出した。

「助五郎、おまえ……」

思わぬ横槍《よこやり》に、塩屋が絶句した。

「おまえ……子供のときから面倒見てやっている儂を裏切る気か」

「裏切るわけやおまへん。いや、ご恩返しですわ」

怒り心頭といった風情の塩屋に、天王寺屋助五郎がゆっくりと首を左右に振った。

「ご恩返しやと」

「そうですわ。塩屋はんには父の代からよくしてもらいました。ひょっとしたら父より、商いについて教えてもらったやも知れまへん」

「そうやな。おまえはなかなかそろばんが覚えられんで、苦労したわ」

昔話に天王寺屋助五郎が持ちこみ、塩屋が応じた。

「それでも見こみはある。そう思うて、取引にも連れていった。いや、娘の婿として考えてもいたわ」

「知ってました」

天王寺屋助五郎が苦笑を浮かべた。

「でも、あずさはんは、他に好きな男がいてました」

「……ああ」

塩屋が苦く頬をゆがめた。

「でなければ、わたしは塩屋はんの娘婿になってました。だからこそ、塩屋を潰したくはないし、塩屋はんの名前が堕《お》ちるのを避けたい」

「説明せいや」

真摯《しんし》な天王寺屋助五郎に、塩屋の態度が軟化した。

「織田さまが堺を見捨てるという話、それはあり得まへん。もし、堺が三好の手に落ちたら、織田さまは鉄炮《てつぽう》という戦場を左右するものを手に入れることができなくなります。さらに今手持ちの鉄炮もすぐに使い物にならなくなる」

「硝石か」

塩屋が気付いた。

「そうです。硝石がなくなったら鉄炮は、ただの鉄の塊。せいぜい殴るくらいにしか使えまへん。そうなれば、織田さまは終わり。堺と織田さまは一蓮托生《いちれんたくしよう》」

「一蓮托生か。せやけどな、堺はなにも織田に頼らずとも、三好さまでもええはずや。儂らは商人やで。商人は商いが本分、天下のことなんぞ二の次や」

説明を聞いていた塩屋が天王寺屋助五郎に異を唱えた。

「あきまへん」

今井彦八郎が天王寺屋助五郎に代わった。

「三好は、堺を食いものにしはります」

「織田も一緒やろうが」

「いいえ。織田さまは商いをしてくれはります。商品を納めたら、それに応じた金を払ってくださります。多少、相場よりは安いですが」

　天王寺屋助五郎が苦笑を浮かべた。

「三好はどないです。今までほとんど気にしてこなかった鉄炮の威力を知った三好が、手に入れようとするのは当然。堺に無茶な命令が下りますやろ。鉄炮と硝石の増産。硝石は南蛮船から買い付けなあきまへんよって、すぐにどうなるもんでもおまへんが、皆の蔵に残っている分は、吐き出させられますやろ。で、その代金はくれはりますか」

「…………」

　問われた塩屋が黙った。

「出さなんだら堺を燃やす。しゃあないと差し出したら、これは今まで三好に逆らった矢銭《やせん》じゃとなりまへんか」

「…………」

　それにも塩屋は答えなかった。

「ものだけ持っていかれて、代金はもらえない。これでは商人はやっていけまへん」

　天王寺屋助五郎がため息を吐《つ》いた。

「それが乱世じゃ。それをどうやってかいくぐるかが、商人の腕の見せどころや。大名相手にして、どれだけ儲《もう》けるか。それこそ、商人の醍醐味《だいごみ》であろうが」

塩屋が気概を見せた。

「そこやねん、塩屋の親父《おやっ》さん」

昔の呼び方を天王寺屋助五郎がした。

「もう、危ない橋を渡らなあかん世の中を終わりにせえへんか」

「えっ……」

天王寺屋助五郎の言葉に、塩屋が呆然《ぼうぜん》とした。

「商売っちゅうのは、気概の上では儲けをめぐって命をかけるつもりで挑まなあかん。しゃあけどな、ほんまに命を奪われるようでは、商人は絶滅してしまう」

「力さえあればなにしてもええなんちゅう世は終わらせなあきまへん」

今井彦八郎も加わった。

「安心して商いができる。そうなって欲しいとは思いまへんか」

魚屋與四郎も口を開いた。

「それは夢想や。現実をよう見い」

塩屋が三人を窘《たしな》めた。

「そのとき、そのときを見極めて、渡り歩く。それが商いや。それがでけへん者、しくじった者は消えていく。それこそ世の理《ことわり》じゃ。儂はそうやって生き抜いてきた」

「とんでもないことを。そんな場当たりなもんは商いやない。少なくとも代を継いで続けていく老舗とは思えへん」

うそぶく塩屋に、今井彦八郎が唖然とした。

「………」

そこまで話が来たところで、塩屋が今井彦八郎、魚屋與四郎、天王寺屋助五郎の顔を順に見て言った。

「織田ならできるっちゅうんか。この乱世を終わらせられると」

「そうです」

「おそらくやけどな」

「織田さま以外には、でけへん」

問い詰めるような塩屋に、三人がそれぞれの思いで答えた。

「理由を聞かせてみい」

塩屋が今井彦八郎を指さした。

「法度や」

「……法度やと」

今井彦八郎の一言に、塩屋が怪訝《けげん》な顔をした。

「織田さまが上洛《じょうらく》されて以来、洛中は落ち着いた。盗むな、火を付けるな、犯すな、殺すな。簡単なことですけどな、今まで音頭は取っても、誰も為し遂《なと》げなかったことです。もちろん、洛中から盗賊などの不埒者《ふらちもの》がまったくおらんようになったちゅうわけではおまへんが、少なくとも減った」

「それに織田さまの兵は乱妨《らんぼう》をしまへん。これはあり得んことでっせ」

「むっ」

今井彦八郎と天王寺屋助五郎に言われた塩屋が唸《うな》った。

戦で勝って知行や領地をもらえる武将はまだいい。領地から徴用された足軽や小者たちは、勝利したところでせいぜい祝い酒が振る舞われるか、わずかばかりの金をもらって終わりであった。

大名としてみれば、領民を徴用するのは税の一つであり、従軍して当然なことで、報酬を欲しがるなど論外であった。

だが、それでは徴用された連中はたまらない。

なにせ戦場なのだ。いつ死んでもおかしくはない。身を守るものなど、流れ矢を防ぐことくらいしかできない具足と陣笠《じんがさ》、それで敵に突っこんでいくのだ。その恐怖たるや、想像を絶する。

さらに戦場で傷を受けても、足軽はまず医者にかかれなかった。

陣中に医者はいるが、端《はな》から足軽などを対象にはしていなかった。陣中医は、治療費を金でくれる武将か、主君から診てやれと命じられた相手しか治療しない。徴用された足軽などの雑兵《ぞうひょう》にとって、戦場は一寸先は闇であった。

また、流れの足軽として雇われた連中にすれば、もっと切実であった。足軽として陣笠を借りるというのは、招聘《しょうへい》されるだけの手柄がない、武将として活躍できない者である。それこそ明日生きるための銭を稼ぐために戦場へ出てきているのだ。隙あらば、金目のものを手にしようと考えている。

そんな雑兵にとって、唯一の楽しみが乱暴狼藉《ろうぜき》であった。

「三好は止《と》めてませんやろ」

「……止められんわ」

尋ねられた塩屋が眉間にしわを寄せた。

乱暴狼藉を禁止すると、足軽たちの士気は下がる。流れの足軽なんぞ、逃げ出してしまう。

戦は数が大きな要因になる。いざ決戦というときに、腰の引けた足軽やどうやって逃げ出そうかと考えている流れの足軽を率いるなど悪夢でしかない。

「三好を受け入れたら、堺もやられまっせ」

跳ね橋を下ろして軍勢を受け入れたら、たちまち堺は略奪される。堺には三好をはるかに凌駕《りようが》する金があり、着飾った女たちがいる。

気の立っている足軽たちが、我慢できるはずなどなかった。

「そこは日向守さまとしっかり約定を結ぶ」

「笑わさんとって欲しいわ」

魚屋與四郎が露骨に歯を見せた。

「そんなもん、守られるはずないやろ」

「約束やぞ」

「ふん、約束っちゅうのはな、した相手が生きている間だけのもんや」

嚙《か》みついた塩屋に、魚屋與四郎が鼻で笑った。

「生きている間だけ……儂が死ぬと」

「はっきり言わなあかんか。殺されるんや。決して乱暴狼藉を働くなと言うていたのに、一部の兵どもが勝手にか、織田に雇われた者どもの仕業か、どっちやろうな、日向守が塩屋はんの死体を前に言うのは」

驚きから立ち直っていない塩屋に、魚屋與四郎が冷笑を浴びせた。

「あのとき三好は、援軍を堺に出さなかった。堺を利用するだけして、さっさと逃げ出した。食い逃げと一緒や。もう、三好三人衆は信用できん」

魚屋與四郎が厳しく指摘した。

「……しばし、様子を見る」

塩屋が絞り出すように言った。

二

三好三人衆、池田知正、荒木村重、浅井長政、朝倉義景、比叡山延暦寺、伊勢長島一向一揆衆とに囲まれた織田信長は絶体絶命のはずであった。

しかし、それぞれの思惑が織田家排除で一致していても、一枚岩にはなれなかった。

それぞれが織田の力を正面から受け止めるのを嫌がった。

とくに三好三人衆が顕著であった。なにせ、織田勢と二度戦い、二度とも敗れている。織田を摂津から追い払ったとたん、三好三人衆の動きが鈍った。

石山本願寺も全国の一向宗徒に織田を討伐せよとの指図は出したが、京にいる織田信長を追撃しようとはしなかった。

比叡山も僧兵を出して、宇佐山城に籠もる織田の宿将森可成らを討ち取ったところで兵を引いた。

朝倉、浅井の兵も織田信長が美濃へ戻って軍の再編成に取りかかったと知って比叡山へ逃げこんで籠城の構えに入った。

そんななか、伊勢長島一向一揆衆が気炎を吐いた。織田に屈していた伊勢の国人《こくじん》衆を味方に引き入れ、尾張小木江《こきえ》城主で織田信長の弟信興《のぶおき》を討ち取り、ほぼ伊勢の半分を支配した。

しかし、そこまでであった。伊勢と尾張を隔てている木曽三川《きそさんせん》は、守るにはよくとも攻めるには大きな障害となった。

「春までは我慢じゃ」

織田信長は伊勢長島一向一揆衆の尾張侵入を防ぐだけの兵を残し、軍の矛先を朝倉、浅井へと向けた。

「比叡山も味方してくれている。ここで織田と決戦をすべきだ」

「まもなく冬の最中《さなか》になる。そうなれば国との連絡が取れなくなる」

「御山《おやま》も雪で閉ざされまする」

あくまでも織田信長をここで仕留めておくべきだと主張する浅井長政に対し、朝倉義景と比叡山は二の足を踏んだ。

織田信長の圧迫に直接晒《さら》されている浅井長政は、木下秀吉の籠もる横山城によって領地の南半分近くを押さえられている状況にあり、年貢が思うように徴収できていない。この状況が続けば、今は浅井に従っている連中も織田に走ることになりかねない。

朝倉と比叡山は、それよりも目の前のことが気になっていた。兵たちに喰《く》わせる兵糧である。食いもののなくなった兵ほど始末に悪いものはない。人は本能として、飢えを怖《おそ》れる。腹が減れば、兵たちは動けなくなるというより、将の言うことを聞かなくなる。直接兵たちに喰わせなければならない朝倉だけでなく、寺域に軍勢を受け入れた比叡山も人ごとではなかった。

朝廷守護、国家鎮護の寺として、比叡山には多くの寺領が与えられている。そこからあがる年貢があれば、比叡山にいる僧侶や僧兵はどうにかなる。寄進や土倉《どそう》という金貸しで儲けた金もある。しかし、数千をこえる将兵を養うだけの力はなかった。

さらに受け入れた軍勢が僧堂や御堂に入りこみ、騒ぐ、汚す、壊すとかなりの迷惑を蒙《こうむ》っている。そうでなくとも山の上で寒いのだ。これから雪でも降れば、建物の廊下や床板を剝がして、薪代わりにしかねない。

「さっさと出ていってくれ」

すでに比叡山のなかは厭戦《えんせん》気分が蔓延《まんえん》していた。

「そろそろよかろう」

織田信長は京へ入り、朝廷工作を開始した。

「国家鎮護の比叡山と争うつもりはございませぬ」

朝廷に和睦の斡旋《あっせん》を願い出た。もちろん、公家《くげ》たちを懐柔するために、織田信長は銭と珍品・名器を惜しまなかった。

「さて、今井を呼び出すか」

北摂津から河内の範囲が、織田方の手に残った。絶対とは言えないが、京と堺の行き来は確保された。

「やっとじゃ」

報《しら》せを受けた今井彦八郎が急ぎ上洛した。

「よくぞ参った」

織田信長は気が短い。他人にも迅速を求めるが、本人もせわしない。今井彦八郎が下座に腰を下ろすのを見ていたかのように、織田信長が現れた。

「ご無沙汰をいたしておりまする」

「褒めてつかわす」

挨拶をした今井彦八郎を、いきなり織田信長が褒めた。

「…………」

「わからぬか。堺を三好どもに明け渡さなかったことじゃ」

困惑している今井彦八郎に、織田信長が述べた。

「お褒めいただくほどのことではございませぬ。堺は織田家の領地でございますれば」

今井彦八郎が首を横に振った。

「いずれ、報いてやる。今は辛抱せい」

織田信長が話を変えた。

「そなた阿波の三好三人衆の誰かとつきあいはあるか」

「日向守さまとは昔、いささか」

「三好日向守か……無理であろう」

「申しわけありませんが、顔を出せば……」

「殺されるの」

織田信長がうなずいた。

「………」

今井彦八郎が無言で認めた。

「他はどうじゃ」

「わたくしはあいにく」

申しわけなさそうに、今井彦八郎がうなだれた。

「千と津田はどうじゃ」

織田信長が茶堂衆《さどうしゆう》二人の名前を出した。

「商いのことでございますれば、くわしくは存じませぬ」

いかに仲良くしていても、商いの裏側までは明かさない。それは今井彦八郎も同じであった。

「探せ。堺ならば誰か伝手《つて》があろう」

「わかりましてございまする。それで見つかりましたら、いかがいたしましょうや。殿のもとへ連れて参りまするか」

織田信長の要求に、今井彦八郎が尋ねた。

「連れてこずともよい。余が和睦を望んでいると三好どもに持ちかけよ」

「和睦でございますか」

予想外のことに今井彦八郎が驚愕《きようがく》した。

「そうじゃ。あやつらに阿波へ帰る口実を作ってやろうと思うての」

「………………」

強気の織田信長に、今井彦八郎が息を吞《の》んだ。

「少し待っておれ。誰ぞ、筆を持て」

織田信長が大声をあげた。

「はっ」

すぐに小姓が硯《すずり》と筆、紙を持ってきた。

「うむ」

満足げにうなずいた織田信長が書状を認めた。

「これを三好日向守以外……そうよな、右京進《うきようのじよう》がよかろう。あやつはものの見える男よ」

「篠原《しのはら》右京進さまに。なるほど、さすがはご慧眼《けいがん》」

名前を聞いた今井彦八郎が得心した。

篠原右京進長房《ながふさ》は、三好長慶の弟実休の家臣であった。三好にとって陪臣ではあったが、実休亡き後の家中をとりまとめている。

「戦というのは生きものじゃ。勢いに任せて進まねばならぬ。だが、三好は止まった。負けたあのまま逃げる余を追って京にのぼれば、ふたたび三好が天下も見えたろうがな。負け癖がついておる、三好には。負けたらどうしようと考えているようでは、天下は取れぬ。なりふり構わず、勢いを信じる者だけが、高みに届くのよ」

織田信長が笑った。

和睦はなった。朝廷を使い、堺を走らせた結果、石山本願寺、三好三人衆、比叡山、浅井、朝倉も継戦を諦めた。

「二度と天下を望まず。天下は朝倉どのがもちたまえ」

朝倉義景に出した織田信長の誓紙にはそこまで書かれていた。

「よし、これで織田はもう終わりじゃ」

朝倉義景は、意気揚々と誓紙を持って越前へ帰った。

「阿呆《あほう》やなあ」

その様子に魚屋與四郎があきれた。

「たしかに出先で冬ごもりは辛《つら》いやろうけどな。せっかくの誓紙や。それを先頭にして、そのまま洛中へ進軍せんかい。そうしたら、京は朝倉のもんになったやろうに」

「織田の殿さまの言いはったなりふり構わずが、でけへんかった。そこまでの肚《はら》が朝倉にはない。そもそも誓紙なんぞをありがたがるなんぞ、その辺の石ころを御仏《みほとけ》やと拝むようなもんやで。織田と同盟を結んでいた浅井を寝返らせたのは朝倉や。その朝倉が紙切れ一枚を信じてどうすんねん。石山本願寺の仲立ちで加賀の一向衆と和がなっている。背中を気にせんでええ千載一遇やぞ」

今井彦八郎も朝倉の情けなさに愕然《がくぜん》とした。

「石山本願寺も勅意やからと和睦を受け入れとる。命の奪い合い、相手を殺すか、己が殺されるか。その戦いに身を投じたと気付いてへん」

天王寺屋助五郎も首を横に振った。

「これで……織田さまの天下は決まったな」

堺の商人たちは、天下の趨勢《すうせい》が決まったと判断した。

三

京にある織田信長を、西から石山本願寺と三好三人衆、摂津の池田知正が、東から浅井長政、朝倉義景、そして比叡山延暦寺が挟撃する。

本国である美濃、尾張との連絡も阻まれた織田信長を、滅ぼすことは難しい話ではなかった。

それを見逃した。

「肚がすわらぬにもほどがある」

織田信長と距離をおいていた国人たちが、浅井、朝倉、三好三人衆を見限り始めた。

「ご配下の隅にでもお加えいただきたく」

和睦がなって日も経《た》たない元亀二年（一五七一）二月、浅井方の猛将佐和山《さわやま》城主磯野《いその》丹波守員昌《たんばのかみかずまさ》が織田信長に降《くだ》った。

姉川を挟んで対峙《たいじ》した野村《のむら》の合戦で、織田方の本陣近くまで食いこんだ武功を誇る名将が、浅井を見限ったことの影響は大きかった。

「踊らせよ」

織田信長の調略は浅井、朝倉だけでなく、三好三人衆と毛利を敵対させた。

これも織田信長の手配りであった。三好三人衆を畿内から遠ざけるため、毛利を動かし、浦上宗景《むねかげ》、宇喜多直家《うきたなおいえ》に攻めかからせた。

同盟を結んでいたこともあり、三好三人衆は篠原長房を派遣、備前へ進攻してきた毛利勢を撃破した。が、同盟に基づく出陣は寸土《すんど》を得ることもできず、三好三人衆に負担がかかった。

他にも池田知正、荒木村重らが摂津一国の支配を狙って、伊丹親興、和田惟政《わだこれまさ》、茨木重朝《いばらきしげとも》を襲いかかった。和田惟政、茨木重朝が討ち取られ、和田惟政の居城高槻城が包囲された。

が、織田信長が援軍を送ったため、池田知正、荒木村重は引いた。

「和田紀伊守の代わりをいたせ」

織田信長は池田知正、荒木村重によって居城を奪われた池田勝正に摂津原田《はらだ》城を与え、寝返った者どもを牽制《けんせい》させた。

足利義昭の家臣として近江時代から仕えていた和田紀伊守惟政は、八月二十八日に池田知正、荒木村重と戦い、武運つたなく首を獲《と》られていた。その後釜とまでは言えないが、織田信長は池田知正、荒木村重に恨みを持つ池田勝正を登用、京への進攻を阻止せよと命じた。

「家督を認める」

和田惟政の息子惟長《これなが》に跡目を許した織田信長は、高槻城を預け、池田勝正の後詰《ごづ》めとした。

「これで摂津の北半分は安泰ぞ。三好に頼りすぎじゃ」

織田信長が三好三人衆と池田知正、荒木村重らをあざ笑った。

「坊主は念仏を唱えておけ、天下のことに口出しをするな」

休むことなく織田信長は比叡山延暦寺へ兵を向けた。

「焼け。一人も逃すな」

門前町《もんぜんちょう》ともいえる近江坂本《さかもと》を焼き払った織田信長は、続いて延暦寺へ攻撃を開始した。

「朝廷守護、国家鎮護の寺を……」

「日吉大社《ひよしたいしゃ》のご神体を……」

好き放題を繰り返してきた比叡山の僧侶、僧兵が織田方によって狩られた。

「お助け……」

逃げ惑う僧侶、稚児、女なども許されなかった。

「援軍を」

比叡山の悲鳴にも、浅井、朝倉は応じられなかった。浅井は佐和山城を失ったことで、横山城の木下秀吉を牽制する者がいなくなり、湖を渡って比叡山救援のための兵を出せなくなっていた。もし、軍勢を出せば、その留守に小谷城が落とされかねない。

浅井を先陣に後詰めの立場でいた朝倉も、動かなかった。

こうして比叡山延暦寺は滅んだ。

「織田は鬼や」

「弾正忠こそ第六天魔王《だいろくてんまおう》ぞ」

洛中はもとより、畿内の民、国人たちが震えあがった。

「許すまじ」

織田信長と敵対していた浅井、朝倉はもとより、同盟関係に近かった武田信玄《しんげん》までが、これに異議を表した。

「思い切りはりましたなあ」

堺でも比叡山焼き討ちは大きな話の種となっていた。

「相手が坊主というだけで、やらはったことは尼崎の湊《みなと》を焼いたんと一緒ですがな。尼崎のときには非難せず、今回は声高に騒ぐなんぞ、話になりまへんなあ」

「商人と坊主では、坊主が上なんですやろ」

「どっちも金を取りまっせ」

魚屋與四郎が苦い顔をした。

「まだ、商人のほうがましでっせ。商人はただで金を取らへん。元値に上下はあっても、商品を置いていきますがな。対して、坊主はなんも残しまへん。金だけ取って終わり。せいぜい念仏を唱えるだけ。それで商人よりも上とは……」

天王寺屋助五郎が苦笑した。

「まあ、坊主かて喰わんと生きてかれへんからの、あるていどのお布施はしゃあないけどなあ。仏より金が大事になったらあかんわ」

今井彦八郎も冷たく言い捨てた。

「しゃあけど、これで大義名分を与えてしもうたで」

不意に天王寺屋助五郎が真顔になった。

「織田家討伐の名分かいな」

「そうや」

確かめた今井彦八郎に天王寺屋助五郎が首肯した。

「今さらやろ。織田の殿さんが気に入らん奴《やつ》は、どんなことでも大義名分にするがな」

「そのへんの有象無象の話やないで」

鼻で笑った今井彦八郎を天王寺屋助五郎が制した。

「有象無象やない……そうか」

少し考えた今井彦八郎が気付いた。

「将軍はんやな」

「そうや」

告げた今井彦八郎に天王寺屋助五郎がうなずいた。

足利十五代将軍義昭と織田信長の関係はすでに悪化していた。

織田信長の武力を利用して上洛を果たした足利義昭は、将軍の座に就いて親政をもくろんだ。しかし、それを織田信長は許さなかった。

織田信長は、室町幕府という権威を後ろ盾に天下人にのし上がろうと考えていたからである。

まさに同床異夢。

織田信長と足利義昭は、最初から見ている未来が違っていた。

武士はすべからく将軍にひれ伏し、その命《めい》に従うべしと足利義昭は信じこんでいる。

「上洛して、躬《み》に挨拶をいたせ」

足利義昭は将軍となってすぐに、全国の大名へ向けて書状を発している。

「お祝いを申しあげる」

代理を出し、音物《いんもつ》を届けてきた大名はあっても、兵を率いて上洛した大名はなかった。

というより、ほとんどの大名たちが、足利義昭の招聘を無視した。

「ぶ、無礼なり」

それに足利義昭が激怒した。

足利義昭は、朝倉義景や六角義治が言うことを聞かず、上洛できなかったことの原因を、己が征夷大将軍でないからだと考えていた。事実、兄である十三代足利義輝が松永久秀、三好義継らによって害された後、阿波の平島公方《くぼう》家の足利義栄が十四代将軍を継承していた。つまり、当時の足利義昭に従って上洛することは、十四代将軍足利義栄への反逆の意を見せることになる。武士にとって、謀叛人《むほんにん》という烙印《らくいん》だけは避けたい。そのために朝倉義景も六角義治も足利義昭の要望に従わなかった。

だが、その状況が変わった。

足利義栄は堺において病死し、あらたに足利義昭が十五代将軍として朝廷から推戴《すいたい》を受けたのだ。

これで全国の武士は、躬を奉じると足利義昭は信じていた。

「馬鹿が」

織田信長は未《いま》だ夢想にふける足利義昭にあきれた。

将軍の内意だとあちこちに書状を出している。当たり前だが、そんなものに応じる者はいなかった。

「将軍だというだけで尊いなら、足利義輝公はご無事なはずである。将軍だというだけで天下の武家が従うのならば、十四代足利義栄公のもとで天下は治まり、おまえの出番などなかったろうが」

織田信長は室町幕府の権威を認めていなかった。

ただ、室町幕府を助けるという名分が欲しかっただけであった。

かつて織田信長は、家督を継いだばかりのころ上洛したことがあった。幕府と朝廷に献金して、尾張守の官職をもらうためであった。

「そなたの忠義、うれしく思う」

武家の任官は、将軍の仕事である。織田信長から贈られた銭や刀を喜んで受け取りながら、足利義輝はついに尾張守へ任じるとは言わなかった。

家督を継いだばかりの織田信長はうつけ者と侮られ、父信秀《のぶひで》から受け継いだ所領も、家臣さえも支配できない状況に陥っていた。

そこで織田信長は幕府から尾張守に任じてもらい、その権威をもって家臣や国人を押さえようと考えたのだ。

とはいえ、織田信長の家系は、尾張守護の斯波《しば》氏、その守護代の織田家の重臣と、将軍から見ると陪臣の陪臣でしかない。しかも父親から引き継いだ所領さえ維持できない小物を助けたところで、得にはならないと足利義輝が拒んだのも無理のないことであった。

「吾《われ》が小身だからか」

織田信長は足利義輝の対応に怒ったが、どうしようもない。

この経験が織田信長をして、足利義昭を担ぎあげることに繋がった。

「織田の殿さまは、将軍はんにいろいろな枷《かせ》を嵌《は》めはりましたやろ」

「殿中御掟とかやな」

魚屋與四郎が口にした。

「かってに訴訟を引き受けるな、諸大名に書状を出すときは、副状《そえじよう》をつけさせろなどなどでしたな」

今井彦八郎も言った。

「まあ、それでも将軍はんは、せっせ、せっせと密書を出してはりましたけどな」

天王寺屋助五郎が苦笑した。

「出してはったな」

大きく今井彦八郎もため息を吐いた。

足利義昭がわかっていないのか、幕臣が馬鹿なのか、密書を毛利や大友、島津などへ送るときに、堺を経由していたのだ。

さすがに封をしてある書状の中身までは見られないが、なかになにが書かれてあるかくらいは見当が付く。

「船の手配をいたしますので、しばし、ここでお待ちを」

書状が書状である。適当に船に預けて、とはいかない。場合によっては、三淵大和守《みつぶちやまとのかみ》藤英《ふじひで》や一色式部少輔《いっしきしきぶのしょう》藤長《ふじなが》などが直接出向くが、普通はそれら幕臣の家臣が代理として出向く。

「お膳を」

座敷へ通し、接待をすれば、家臣の口も軽くなる。

「どちらへお見えで」

「土佐じゃ」

「どなたにお会いに」

「宮内少輔《くないのしょう》どのじゃ」

「長宗我部さまに。さすがは何々さまでございますな。長宗我部さまと直接お会いになる。さぞや大事な御用でございましょう」

「うむ。そなたでなくばと、直接殿より命じられた」

家臣が胸を張る。

「そうでございましょうな。まだ船には手間がかかりまする。どうぞ、もう一献」

酒を勧めていけば、口は軽くなる。

使者というのは、書状を届けるだけでは役に立たなかった。

「詳しく説明せよ」

受け取った側からこう問われたとき、応じられなければ使者は務まらない。

使者となる者には、書状に書かれていないことも知らされているのが通常であった。

「あれでばれてないと思ってはったくらいや、出来物ではおまへんなあ」

今井彦八郎が笑った。

四

堺は足利将軍家をとっくに見限っていた。

かつて、足利将軍家は天下指折りの富裕であった。とくに三代将軍足利義満《よしみつ》は、勘合《かんごう》貿易を一手に握り、その収益で金閣寺などを建て寺院文化を独自に創造した。

八代将軍足利義政《よしまさ》も琉球《りゅうきゅう》とのつきあいを確立させるなどして、裕福であった。さすがに金閣寺ほどではなかったが、銀閣寺を建立できるだけの力はあった。

当然、堺との関係も深かった。

大内《おおうち》家の支配下にあった博多をつうじての勘合貿易が主であったとはいえ、その博多との連絡は堺が担っていた。

しかし、それも足利義政まででであった。

足利義政の後嗣選びと管領《かんれい》たちの家督争いから守護大名が分裂、応仁の乱が始まった。ほとんど京とその付近だけしか支配していなかった足利家が戦乱で混乱、勘合貿易などの利権を失った。

言うまでもなく、足利家の庇護《ひご》を受けていた堺も戦火に巻きこまれ、やむを得ず、自立の道を進むことになった。

「しゃあけど、今までは織田が言うことを聞かないとか、将軍に対するにふさわしい対応をしない無礼者であるとか、まあ、言いがかりに近い口実で討てやで。こんなもん、誰も従わへんわ。それが、今回は違う。実質は金貸しやったとはいえ、国家鎮護の比叡山を焼いたんや。石山本願寺を含め、国中の寺が織田の殿さんを悪鬼羅刹《あっきらせつ》やと罵っている。これは十分に大義になるで」

天王寺屋助五郎が述べた。

「たしかにそうやな。武田も敵に回ったし、上杉も黙ってへんわな」

今井彦八郎が納得した。

「どうにかなるんかいな、武田も上杉も上洛できんやろ。なんちゅうても、武田と上杉は信濃を巡って大喧嘩《おおげんか》の最中や。互いに不俱戴天《ふぐたいてん》の敵として、しょっちゅう戦ってる。そんな二人が手を組めるか」

「組むどころか、相手が上洛したのを隙だとばかりに、攻め入りかねへんで」

将軍や天皇に挨拶に来るだけなら、一千ほどの兵を率いるだけでいいが、上洛して織田を駆逐するとなれば、途中での戦闘も考えて二万から三万の軍勢を出さなければならない。それだけの戦力がいなくなったときこそ、攻める千載一遇の機である。

「和睦をいたせ。心を一つにして織田を討つのじゃ」

将軍足利義昭がどれだけ騒いだところで、なにほどの価値もなかった。それで仇敵《きゅうてき》同士が手を取り合うなら、乱世になってはいない。

どころか、虎の前に肉を置くようなものであった。

「まあ、そのへんは上杉が我慢したとしてもだ」

関東管領上杉謙信は、幕府への忠誠心が高い。場合によっては、足利義昭の指図を受け入れることもあり得る。

「しかし、武田が上洛するには、徳川はんを倒し、そのうえで織田の本国でもある尾張、美濃を攻略、さらに近江を通らなあかん。できるわけない。どれほど武田の兵が強くとも、二万やそこらでは、とても無理や」

「上杉もそうや。越中の椎名《しいな》、能登の畠山が黙って上杉を通すわけない。まあ、そのへんはどうにかなったところで、加賀があかんわ」

「加賀……ああ、一向一揆か」

天王寺屋助五郎の言葉に、今井彦八郎が手を打った。

「一向一揆やったら、石山本願寺が命じれば……」

「あかんやろ。一向一揆衆にとって、上杉は天敵みたいなもんやで。なにせ、上杉の殿さんは、毘沙門天《びしゃもんてん》の生まれ変わりやと常々から公言してはんねんで。一向宗とは合わんわ。それに加賀の一向宗徒は、自力で国を取ったんや。いかに本山とはいえ、今さら口出しなんぞさせるわけないで」

武田も上杉も口だけで動けないだろうと天王寺屋助五郎が話した。

「そうやな。毛利も同じや。毛利が京へ来るには、備中《びっちゅう》の三村《みむら》、備前の宇喜多と浦上をどうにかせんならん。船で大坂まで攻めてくるという手もあるけど、それやったらいつまでも続けへんで。途中の陸地が敵のままやったら、それこそ挟み撃ちになる」

　魚屋與四郎が何度もうなずいた。

「となると、実際動くのは……」

「浅井、朝倉、波多野、紀州の畠山、阿波の三好、河内の三好、大和の松永、そして石山本願寺」

　問うた今井彦八郎に、天王寺屋助五郎が数えあげた。

「浅井は終わりやろ。近江の北の隅に押しこまれてる。朝倉も同じや。上杉でも後詰めに来てくれへんと近江に出るのも大変やろ」

「明智はんの話やけど、片手で足らんほどの家中が、朝倉を見限って、織田に寝返ってるというで」

　茶の湯の教授をしている関係で、明智光秀と魚屋與四郎の仲は親しい。

「朝廷も織田さま寄りやしな」

「比叡山を焼いたお咎《とが》めはなかったものなあ」

　今井彦八郎と天王寺屋助五郎がうなずき合った。

　比叡山延暦寺の座主《ざす》であった覚恕法親王《かくじょほうしんのう》は、後奈良《ごなら》天皇の皇子《みこ》で正親町《おおぎまち》天皇の弟になる。比叡山焼き討ちの当日、覚恕法親王は京におり、僧侶狩りの餌食にならずにすんだ。当然のことながら、焼き討ちした織田信長の非道さを正親町天皇へ訴えたが、なんの応えも得られなかった。およそ五百年前、白河《しらかわ》法皇が「賀茂河《かもがわ》の水、双六《すごろく》の賽《さい》、山法師、是《これ》ぞわが心にかなわぬもの」と嘆いたほどではないが、僧兵の無道振りはかわらずであったうえに、比叡山は国家鎮護を掲げながら、何一つ結果を出してこなかった。天皇や公家《くげ》にとって、とっくに比叡山はどうでもいい相手になっていた。そしてなにより織田信長の武力を朝廷は怖れ、そして頼りにしていた。

「最初に手を出したのは、そなたらであったろう」

朝廷が、織田信長と敵対する道を選んだのは比叡山だと突き放した。

「……………」

覚恕法親王らは、すごすごと京を発《た》ち、武田信玄のもとへと落ちた。

「座主はんもいない御山なんぞ、誰も気にせえへんわな」

魚屋與四郎が手を振った。

「それがかえってまずいのと違うか。あのとき朝廷が形だけでも織田の殿さまをお叱りになり、再興をお命じになっておられたら、大義名分にはならなんだと思う」

顔をしかめながら、天王寺屋助五郎が言った。

「咎めがなかったことで、他の大名たちの気を引いた……か」

今井彦八郎も頬をゆがめた。

「朝廷も織田を頼りにしている。そうとしかとれへん。天下の軍事を朝廷から預けられている将軍はんとしては、たまらんわな。面目丸潰れや」

「飾りやと天下に披露されたようなもんやしな」

天王寺屋助五郎と魚屋與四郎が顔を見合わせた。

「なあ、あの将軍はん、動くやろうか」

今井彦八郎が問うた。

「己が御輿《みこし》やと気付くくらいには敏《さと》いしなあ。吾こそは天下の大将軍であるぞとふんぞり返ってるようなお方はんやったら、面倒はないねんけどなあ」

「密書出すのが精一杯やろう。自ら織田討伐の兵を挙げることはないやろ。なんせ、兵がおらん。足利将軍はんのご知行所なんぞ、山城くらいやろ。十万石もないで。兵もいてへんしなあ」

天王寺屋助五郎と魚屋與四郎が腕を組んだ。

「もし、もしやで。将軍はんが腰を上げたとしたら、どのくらいが従うと思う」

重ねて今井彦八郎が訊《き》いた。

「将軍はんの義弟にあたる三好左京大夫はんは立つやろう。となると大和の松永はんもな。摂津の池田はんはどうやろ」

「あそこはどうやろうな。織田の殿さまに逆らっているけど、将軍の直臣和田はん、茨木はん、伊丹はんを襲ってるさかいなあ。よほどでないと様子見やろう。織田の殿さまの怖ろしさは、身に染みているやろうし」

一度手向かっておきながら、池田知正、荒木村重も反織田の動きを止めている。

「あそこはもめそうや」

荒木村重と茶をつうじての交流を持つ今井彦八郎が告げた。

「なんぞあるんか」

魚屋與四郎が身を乗り出した。

「池田はんとうまくいってないようや」

今井彦八郎が続けた。

「高槻城まで行きながら、兵を退いたやろ。それがどうも荒木はんの気に入らんようでな。あのまま攻めていたら、高槻も手に入ったのに、弱腰やと」

「ほう……」

天王寺屋助五郎がおもしろそうだと声を漏らした。

「もともと池田はんは、荒木はんの武名でやってきたところがあるやろう」

「そうやな。先代の池田勝正はんやったかを追い出したのも、荒木はんやと聞いたで」

池田勝正と知正の間で起こった内紛は、荒木村重を引きこんだ知正が勝った。祝宴の場で、荒木村重が勝正の重臣を二人成敗したことで、池田勝正は城を捨てて逃げ出している。

「隠すのもなんやけどな、織田の殿さまが、細川はんを使って荒木はんを味方に引き入れようとしているんや。わたしにも手伝えと言うてきはった」

「それはそれは」

「なんとも、さすがの目の付けどころや。城主の池田知正はんやなく、荒木はんか。織田の殿さまは肝要なところを押さえはる」

今井彦八郎の曝露《ばくろ》に、天王寺屋助五郎と魚屋與四郎が感心した。

「三好左京大夫はんもご養父さまの長慶公ほどの器量はない。領国も河内半国や。松永弾正少弼はんは、戦巧者やけど領国の大和が落ち着かん。大仏殿を焼いたんが、祟《たた》ってるわ」

小さく今井彦八郎が首を振った。

松永弾正少弼久秀は、三好長慶の跡を継いだ義継を擁して、三好三人衆と敵対、畿内の覇権を争った。だが、兵力の違いは大きく、大和にまで三好三人衆の進出を許してしまった。そのとき、三好三人衆が本陣としていた東大寺《とうだいじ》を松永久秀は夜襲、混乱した三好三人衆を撃破、大和から追い出すことに成功した。ただ、このとき東大寺大仏殿に火が入り、大仏共々堂宇《どうう》が焼けてしまった。

「悪行なり」

松永久秀による放火と断定はされなかったが、攻め寄せたには違いない。東大寺をはじめとする寺院は松永久秀を仏敵と罵り、いまだに従ってはいなかった。

「背後が不安では、全力は出せへんで」

今井彦八郎が断言した。

「畠山はんも紀州やからなあ。京までどれだけ出せるか」

「鉄炮も順調にできてるし、硝石も十二分にある」

「織田の殿さまの負けはない」

三人の意見が一致した。


だが、織田信長不利の状況が続いた。

どれほど織田の兵力が多かろうとも、京、河内、摂津、播磨、近江、信濃といくつもの戦場に軍勢をわけるとなると、どうしても過不足が出る。

「京は捨てられぬ」

天下は京で決まる。どれほど多くの領地を手にしていても京を支配していなければ、天下人とは言えない。京にある幕府、朝廷を手中にしてこそ、天下に武力を見せつける大義名分ができる。

織田信長は京を守るために、多くの兵を置かなければならなかった。

次に本国を失うことは避けるべきであった。本国は代々のかかわりもあり、百姓、町民にいたるまで忠義心が強い。裕福だからと本国以外に居を移せば、いざ攻められたときが弱い。

本国尾張に近い伊勢長島の一向一揆を抑えなければ、織田家は足を掬《すく》われる。織田信長は伊勢長島に対抗できるだけの軍勢を残さなければならなかった。

となれば、それ以外の戦場へ送り出せる兵数が少なくなる。

「武田軍来《きた》る。来援を請う」

徳川家康からの急報にも、織田信長は数千の兵しか出せなかった。

戦国一と讃《たた》えられる甲斐《かい》兵に、同数以下では勝負にならない。武田信玄率いる軍勢に織田信長と徳川家康の連合軍は、三方ヶ原《みかたがはら》で大敗を喫した。

「やはり武田は強い」

織田信長を敵視する者たちは歓喜した。

「武田の上洛に合わせて……」

浅井、朝倉も息を吹き返した。

「ものが見えへん奴というのは……」

それらの様子を堺は動揺することなく、見ていた。

「尾張、美濃は織田の本国や。兵糧も弾薬《たまぐすり》もいくらでも使える。対して武田は本国から離れる。米は征服したところから取りあげられても、矢弾はそうはいかへん。兵の追加も難しい。支配したばかりの国人たちを先陣で盾代わりにすりつぶそうとしたら、逃げ出しよる。確実に勝ちたいのなら、まず手に入れた駿河、三河、信濃の一部を完全に我がものとしてからでないとな。それには二年やそこらかかるで」

魚屋與四郎が武田信玄の進攻は一旦止まると予想した。

「武田が、撤退したやと……」

元亀四年四月、魚屋與四郎の予想をこえた報に、さすがの堺も騒然となった。

「あの強欲な武田が、手に入れた土地を捨てて甲斐へ引きあげている。あり得へん」

天王寺屋助五郎も混乱していた。

甲斐国は山国で田畑が少ない。また、冷害や水害なども多く、もの成りが悪い。武田が近隣諸国へ手を伸ばしたのも、食べていけないため他所《よそ》から略奪するしかないからであった。勝たなければ、飢え死にする。結果、甲斐の兵は強くなった。

その武田が、勝利を、手にした領地を、捨てて帰っていく。

「上杉が上野《こうずけ》へ兵を出したか、それとも北条が駿河へ侵入したか」

乱世である。

武田の西上《せいじょう》を認めただろう上杉が約束を破る、同盟を結んでいる北条が裏切る。あるいは武田信玄の留守を狙った謀叛が起こった。どれが原因であってもおかしくはない。その状況次第では、織田信長の天下が近づく、あるいは遠ざかる。

「なにがあったか、調べなあかん」

顔色を変えた今井彦八郎が告げた。

第六章　遠謀の足音

一

敵地三河設楽《したら》郡長篠《ながしの》城で越年した武田軍が撤退を始めた。

越年してからの撤退は、軍事の常識にはないことで、たちまち国中に噂《うわさ》が飛んだ。

「どうやら、御大将があかんようやな」

今井彦八郎が、魚屋與四郎、天王寺屋助五郎らを招いた茶会で、まさに茶飲み話のように持ち出した。

「らしいですな。明智はんが言うてはりましたわ」

「松永弾正少弼はんは、えらい肩の力を落としてはりましたで」

魚屋與四郎と天王寺屋助五郎が応じた。

どちらも茶を通じて交流が深い。

なぜか織田信長は敵対している大名でも茶《さ》堂衆《どうしゅう》が出入りするのを止めなかった。もちろん、そういったところではなくとも、今井彦八郎、魚屋與四郎、天王寺屋助五郎ら茶堂衆は、どこの大名にいついつ出入りをし、茶会を開いて、どのような話をしたかを織田信長へ報告している。

織田信長は他の戦国武将が僧侶を軍使や内部探索に使うのに対し、茶堂衆を使っていた。僧侶を使うときもあるが、内部の探索や相手がなにを考えているのかを聞き出すのには密室で相対する茶堂衆が適していると考えているからであった。

「どうぞ、城を開いて織田さまに降伏なさいませ」

僧侶が軍使の場合、二人きりで会うわけにはいかない。なにをしに来たかわかっているだけに、城の大広間に重臣たちを集めたうえでの会談になる。当然、大名の決断は、その場で家臣たちに知られる。

「勝手に降伏など納得できぬ」

「もう城は保《も》たぬとわかっていながら、降伏の申し入れを蹴るなど……我ら臣の命をなんだと考えておられるのか」

異論のある者にしてみれば、不満が募る。

「最後の一兵まで戦う」

抗戦を叫んだり、

「命だけは助けてくれ」

あっさりと降伏を受け入れたり、どちらにせよその判断は大名の命にかかわる。

死にたくないと考えた家臣に、織田に降《くだ》るなどとんでもないと思っている家臣に、背中から襲われるなど、日常茶飯事であった。

その点、茶堂衆ならば、二人きりあるいは腹心を含めた少数で話ができる。

「降伏したいと思っておるが、所領安堵《あんど》の保証が欲しい」

「重臣の某《なにがし》が強硬に反対しており、降伏が難しい」

茶室であれば、余人に知られず本音での交渉ができる。

織田信長が茶を推奨した一つに、これがあった。

「隠そうとしたようやけど、徳川家にとどめを刺せる寸前に退き、手に入れた領地を放棄する。あの強欲な武田がでっせ。なんかあったと言うて歩いているようなもんですがな」

「ですわなあ。もちろん、織田さまの命《めい》を受けた忍《しのび》の衆も出はったようですが、そんな手間も要りまへんでしたなあ。武田の陣に出入りする商人からすぐ漏れてきましたのに」

今井彦八郎がため息を吐《つ》いた。

商人というのは、その大名の勢力内だけで商売している場合を除き、口さがないものである。とはいってもこれも商いのためであり、今どこどこではこういう状況になっているのでなになにが品薄になっているとか、情報を交換することで互いに儲《もう》けようということであった。

「某大名が戦の支度をし始めたようだ。これは米の値段があがる。よし、近くで買い占めて大儲けだ」

もちろん、これも問題ではない。商いには違いないのだ。

「一人勝ちかい」

だが、それをよしとしない者は多い。大儲けをする商人の後ろには、儲け損なった多くの商人と下手を打って大損をした商人がいる。

それらの憎しみを買うと、次から仕入れがうまくいかなかったり、悪意のある噂が流れたり、いろいろな邪魔を受ける。

一度の儲けで数度の損を喰《く》らうことにもなりかねない。さすがに割が合わないと、よほど悪質な商人でない限り、話はしっかりと周囲に拡《ひろ》げた。

「同行商人なんぞ、とくに口が軽い。話してはいけないことも少しの金で流す」

少し軽蔑の感情が籠もった声で天王寺屋助五郎が述べた。

同行商人とは、軍勢の後ろにくっつき、食料や遊女《あそびめ》を売ったり、戦利品である敵の槍《やり》や鎧《よろい》などを買う者のことであった。

国元から付いてくる者はまだましだが、途中で加わった連中など、武田への恩義など爪の先ほども持っていない。ちょっとした金や酒などで、見聞きしたことを簡単に漏らした。

「国を出る前から体調がお悪かったというやないか」

「それでも出てきた。将軍さまのお下知とは、そこまで重いんかいな」

今井彦八郎と魚屋與四郎がため息を吐いた。

「将軍さまなんぞ、どうでもええんと違うか」

天王寺屋助五郎が異論を出した。

「どういうことや」

魚屋與四郎が天王寺屋助五郎に問うた。

「もし、将軍さまのお下知に従うのが大名の役目やとするとやで、武田はんの進軍は義務っちゅうことになるやろ。ほな、同じように将軍さまから起《た》てと命じられた他の大名はどうなる。兵を出さなければ、大名の資格なしと責められるで。武田はんが褒められて、己は叱られる。それを……」

「上杉はんか……たしかに我慢でけへんやろうな」

天王寺屋助五郎の言いぶんを今井彦八郎は認めた。

武田信玄と上杉謙信は信濃の領有を巡って、何度となくぶつかっている。互いに相手を不倶戴天《ふぐたいてん》の敵としているのだ。その状況で相手だけが将軍から称賛されるなど認められるはずはなかった。

「つまりは将軍さまのお下知は関係ないと」

「そうやないかと思う」

確かめるように訊《き》いた今井彦八郎に天王寺屋助五郎が答えた。

「では、病を押しての出陣はなんのためや」

魚屋與四郎が困惑した。

「織田の殿さまやないやろうか」

「……織田の殿さま」

天王寺屋助五郎の言葉に、今井彦八郎が怪訝《けげん》な顔をした。

「お茶席で、松永弾正少弼はんがぽつりと漏らしはったんや。手に負えんと」

「手に負えん……織田の殿さまが。なるほどな」

今井彦八郎が手を打った。

「二人だけわかるんは止《や》めてんか」

「織田がこれ以上大きくなったら、武田も勝てなくなる。今が最後の機会やと感じはったんと違うか」

文句を言った魚屋與四郎に、今井彦八郎が告げた。

「そういうことかあ」

魚屋與四郎も納得した。

「病が癒えるのを待ってられへんかった。そやから徳川はんを中途半端に残した状態でも西上《せいじょう》して美濃へ向かった」

「織田の殿さまとの決戦を望んでいた」

今井彦八郎の考えに、天王寺屋助五郎が同意した。

「しゃあけど、病は待ってくれなかった」

魚屋與四郎が首を横に振った。

「なんちゅうご運の強さや。武田と直接対峙《たいじ》することなく、すんだ」

天王寺屋助五郎が感心した。

「たしかにな。いかに織田の軍が鉄炮《てっぽう》を有し、物量で武田に優《まさ》るとはいえ、戦はわからん。ましてや織田の殿さまが出られた戦で負けなんぞとなったら、たちまち織田に与《くみ》していた連中が背を向ける」

本人が生き残っても、武田信玄と直接戦って負けたとなれば、織田信長の名声は地に堕《お》ちる。

「今回ばかりはと思うていたけど……」

「ああ」

天王寺屋助五郎と魚屋與四郎が顔を見合わせていた。

「これはもう、天運や」

今井彦八郎も織田信長の運の強さに驚愕《きょうがく》した。

「さて、武田は当分出て来られへんやろう」

話を少し今井彦八郎が変えた。

「ああ、病が治っても、武田信玄はんが出ると言い張っても、周りが許さんやろう」

魚屋與四郎がうなずいた。

織田家もそうだが、武田家も当主の器量でここまで来たのだ。次代がいないわけではないが、偉大なる父に隠れて実力はわからない。

「信玄はんが陣中にいないというだけで、武田の士気は半減や。今回の引きあげでも、同行商人が商売をあきらめるほど、気落ちがすごかったらしい。まるで、葬儀のようやったと」

「葬儀のよう……死んでんのと違うやろうな」

「……あり得るな」

嘆息しながら口にした今井彦八郎に、魚屋與四郎と天王寺屋助五郎の表情が変わった。

「…………」

今井彦八郎が考えこんだ。

「なあ、千はん、津田はん」

わざと今井彦八郎は二人を屋号ではなく苗字《みょうじ》で呼んだ。

「出番やな」

「でございますかな」

しっかりと意を酌み取った魚屋與四郎と天王寺屋助五郎が顔を見合わせて笑った。

二

武田の力があれば、まちがいなく織田信長に勝てると浮かれていた諸大名、寺社は、その異変に愕然《がくぜん》となった。

「まさか……」

「これでは織田に勝てぬ」

「天は我らを見放したというのか」

織田信長を滅ぼした後の栄華を夢見ていた者は呆然《ぼうぜん》となり、武田信玄と力を合わせて戦おうとした者は悔し涙を流し、浅井長政のように滅亡が迫っている者は嘆いた。

「一服差しあげたく」

魚屋與四郎と天王寺屋助五郎との話し合いを終えてすぐ、今井彦八郎は茶の指導を口実に池田城へ入り、荒木摂津守村重と会った。

「…………」

茶を点《た》て、配り、飲み干すまで、二人は無言をつらぬいた。

「結構なお点前《てまえ》で」

「かたじけなし」

今井彦八郎が茶碗《ちゃわん》を置き一礼するのに、荒木村重が感謝した。

茶においては、今井彦八郎こそ天下の宗匠であった。その今井彦八郎から褒められたとあれば、一人前の茶人と言える。

「……もういけませぬか」

茶釜から茶碗に白湯《さゆ》を移しながら、荒木村重が呟《つぶや》くように訊いた。

「いけませぬな」

静かに今井彦八郎が首を横に振った。

「武田さえ、来てくれていたら……」

荒木村重が悔やんだ。

「摂津守さまもお甘い」

今井彦八郎がため息を吐きながら、首を横に振った。

「どういうことでござる」

茶室に身分の上下はない。あるのは師匠と弟子という形だけである。荒木村重は今井彦八郎へていねいな言葉遣いを続けた。

「武田は京まで来られませぬぞ」

今井彦八郎も普段と違う口調で応じた。

「どうしてでござる。徳川は風前の灯火《ともしび》、織田も武田の勢いは止められますまい」

荒木村重が問うた。

「徳川さまを完全に潰す気は武田さまにはなかったようでございますが」

徳川家康を散々撃ち破っておきながら、武田信玄は徳川の本城浜松《はままつ》城には手出しせず、迂回《うかい》して信濃から美濃への道を取っていた。

「公方《くぼう》さまより、できるだけ早く上洛《じょうらく》いたせとのお指図が出ていたからでしょう。徳川ごとき些末《さまつ》な者にかかわっている暇はなかった」

荒木村重が言い返した。

「後ろに敵の本軍を残したままで、甲州《こうしゅう》から京に軍勢を出せますか。占拠した村で食料は調達できても、弓矢や槍は手に入りますまい。本国からの荷駄に頼るしかなくなる。その荷駄が徳川に襲われる。たとえ二回に一回は届いても、それでは足りますまい」

「武田ならば、織田の兵など矢がなくとも……」

「戦をよくご存じの摂津守さまとは思えませぬな。すでに春を終えようといたしております。田植えの頃合い」

まだ言い返そうとした荒木村重を今井彦八郎は制した。

兵は通常徴用された百姓からなった。織田のように兵と百姓を分離している大名は、ほとんどおらず、武田も百姓を足軽、荷駄隊、小者として使用している。言うまでもないが、百姓からなる兵は、田植え、稲刈りなどの繁忙期には国元へ帰り、農事に携わるのが普通であった。

言外に今井彦八郎は、武田信玄は徳川家に手間取りすぎた、つまりは、病があろうがなかろうが、この春で武田の撤退は避けられなかったと告げた。

「だが、信玄公は越年をなされましたぞ」

さすがに今回は武田信玄も肚《はら》を据えて、年越しまでした。つまり秋の刈り入れを捨てて、戦を続けた。それが織田信長に反目している連中を鼓舞した。

「京に菱紋《ひしもん》の旗を立てるまで、武田は止まらぬ」

浅井長政、朝倉義景らもそう信じて歓喜した。

「これで幕府はかつての姿を取り戻す。やはり幕府を支えるべきは源氏《げんじ》の名門でなければならぬ」

なかでももっとも喜んだのは足利十五代将軍義昭であった。

くすぶっていた流浪の食客であった足利義昭は、織田信長によって十四代将軍足利義栄を抑え、上洛を果たした。いわば織田信長は恩人である。

もちろん、当初は足利義昭も織田信長を尊重した。

室町幕府の中心ともいうべき管領《かんれい》へ推挙したり、手紙に御父と書いて下手《したて》にも出た。

しかし、それも長くは続かなかった。

端《はな》から織田信長は足利義昭を旗代わりとしか考えておらず、将軍になったことで慢心し、気に入りの家臣を加増したり諸大名へ下知を下そうとしたりする足利義昭を邪険にし始めた。

「家臣に加増されるときは、織田家の領地から分けるのでこちらにまずお報《しら》せを」

「諸国へ下知を出すときは、わたくしがかならず副状《そえじょう》をつけまする」

足利義昭の寵臣《ちょうしん》へ織田が禄《ろく》を与えることで枷《かせ》を嵌《は》め、天下を好き放題にできないよう書状の中身にまで規制をかけた。

「……なにさまのつもりじゃ」

感謝が憎しみに変わるのにときは要らなかった。

足利義昭は、なにをしようとしても制してくる織田信長を邪魔に思い、その排除を考え策動した。

その結果、織田信長の義弟浅井長政は寝返り、長く動かなかった朝倉義景が畿内に進出し、比叡山延暦寺が敵に回った。そこに石山本願寺が加わり、ついに天下最強の呼び声も高い武田信玄も動いた。

「武田信玄公が、織田信長どのを打ち破って上洛なされたら、前もって織田の力を削《そ》いでいた我らにも褒賞はござったろう。いや、公方さまがかならず報いてくださったはず」

荒木村重が強弁した。

「来なくてよかったのでございますよ」

昂《たかぶ》った荒木村重を宥《なだ》めるように、今井彦八郎が茶碗を愛《め》でる風に眺めながら言った。

「どういうことでござる」

荒木村重が怪訝な顔をした。

「武田さまは上洛までなさるおつもりではなかったのではないかと。武田さまは徳川さまを弱らせ、援軍を出せぬ状態にまで追いこんでおいて、美濃で織田の殿さまと矛を交えるおつもりだったとは思われませぬか。織田の本国である尾張を奪うとなれば、美濃と徳川さまの三河に挟まれる。いかに武田が精強でも挟み撃ちにあっては……」

「朝倉攻めか」

荒木村重が苦い顔をした。

かつて織田信長の供をして越前へ進軍した荒木村重は、浅井長政の裏切りで前後を塞がれた経験があった。

「その点、美濃なれば武田の本国に近い。地の利も織田さまには敵《かな》わずとはいえ、悪くはない。まずは、美濃を削り、そこに押さえの将兵を置いて、一度国元へ戻る。そして夏にもう一度軍を起こす。今度は徳川さまの邪魔もなく、美濃まで十日もあれば行けましょう」

「決戦は夏……」

荒木村重が唸《うな》った。

「それまで保ちましたか」

「…………」

茶碗を拭いながら訊いた今井彦八郎に荒木村重が黙った。

「もちろん、これらは戦のことなど知らぬ商人の戯言《ざれごと》でございますが……武田さまが用意された兵糧の量から見ると、そう的外れとは思いませぬ」

兵糧の準備でどのていどの軍勢が何日くらい行動できるかは、簡単に読めた。

「二度にわたる策……」

荒木村重が今井彦八郎の推量を認めた。

「もし、武田信玄さまが病に斃《たお》れられなかったら、まちがいなく織田さまはやられましたでしょうな」

淡々と今井彦八郎が述べた。

「まことに無念じゃ。それが成れば、吾《われ》も武田家に合わせて上洛の軍勢を……」

「ところで、摂津守さまは武田家が欲しがっていたものをおわかりか」

悔しがる荒木村重に、今井彦八郎が割りこんだ。

「……武田が欲しがっていたもの」

問われた荒木村重が戸惑った。

「そもそも武田はなぜ、あれほど強いのでございましょう」

今井彦八郎が質問を変えた。

「名将のもとに勇将が揃《そろ》っておられるからでございましょう」

尋ねた今井彦八郎に荒木村重が答えた。

武田信玄のもとには山県昌景《やまがたまさかげ》、馬場信春《ばばのぶはる》、真田幸隆《さなだゆきたか》、高坂昌信《こうさかまさのぶ》、小山田信茂《おやまだのぶしげ》、内藤昌豊《ないとうまさとよ》らをはじめとして、十人をこえる勇将がいた。

それぞれが一国の主《あるじ》となっても不思議ではない力を有している。

「さて、その勇将への褒賞はどうなりますやら。上洛したとなれば、それぞれに一国あるいはそれに準ずる褒美を与えなければなりますまい」

「………」

今井彦八郎の発言に、荒木村重が黙った。

「山城国は武田さまが取られましょう。京を抑えるには必須の場所。京を奪われたら、天下の大敵になるのは武田。それを防ぐには京と境を接するところを信頼できる部将で固めなければなりますまい」

「摂津もか。我らは武田に与し、織田を敵にしたのだぞ」

「武田さまとなにかお約束でも」

「書状の遣《や》り取《と》りはなんどか。ともに正しき足利の幕府を守り、もりたてていこうとか、かならず上洛するゆえ、今しばし耐えてくれとか……」

「では、摂津一国の安堵状などは」

「国を与えるのは、公方さまのお役目であり、拙僧にはないと……」

本領安堵の約束くらい取り付けていたと思っていた今井彦八郎へ、荒木村重が気まずそうに目をそらした。

「よくそれで、織田の殿さまに……」

今井彦八郎があきれた。

「はああ。なんの約束もなければ、武田上洛の後、潰されはせぬでしょうが……摂津を取りあげ、遠江だとか、伊勢だとかに移されたとしても、文句は言えますまい」

「……………」

「そのときになって、逆らえますかな」

黙った荒木村重に今井彦八郎がわざと訊いた。

「まあ、その怖《おそ》れはなくなりましたが……その代わり織田さまと敵対したという事実が大きくなりました」

「しかし、公方さまが旗をあげておられるのだ」

まだ、荒木村重は渋った。将軍の行動に従うのは大名として当然であると、荒木村重は己の行為を正当なものだと主張した。そうしないと織田信長の恐怖に耐えられないのだとばかりに。

「あのお方は、公方さまのお器ではございませぬ」

見限るべきだと今井彦八郎は荒木村重に助言した。

「あまりに軽すぎる」

今井彦八郎が首を左右に振った。

足利義昭も武田信玄西上すとの報せに踊った一人であった。

「不忠なる弾正忠を許さず」

二月、武田信玄が越年したのを見て、足利義昭は二条《にじよう》城にて兵を挙げ、織田信長追討を全国に発した。

しかし、頼りの朝倉、毛利は動かず、畿内で同心した三好義継、松永久秀らも兵を足利義昭のもとへ送る余裕はなかった。

朝倉は浅井を支えねばならなかったし、毛利は遠い。三好義継と松永久秀は、周囲を織田を中心とした敵に囲まれているような状態にあり、領国を離れられない。

「躬《み》に従え」

やむを得ず、足利義昭は必死に明智光秀に寝返りを口説いたが、織田家の家臣となっていたこともあり、勧誘はできなかった。

気勢が上がらぬまま、武田信玄の動きが止まったどころか撤退してしまった報せを受けて足利義昭は萎縮、兵を二条城に引き入れ、籠城の構えを取っていた。

「ここはお味方せず、公方さまに織田さまとの力の差を知っていただき、兵を引いていただくことこそ肝要。このままでは公方さまのお命も危のうございますぞ」

足利義昭の身を案じた荒木村重を、今井彦八郎が説得した。

「弾正忠さまが、公方さまを討たれると」

「将軍殺しとなるようなまねを織田さまはなさいますまい。ですが、戦となれば何が起こるかわかりませぬし、負けと感じられた公方さまが自らを……」

今井彦八郎もそのようなことをするはずはないとわかっていた。

足利義昭にそのような潔さはない。あればとっくに織田信長と表だって戦っている。勝てると思うまで動かなかった足利義昭が、不利になったぐらいで自害するとは思っていない。が、これこそ荒木村重への大きな口説き文句になった。

「公方さまの御身のためとあれば、わたくしごときの名前など泥にまみれても苦しくございませぬ」

今井彦八郎が用意した大義名分に荒木村重は乗った。

一度は与した織田信長を裏切り、今度は三好三人衆に背く。荒木村重の評判は地に堕ちるのはまちがいなかった。

「摂津守さま。欲しいものは、生きていてこそ吾《わ》が手に入るもの」

「……であった」

荒木村重が小さく笑った。

「仲立ちをいたしましょう。ただし……」

「頼みます」

なにをとは確かめもせず、荒木村重がうなずいた。


もともと荒木村重は妻の父池田長正《ながまさ》の家臣であった。

武勇にて頭角を現し、池田長正の死後跡を継いだ池田勝正の重臣として摂津攻略を支え、よく伊丹氏と争った。池田勝正が織田方に属したこともあり朝倉攻めにも参加、金《かね》ケ崎《がさき》では殿《しんがり》を務めるなどして活躍したが、ともに三好三人衆の調略を受けた池田知正と組んで謀叛《むほん》を起こし、池田勝正を追放し、織田信長と敵対した。

一種の裏切りを許してもらうには、それだけの功績を立てなければならない。

荒木村重は池田知正から池田城を奪い取ろうと考えた。

「織田さまがご上洛なされる」

今井彦八郎は、荒木村重を誘って織田信長のもとへ参上した。

「久しいの。三好三人衆や公方さまのもとではまともに、飯も喰えておるまい。これを喰え」

織田信長は目の前に置かれていた饅頭《まんじゆう》を脇差《わきざし》で突き刺し、そのまま荒木村重のほうへ向けた。

「ご無礼仕《つかまつ》る」

するすると膝で進んだ荒木村重が大口を開けて、脇差の切《き》っ先《さき》を含んだ饅頭に喰らいついた。少しでも織田信長が突けば、荒木村重の命はない。

「…………」

怖れることなく饅頭を口にした荒木村重は、両袖を脇差に添えるように当て、ゆっくりと刃先に付いた汚れを拭った。

「……馳走《ちそう》でございました」

口のなかの饅頭を咀嚼《そしやく》し終えた荒木村重が、まだ脇差の届く間合いで平伏した。

「ふふふふ。なんとも豪儀なる者よ。吾が身を差し出しての詫《わ》び、この弾正忠たしかに受け取った」

満足げに笑った織田信長が、脇差を鞘《さや》に戻した。

「これを取らす」

脇差の柄《つか》を荒木村重へ織田信長が向けた。

「殿」

「それはっ」

柄を握ってそのまま脇差を抜き放てば、織田信長に届く。荒木村重がそのつもりであったならば、織田信長の命はなくなる。

居合わせた者たちが顔色を変えた。

「ありがたく」

手を伸ばした荒木村重は柄ではなく鞘を摑《つか》み、害意がないことを示した。

「本日はかたじけのうございまする」

いただいた脇差を右側において、荒木村重が平伏した。

「うむ。茨木の城はくれてやる。以後励め」

「ははっ」

大きく目を開いた荒木村重が、もう一度額を床に押しつけた。

茨木城は、三好三人衆に寝返った荒木村重が、織田信長に従っていた茨木重朝を襲い、手にしていた。そのとき、茨木重朝の一族、家臣たちは徹底して抵抗、そのほとんどが討ち死にしている。今は荒木村重の嫡男村次《むらつぐ》に預け、高槻城への押さえとしていた。

その簒奪《さんだつ》行為を織田信長は認めたのだ。

本来ならば、茨木城の返還を求め、織田信長の信頼する配下を入れる。一度裏切った者は二度裏切るというのが、戦国の常識である。茨木城を堅固なものとして、池田城へ睨《にら》みを利かせ、荒木村重を見張る。

それを織田信長はしなかった。

正統な城主である茨木氏一族がいないというのもあるが、それだけ織田信長は荒木村重を気に入ったことの証《あかし》であった。

「助かり申した」

織田信長への口利きをしてくれた今井彦八郎に、荒木村重が感謝した。

「摂津守どの。商いはここぞというときに命をかけて張るもの。戦も同じ。勝てぬ戦はなさいますな」

今井彦八郎はしっかりと釘《くぎ》を刺した。

三

明智光秀、荒木村重らの離反を知った足利義昭は、より頑《かたく》なになった。

「吾が息子を証人として差し出す」

織田信長は和睦のためならば、四男の於次《おつぎ》を人質に出してもいいとの譲歩を見せたが、足利義昭は拒絶した。

「比叡山延暦寺を焼き尽くすような者が、子供一人犠牲にするなど気にも留めまい。人質を受け取ったからと和睦を信じ、城門を開けた途端に躬の命を奪うつもりに違いない」

足利義昭は織田信長を恐怖していた。

「ならば、思い知らせてくれる」

織田信長は懐柔をあきらめ、強硬手段に出た。

「上京《かみぎょう》を焼き払え」

「えっ」

織田信長の命に家臣たちが絶句した。

「さっさとやらぬか」

「はっ」

これ以上の諫言《かんげん》や抵抗は己の命にかかわる。

織田信長は足利家昵懇衆《じっこんしゅう》と呼ばれる烏丸《からすま》、日野《ひの》、飛鳥井など八家からなる公家《くげ》の住まいがある上京を焼け野原にすることで、足利義昭に味方するならば容赦しないとの見せしめにした。

昵懇衆とは、足利将軍家と特に親しく、室町第に出仕し、武家と朝廷の中継ぎをする者である。他にも将軍の外出に供奉し、諸大名の任官の斡旋《あっせん》もした。一応天下人である将軍側近であり、その権力は大きく、余得も多い。当然、足利将軍に与しないと大損をする。

「成り上がり者が」

また名門という誇りも強く、織田信長を嫌っている。

それらもあって、上京は織田家への反発が強く、足利義昭に近い。

織田信長は、足利義昭を脅すついでに、面倒な連中の力を削ごうと考えた。

四月二日、織田軍はまず洛中市外を焼いた。将軍はもとより、公家たちに被害を出さず、その心を折るためのものだったが、足利義昭は頑なであった。

「ならば、もう少し近火であぶってくれよう」

四日、織田信長は上京に火を放った。

「まさかできまい」

「脅しじゃ」

洛外を焼け野原にした後も、上京に住まう者たちのほとんどは逃げ出しもしなかった。

「なにとぞ、お許しを」

火付けの用意を始めたのを見た上京の商人たちが銀一千五百枚を持って、織田信長を宥めようとしたが一顧だにしなかった。

こうして上京は灰燼《かいじん》に帰し、震えあがった足利義昭は正親町天皇の勅意を受ける形で和睦を受け入れたが、言うまでもなく条件は厳しいものとなった。

上京が焼けようとも、堺は影響を受けなかった。いや、影響は少なかった。

「和泉屋はんは痛いでしょうなあ」

納屋衆の会合で、魚屋與四郎が今井彦八郎に話しかけた。

「上京のお得意はんがほぼ全滅ですやろ」

「売掛金の回収もあきらめなあきまへんやろうなあ。形《かた》も取られへんし」

今井彦八郎の返事に魚屋與四郎が続けた。

「まあ、潰れはせんやろうけど……先細りは避けられへんなあ」

得意先を一気に失うのは商人にとって、致命傷であった。とくに京のような贅《ぜい》を尽くしたものを好むところとのつきあいは、儲けも大きいだけにそこに依存してしまうことが多い。和泉屋もそうであった。

京洛《けいらく》で売れるものを国中だけでなく、南蛮からも集めて、京へ納品する。この儲けで和泉屋は堺でも指折りの豪商となっていた。

「しかし、思い切ったことをしはるなあ、織田さまは」

天王寺屋助五郎が感嘆した。

「上京を焼くっちゅうのは、朝廷への謀叛やと取られへんか」

今井彦八郎も織田信長の果断さに驚いていた。

「それやねんけどな」

魚屋與四郎が周囲を気にした。

「ややこしい話かいな」

「思い切りな」

声を潜めた今井彦八郎に、魚屋與四郎がうなずいた。

「ほな、うちで茶会でもしようか」

今井彦八郎が二人を誘った。

納屋衆の会合は南宗寺をはじめとする寺院、もしくは納屋衆の屋敷でおこなわれる。

本日は南宗寺であった。

「お帰りかの」

庫裏《くり》から出てきた南宗寺の住持笑嶺宗訢が、帰途につこうとした三人に声をかけた。

「会合も終わりましたので」

「お茶でもいかがですかな」

笑嶺宗訢が一同を誘った。

「……少し話がありますよって」

「なるほど、なるほど。ならば、ぜひお揃いでお見えを」

断ろうとした今井彦八郎に、笑嶺宗訢がにこやかながら強く誘った。

「どないする」

「断りにくいなあ」

南宗寺は会合衆とのかかわりも深い。

「どんな話をしはるのか、聞いてみるのもよろしいんと違いますか。わたしらだけの話なら後でもできますし」

今井彦八郎に訊かれて、魚屋與四郎と天王寺屋助五郎が答えた。

「決まりましたかの。では、こちらへ」

笑嶺宗訢が、三人の前に立ってもう一度庫裏へ戻った。

「まだ本堂には、納屋衆の方々がおられますよって、狭いところで申しわけおまへんが、ここでご辛抱を」

「結構でっせ」

今井彦八郎が首肯した。

「白湯でよろしいかな」

茶と言いながら、手早く用意できる白湯でいいかと笑嶺宗訢が告げた。

「なんでもよろしいわ」

最初から茶を楽しもうとは思ってもいない。

今井彦八郎が首を縦に振った。

「……どうぞ」

湯飲みに白湯を入れたものを笑嶺宗訢がそれぞれの前に置いた。

「いただきますわ」

魚屋與四郎がさっと手を伸ばした。

「上京の話ですけどなあ」

いきなり笑嶺宗訢が口にした。

「………」

三人が黙って耳を傾けた。

「大徳寺の知人の話ですが、上京はひどい有様やそうですな」

小さく笑嶺宗訢がため息を吐いた。

笑嶺宗訢は伊予風早《かざはや》郡の生まれで、十五歳で得度ののち、京の大徳寺に移り、そこで名僧古嶽宗亘《こがくそうこう》に師事していた。

「らしいですな。見てきたわけやおまへんけど、噂は堺にも飛んできますよって」

「まさに阿鼻叫喚、悪人も善人もかまわず、すべてを焼き払ったそうでございまする」

応じた今井彦八郎に、笑嶺宗訢が告げた。

「思い切ったことをなさる。罪なき者を巻きこまずともよろしいものを」

笑嶺宗訢が嘆いた。

「………」

「悪鬼羅刹《あっきらせつ》……」

「和尚はん」

黙って聞いていた今井彦八郎が、笑嶺宗訢が口にした言葉を咎めた。

「これは、これは。今井さまも千さまも津田さまも織田さまの茶堂衆でございましたな。失敬、失敬」

嗤《わら》いながら笑嶺宗訢が詫びた。

「なにがおっしゃりたいので」

冷たい声で魚屋與四郎が笑嶺宗訢に訊いた。

「皆さまがなにをお話しになるのかを聞かせていただきたいのでございますよ」

笑嶺宗訢が強く求めた。

「なんでですねん。和尚はんにはかかわりおまへんやろ」

今井彦八郎が追及した。

「知りたがってもおかしくはございますまい。京は天下の中心であり、仏教の本山が多いところ。堺にも当寺にもかかわりがございましょう」

「波風が届いていない堺にいてますのに、わざわざ波乱に手を出しはりますか」

天王寺屋助五郎があきれた。

「三好はんですか」

「……………」

口にした今井彦八郎に笑嶺宗訢が無言で応じた。

三好家と笑嶺宗訢との間にはかなり深いかかわりがあった。言うまでもないが、この南宗寺は三好長慶が、亡父元長の供養のために建てたものである。永禄九年（一五六六）に河内真観寺《しんかんじ》で催された三好長慶の法要では、他の名僧を抑え、導師を務めていた。

「今回は阿波の三好三人衆はんだけでなく、本家の三好左京大夫はんも加わらはりましたからなあ」

魚屋與四郎が嘲笑を浮かべた。

三好一族の傑物であった三好長慶が死んで義継が跡を継いだ後、三好家は二つに割れた。三好義継、重臣松永久秀と、三好長逸を中心とする三人衆とにである。どちらも三好家の主導を譲らず敵対していた結果、義継と重臣松永久秀は織田信長に与し、三人衆は反織田の中心となって争っていたが、今回の足利義昭決起においては手を組んでいた。

「三好さまのお力なくば、堺の今はございませぬ」

笑嶺宗訢が言った。

「たしかにそうですけどなあ。三好はんへの恩返しはもうすんでますわ。織田さまへの反攻に協力したり、敗残の兵たちを匿《かくま》ったりして」

天王寺屋助五郎が断じた。

「なれど、そのていどで……」

「和尚はん」

まだ言い募ろうとした笑嶺宗訢を今井彦八郎が制した。

「わたしらは織田さまより扶持《ふち》をいただいてます。家臣に裏切れと言いはりますか」

今井彦八郎が笑嶺宗訢を見た。

「天下のためでございまする」

「和尚はんの考えている天下とわたしらの思い描いている天下は違いますな」

名分を持ち出した笑嶺宗訢を今井彦八郎が拒んだ。

「あのように人を殺すお方を天下人としていただくわけにはいきませぬ」

「ほな、誰がよろしいねん」

「それは……」

今井彦八郎の問いに笑嶺宗訢が詰まった。

「三好はんのご一族で天下人にたるお方はおられますか」

「…………」

「いてはりませんわなあ。皆はん、天下人にはいささか不足。ほんまに修理大夫さまが生きておられたならば、十分でしたのに」

　魚屋與四郎が苦い顔をした。

「織田ならばふさわしいと……」

　笑嶺宗訢が織田信長の敬称を取った。

「比叡山延暦寺を焼き、僧俗三千を殺したうえ、畏《おそ》れ多くもかしこき方のあらせられる御所に火をかける。この国を統《す》べるなど思いあがりもはなはだしい」

「ちょっと待っておくれやす」

　激している笑嶺宗訢に、魚屋與四郎が口を挟んだ。

「御所には火の粉一つ飛んでまへんで」

「えっ」

　魚屋與四郎の言葉に、笑嶺宗訢が啞然《あぜん》とした。

「織田の殿さまは、一軍を割いて御所と摂家の方々のお屋敷を警固、火が絶対に及ばないように命じておられました」

「そのようなことが……」

「まさかっ」

　魚屋與四郎の話に天王寺屋助五郎と笑嶺宗訢が驚愕した。

「まちがいおまへん」

「どこでその話を……」

笑嶺宗訢が魚屋與四郎に迫った。

「それは言えまへん」

「言ってもらわないと信用できませぬ」

首を横に振った魚屋與四郎に、笑嶺宗訢が言い返した。

「大徳寺に問い合わせしてみなはれ」

「そのようなことは聞いておりませぬ」

突き放した魚屋與四郎に笑嶺宗訢が激した。

「抜け落ちたんか、それともわざと教えなんだのか、知りまへんけど、調べるくらいの手間は遣いなはれ」

今井彦八郎が笑嶺宗訢に厳しい声をかけた。

「わざと教えなかった……」

笑嶺宗訢が顔色を変えた。

「思い当たる節《ふし》がおありのようで。これ以上は和尚はんのご思索の邪魔。失礼するとしまひょか」

「そうやな」

「馳走でございました」

今井彦八郎の合図で、一同は黙りこんだ笑嶺宗訢を残して南宗寺を去った。

四

「どない思う」

「大徳寺の思惑か。今は南宗寺にいてるけど、笑嶺宗訢はんはもともと大徳寺のお坊はんやろ」

「坊さんにもややこしい出世争いはあると聞くけど……わからんなあ」

歩きながら問うた今井彦八郎に、魚屋與四郎と天王寺屋助五郎が困惑した。

大徳寺は室町幕府との折り合いが悪く、京五山から外されていた。在野の名刹として林下《りんか》となった大徳寺は、武野紹鷗らの帰依《きえ》もあり、茶の湯を嗜《たしな》む者との交流も深い。その結果、堺の商人ともつきあいが濃く、南宗寺の住持として笑嶺宗訢が任じられてきた。

「笑嶺宗訢和尚の先達やった大林宗套和尚も、大徳寺の住持にならはったよな」

「ならはれたなあ。その大林宗套和尚の法弟が笑嶺宗訢和尚はんやさかいなあ。二代にわたって法弟が頭になったことが腹立たしいお人がいても当然か」

「しかし、大徳寺の面倒ごとを堺に持ちこんで、意味あるか。それも朝廷への不敬を装ってまでや」

「そうや」

魚屋與四郎がうなずいた。

「しかも、すぐに知れることやないか」

御所が焼けていないことはすでにわかっている。それが織田信長の手配りだったと聞こえてきていないだけで、今の段階で反発した者がいても真実が伝われば話は変わる。

「せいぜい二日か三日のために、そんな悪手をやるか」

天王寺屋助五郎が首をかしげた。

「意味のないまねをするだけの値打ちがあるんかどうか」

「ないとは言えんなあ、笑嶺宗訢和尚はんが、ここで織田さまを見限り三好に与する動きを見せたら、足を引っ張るええ材料になるで」

悩む魚屋與四郎に今井彦八郎が口にした。

「南宗寺は堺を代表するお寺や。さらには武野紹鷗はんの墓もあって、茶の湯の中心でもある。その南宗寺の和尚が、まちがいやと気付いてすぐに正したとしても、三好方寄りの発言をしたならば堺にも影響は残る」

今井彦八郎が懸念を表した。

「それは、わたしら茶堂衆を狙ったと……」

「わたしらも少し目立ってきましたか」

魚屋與四郎と天王寺屋助五郎が眉間にしわを寄せた。

「油断しすぎたかいな」

今井彦八郎も眉をひそめた。

「悪目立ちしすぎたんやなあ。なんせ、織田さまの敵味方関係なし、寺院、公家も区別なく、出入りしてたら、そら気になるお方も増えるわ」

大きく魚屋與四郎が嘆息した。

「そのうえ、茶室で二人きり、あるいは数人で籠もるとなれば、怪しまれてもしゃあないですわな」

天王寺屋助五郎も苦笑した。

「もうちょっとばれへんと思うてたんやけど、意外と早かったなあ。これから、難しいことになりそうや。織田の殿さまと喧嘩《けんか》しているお方のもとへは行き難《にく》うなるわ」

今井彦八郎が嘆いた。

「頭のええのがおるということや。公家はんか、お武家はんか、あるいは商人か。堺が天下の鍵になると気付いたお人がな」

「商売敵《がたき》か。案外博多辺りがきな臭いか。それとも堺が裏切ったと憎んでいる尼崎か」

魚屋與四郎と天王寺屋助五郎も首をすくめた。

「そういえば、魚屋はんのお話とやらは、さっきの、朝廷を織田の殿さまがお守りになられたということですかいな」

　ふと思い出したように今井彦八郎が尋ねた。

「そうですねんけどな、あの織田の殿さまが御所を守れと言わはったというのを、わたしに教えてくれたのが、明智はんですねん」

「明智はんが」

「様子を報せてくれはる手紙をくださいましてな」

「手紙を……それもこんなに早くに」

　魚屋與四郎の話に、天王寺屋助五郎が驚いた。

「明智はんには貸しがいっぱいおますからなあ」

「なるほど」

　今井彦八郎が納得した。

　今や織田家の出頭人《しゅっとうにん》といっても不思議ではない明智光秀だが、もとは足利義昭に仕える武士であった。とはいえ、相伴衆や国持衆、外様衆《とざましゅう》、御供衆《おともしゅう》といった名門ではなく、ただの奉公衆でしかなかった。

　足利義昭がまだ義秋《よしあき》と名乗って、近江六角氏の庇護《ひご》を受けていたころに仕え、そのまま越前へ供をした。少人数しか家臣がいなかった足利義昭のもとで重用され、織田信長との間を取りもったのも明智光秀である。足利義昭が十五代将軍となったおかげで、山城国に所領をもらい、一廉《ひとかど》の武将となった。

とはいえ、幕臣に禄を出せるほど足利家には所領はないため、織田信長が足利義昭に代わって領地を出していた。

ここに矛盾が出た。

武士というものは、禄をもらって奉公をする。明智光秀は足利義昭の家臣でありながら、織田信長から禄をもらっている。明智光秀はどちらに忠義を尽くすべきなのか。

当初、足利義昭と織田信長の仲がいい間はよかった。どちらに忠義を尽くそうが、両方に奉公する形になったからだ。

だが、それも足利義昭が織田信長を嫌いだしたことで狂った。

「己は弾正忠と躬のどちらに忠を尽くすか」

「将軍家の臣だというならば、そちらから禄をもらえ」

足利義昭と織田信長との板挟みに明智光秀は苦しんだ。

しかし、将軍直臣という格式身分だけでは、食べていけない。己だけでなく、家臣たちもいる。

「今後は織田さまだけにお仕えいたしたく存じまする」

悩んでいる間に、今回の挙兵になった。足利義昭から織田信長を攻めよと命じられた明智光秀は、きっぱりと断った。

「織田を滅ぼした後は相伴衆に取り立ててくれよう」

「ご武運をお祈りいたしております る」

見捨てられるとは思っていなかった足利義昭は慌てたが、先祖代々の土地を奪われ、長く流浪していた明智光秀の決意は名誉ではゆらがないほど固かった。

こうして明智光秀は、織田信長の家臣となった。

「将軍さまと織田の殿さまとの間で明智さまを取り合うような形になりましたが、それほどのお方で」

天王寺屋助五郎が首をひねった。

「たしかに、生真面目な質《たち》であるのはまちがいないけど」

今井彦八郎も天王寺屋助五郎と同じ思いだと言った。

「比叡山の焼き討ちの様子を見てるとそう感じますわな。なんせ山から逃げ出そうとする老若男女を一人も逃がさず、皆殺しにしはりました。木下さまが、ああ、今は羽柴《はしば》さまでしたか……高僧や名僧を見逃されたのとは大いに違いますな」

羽柴秀吉が織田信長の厳命を破って、比叡山延暦寺の高僧、名僧をひそかに落ちさせていたのを堺の商人は知っていた。

「これを人知れず、処分してもらいたい」

落ち延びた僧侶たちが、比叡山延暦寺から持ち出したものを堺の商人へ持ちこんだのだ。

比叡山延暦寺の門前町で商業も盛んだった坂本は焼き尽くされてしまっている。京は今や織田家のものになっている。そんなところであからさまに比叡山延暦寺所縁《ゆかり》の仏像や宝物を処分はできない。堺も織田家の支配を受けているが、それでも隣国摂津、河内が敵対している今、まだ融通が利く。堺のなかには、いまだ織田家への反発もある。

「ほな、博多で売りますわ」

なにより堺には織田家の影響が届かない博多や琉球などへの伝手《つて》があった。

「頭が固い。それだけに言われたことはしっかりと果たす」

魚屋與四郎が明智光秀を評した。

「それで京都奉行を長く務めておられるのか」

天王寺屋助五郎がうなずいた。

「将軍さま、織田の殿さまのどちらからも放っておいても働く、使いやすい男と見られているわけか」

今井彦八郎も納得した。

裏切りのなかで育ってきたともいえる織田信長は、他人をほとんど信用しない。弟信《のぶ》勝《かつ》、譜代の重臣柴田勝家、林秀貞《はやしひでさだ》一族、義兄斎藤義龍《よしたつ》、義弟浅井長政、膝を折ったはずの北畠具教《とものり》など織田信長を裏切った者は多い。それこそ、よく生きていたなと感心するほどであった。

「織田の殿さまが留守の間に、京で裏切りをされたらたまらんわな。ようやく織田さまから領地をもらって人がましい生活ができるようになってん。それを切り捨てるなんぞでけへんわな。もし、将軍さまにそそのかされて裏切ったところで、明智はんの領地は京の東や、織田の殿さまが上洛されるときに、蹂躙《じゅうりん》されるのはあきらかや」

今井彦八郎が首を縦に振った。

「……待てよ」

不意に今井彦八郎が足を止めた。

「将軍さまが兵を挙げられたのは二月や。そのときはまだ武田信玄はんは、長篠にいてた。つまり京洛で武田家の異変については知られていない。そのときに将軍さまを捨てて、織田の殿さまに付く。それ、ほんまに保身やろうか」

仇敵《きゅうてき》だった三好三人衆とも三好義継、松永久秀が手を組むほど、武田信玄の武名は高い。武田が軍勢を退いた後ならば、足利義昭に見切りを付けてもおかしくはないが、二月では早すぎる。

今井彦八郎が疑問を呈した。

「誰かが明智はんに武田家のことを二月より前に報せた……」

「わたしらでも知らなかったんやで。そんな者がいてるはずない……」

天王寺屋助五郎と魚屋與四郎も驚愕した。

「武田信玄はんが病に冒されていると、もっとも早く知ることのできる人」

「裏切り者か。考えられへん。武田家中を裏切っても今の形勢では、利がない。徳川はんへ売るにしても、織田の殿さまに売るにしても、甲斐にはもうおられへんようになる。それこそ知られたら、九族まで皆殺しや」

「甲斐から誰かが織田方へ逃げて来たという話は……」

天王寺屋助五郎が魚屋與四郎の言葉を受けて、もっとも織田信長に近い今井彦八郎に尋ねた。

「聞いてない」

今井彦八郎が首を横に振った。

「武田と近い小田原《おだわら》北条はんや今川はんもないやろ。北条はんは、武田信玄はんが死んでくれたら上州《じょうしゅう》を独り占めできるからまだあるやろうけど、それにしては早すぎる。もうちょっと武田信玄はんが美濃に食いこんでからのほうが効きめは高い。それこそ、大敗を喫してくれるかも知れん。少なくとも足留めは喰うやろ。そうなれば、上州だけやなく甲斐も狙えるからな」

今回、武田信玄は総力戦とばかりに、配下の勇将のほとんどを引き連れている。もし、織田信長との決戦最中に武田信玄が死んだとなれば、それこそ総崩れになる。当主と重臣のほとんどを失った国など、赤子の手をひねるようなものだ。

「今川はんもないわな。なんせ、織田の殿さまに父御を討たれてる。今の今川の落魄《らくはく》は織田の殿さまのせいやと恨んでるやろうしな」

魚屋與四郎と天王寺屋助五郎も思案に入った。

「となると、一人しかいてへん。武田信玄はんに近いお人は」

「直接矛を交えていた……」

「地の利もあり、三河乱破《らっぱ》という忍も抱えている」

三人が顔を見合わせた。

「……徳川はん」

今井彦八郎が呟いた。

「しゃあけど、なんで徳川はんは、織田の殿さまではなく、明智はんに報せたんやろ」

天王寺屋助五郎が疑問を口にした。

「三方ヶ原か」

魚屋與四郎が声をあげた。

「織田さまの援軍が少なかったことを徳川はんは恨みに思うた。長く織田の背中を守り続け、織田が戦うときには苦しいなかから援軍を出し続け、金ヶ崎では撤退の報せももらえず、捨て駒にされた。その返礼がたった三千の援軍」

「あのときの織田家としては出せる精一杯やったけど、己の国が滅ぶかどうかの瀬戸際だった徳川はんには、そんな事情は通じんわ」

天王寺屋助五郎と魚屋與四郎が続けて語った。

「まだたしかな話やない。徳川はんの仕業か、仕業やったらなんで明智はんを選んだのか。明智はんだけなんか。それがわかるまで他所で口にしいなや」

「わかっている」

「当たり前や」

釘を刺した今井彦八郎に天王寺屋助五郎と魚屋與四郎がうなずいた。

「見通しが甘かったな。三河は遠い、堺にかかわることはないと思いこんでた」

今井彦八郎が悔しげに天を仰いだ。

第七章　蠢《うごめ》く影

一

堺は東に進出しなかった。

南蛮や九州から手に入れた珍宝は、わざわざ遠方へ運ばなくとも京、大坂で飛ぶように売れる。

また鉄炮《てっぽう》や硝石などの軍が使うものは、堺から届けずとも受け取りに来る。堺の商人が用意できる護衛では途中で奪われてしまう怖《おそ》れがあるからだ。

なにより堺から東へ船を出すには、雑賀衆、熊野水軍、志摩《しま》水軍、伊勢水軍などを懐柔しなければならず、その費用は莫大《ばくだい》な金額になる。

それらをなんとかできても、次に遠州灘《なだ》が立ちはだかる。瀬戸内海や紀伊水道と違って外海は荒く、悪天候にあえば無事での航行は難しくなる。また、それらを避ける良港が伊豆《いず》近くまでない。

これらの障害を排除してまで行くだけの魅力が、東にはなかった。

尾張の織田家を過ぎた東には、今川家の駿府《すんぷ》、北条家の小田原くらいしか、大きな城下はない。しかも今川家は桶狭間《おけはざま》の合戦で当主今川治部大輔義元が討ち果たされてしまい、衰退した。北条は北条で善政を敷いていると評判は良いが、そのためか鉄炮や茶道具を買うだけの余力がない。

つまり、東は堺の商人にとってうまみがなかった。

利のないところに商人は興味を持たない。

「徳川はんのことはすっかり頭から抜けていたわ」

今井彦八郎が頭を力なく左右に振った。

「織田さまの陰に隠れてますしなあ」

魚屋與四郎も同意した。

「三河の商人とつきあいは」

「おまへんなあ」

「同じく」

問うた今井彦八郎に魚屋與四郎と天王寺屋助五郎が首を横に振った。

「遠江とか駿府の商人にも……」

「親しいのはいてへんわ」

「東海の商人は、京には来《け》えへんしなあ」

もう一度訊《き》くような今井彦八郎に、二人がため息を吐《つ》いた。

「人を出すか」

堺から三河までは織田信長が押さえている。まず途中でどうにかなるような危険はない。

「しかし、どういう名目で人を出す」

「…………」

「難しいなあ」

相談した今井彦八郎に魚屋與四郎が両手を上げ、天王寺屋助五郎が肩を落とした。

商人が動くのは、そこに利があるからである。利がないところに商人は行かない。

「三河に店《たな》を出す……はないなあ」

今井彦八郎が苦笑した。

「客がおらへんで」

魚屋與四郎が首を左右に振った。

三河は徳川家康の本国であるが、織田信長の領国に比べると貧しい。かつて今川に支配されていたころよりはましだが、とても南蛮や明から持ちこまれたものを買えるほどではなかった。かといって、鉄炮や硝石を求められるまま徳川家康に売るわけにはいかなかった。堺で扱われる鉄炮も硝石も織田信長の許可なく販売はできないのだ。

「仕入れて儲《もう》かるほどのもんもないしなあ」

三河には上方《かみがた》で売れるもの、あるいは異国で人気を博しそうなものはない。

「目立つだけや」

魚屋與四郎が首を横に振った。

商人は儲けで生きている。どう考えても利になりそうもない三河に出店《でだな》なんぞ出した途端、織田家からなにを考えているとの探りが入る。

「まずは三河に詳しいお人を探すことからや」

「急ぎやな」

「いてたかいな」

今井彦八郎の結論に、魚屋與四郎と天王寺屋助五郎がため息を吐いた。

人というのは探してもなかなか見つからない。しかも、なんのなに兵衛《べえ》と名前がわかっていればまだしも、三河に詳しい人物とだけではより特定しにくくなる。

「今井はん」

二十日ほど過ぎた昼過ぎ、今井彦八郎のもとへ魚屋與四郎が駆けこんできた。

「どないした」

日ごろ飄々《ひょうひょう》としている魚屋與四郎の慌て振りに、今井彦八郎は驚いた。

「まずは、お茶を一服や。落ち着かんと話に漏れが出る」

用件を荒い息のまま告げようとした魚屋與四郎を、今井彦八郎が抑えた。

「……そんな悠長な。三河の者が見つかったんや」

魚屋與四郎が言った。

「逃げへんやろ。まずはお茶や」

慌てず、今井彦八郎が茶を点《た》てた。

「……ふん」

無理矢理に近いかたちで飲まされた茶で魚屋與四郎は落ち着いた。

「で、三河との伝手《つて》ができたと聞いたけど」

己も続けて茶を喫した今井彦八郎が話を促した。

「ああ、橘屋《たちばなや》はんとこに三河の者が来てる」

「橘屋……又三郎《またさぶろう》のとこにか」

「そうや」

訊き返した今井彦八郎に魚屋與四郎が首肯した。

橘屋又三郎とは、堺の鋳物師《いものし》である。梵鐘《ぼんしょう》や蝶番《ちょうつがい》などを扱う職人でもあり、その作った品を売る商人でもあった。そして橘屋又三郎は、堺の鉄炮職人の総元締めでもあった。

橘屋又三郎は種子島に南蛮から鉄炮が伝来したと聞くと、店を番頭に預けて出向き、南蛮人から手ほどきを受けた鍛冶《かじ》職人に弟子入り、一年ほどで鉄炮作りを身につけ、堺に戻って鉄炮鍛冶を始めた。

さらに鉄炮鍛冶を学ぶ者を受け入れ、根来や国友、はては関東にまでその技術を広めた。

まさに日本一の鉄炮鍛冶であった。

「行くで」

さきほどまでの落ち着きをかなぐり捨てて、今井彦八郎は立ちあがった。

刀鍛冶と違い、鉄炮鍛冶には大量の鉄を使用する。それを溶かし、打ち鍛え、また熱を加えては鉄をやわらげ、心棒に巻き付けていく。なにより、最新の兵器である鉄炮の需要は多く、材料も要る。

橘屋又三郎の屋敷は、その鍛冶場を含んでいるため、かなりの広さを誇っていた。

「ごめんやで」

今井彦八郎が訪《おとな》いを入れた。

「どなたはん……ああ、今井はんですかいな。どうぞ」

織田信長から鉄炮の調達を一任されている今井彦八郎は、橘屋又三郎とも顔見知りである。危ないからという理由で、鍛冶場への出入りは認められていないが、遠目に見るくらいは許される仲であった。

「鉄炮を買いにお人がお見えだそうで」

「さようで」

今井彦八郎の問いに、橘屋又三郎が首肯した。

「直接売るわけにはいきまへんといくら言うても、聞きはりまへんねん。ほとほと困ってますわ」

橘屋又三郎が嘆息した。

「どこのお方ですねん」

「三河の出で本多弥八郎《ほんだやはちろう》と名乗ってはります」

「徳川さまのご家中……」

「違いますやろ。徳川さまからのご注文もお受けしてますけど、すべて今井はんを通じてですよって」

怪訝《けげん》な顔をした今井彦八郎に、橘屋又三郎が首を横に振った。

「追い返すわけにはいきまへんか。鉄炮はまずい」

いくら三河との伝手になりそうでも橘屋又三郎にそれを知られるわけにはいかない。

「一応、お客はんですよってなあ」

橋屋又三郎が困惑した。

堺は織田信長の支配を受けているとはいえ、商人の町である。普段は濠《ほり》を渡る跳ね橋も下りているため、誰でも出入りができる。

さすがに大勢で固まってくれば、跳ね橋で番をしている織田の兵に止められたり、誰《すい》何《か》はされるが、一人二人ならば問題なく入れた。

「話をしてもええか」

「お願いしますわ。今も見張らしてますけど、隙あらば鍛冶場に入ろうとしはりますねん。おかげで仕事になりまへんわ」

今井彦八郎の求めに、助かったと橋屋又三郎が喜んだ。

橋屋又三郎の案内で、今井彦八郎は本多弥八郎のいる客間へと向かった。

「お待たせをいたしました。この後は、わたくしがお話を承りまする」

客間へ入る前に、廊下に手を突いて今井彦八郎は言った。

「貴殿は……」

痩せた目つきの鋭い武士が、今井彦八郎に問うた。

「堺荘の代官を務めております今井彦八郎と申しまする」

「……堺荘の代官」

武士が息を呑《の》んだ。

「当地で生産される鉄炮について、その差配すべてを織田さまよりお預かりいたしておりまする」

「織田どのより……織田家が堺荘の代官に指図はできまい」

続けた今井彦八郎に武士が反論した。

正論ではあった。堺荘代官は幕府によって任命される。極端な話をすれば、堺荘代官は足利義昭の支配を受け、幕府の役人でさえない織田信長の指示に従う理由はなかった。

「まずは、お名前をお伺いいいたしたく」

名乗りを返さないのは無礼になる。今井彦八郎が求めた。

「であったの。三河の生まれ、本多弥八郎と申す」

諭された武士が名を告げた。

「三河の……徳川さまのご家中さまで」

「……いいや」

本多弥八郎と名乗った武士が苦そうな顔をした。

「牢人《ろうにん》やと」

今井彦八郎の態度が変わった。商人とはいえ、今井彦八郎は堺荘代官として幕府に仕えている。他にも茶堂衆《さどうしゅう》として織田信長の家臣でもある。堺の代表として商人の風体をしてはいるが、身分は武士である。

主君を持たない牢人とでは、格が違った。

「……いかにも」

確かめられた本多弥八郎が認めた。

「牢人が何の用でこちらへ」

今井彦八郎が本多弥八郎をじっと見つめた。

「ここへなにゆえと訊くまでもなかろう。橘屋又三郎といえば、堺一の鉄炮鍛冶として知られている。鉄炮を購《あがな》うために来たに決まっておる」

本多弥八郎が胸を張った。

「鉄炮一丁がいくらするかは」

「存じておる。一丁三十貫ほどであろう」

さらに問うた今井彦八郎に本多弥八郎が答えた。

「なるほど、相場はご存じ。で、お代は今お持ちで」

「まずは話をと思い、金は持ってきておらぬ」

わざとらしく目をこらして見せた今井彦八郎に、本多弥八郎が首を左右に振った。三十貫は、銭にして三万枚ほどになる。とても一人で持ち歩ける重さではなかった。

「お入り用は鉄炮だけで」

「硝石も欲しい」

「どれくらいをお求めに」

「できるだけ」

量を尋ねた今井彦八郎に本多弥八郎が答えた。

「鉄炮を一度放つのに、およそ硝石を十文《もん》ぶんほど使用いたしますが」

鉄炮は本体も高いが、消耗する硝石も馬鹿にはならない。いや、一時的に大金を払えば手に入る鉄炮よりも、継続して費用の発生する硝石のほうが負担であった。

十文などたいしたことはないと軽く考えていると痛い目を見る。まず、鉄炮をまともに扱えるまでの修練でかなりの硝石が消費される。当たり前だが、数を撃たなければ、遠当ての武器の扱いなど吾《わ》がものにできない。同じ遠当ての武器である弓矢は、稽古には俵に土を詰めたものを使うため、矢が折れたり、曲がったりしない限り、繰り返し使用できる。だが、鉄炮では一度発火した硝石は消費される。

それに遠当ての武器を戦で使うのは、数で突っこんでくる敵を制圧するのが目的なのだ。当然、数がいる。

たった一丁の鉄炮では、戦場では合図くらいにしかならず、少なくとも数百丁は揃《そろ》えないと、役に立たない。

数百丁が一発放つごとに銭が吹き飛ぶ。だからといって、発射回数を制限すれば、鉄炮の利点が失われてしまう。

よほど裕福な大名でもなければ、鉄炮の運用は難しかった。

なにより硝石の輸入が難しい。硝石を扱う南蛮船や明船は堺に立ち寄る。博多や坊津にも寄るが、そのほとんどは堺が独占している。

「それにいつでも硝石があるとは限りませぬ。織田さまへお納めしたあまりくらいしか、御融通はできませぬ」

「一度帰って、相談してくる」

今井彦八郎の説明を受けた、本多弥八郎が帰っていった。

隣室で遣り取《やと》りを聞いていた魚屋與四郎が姿を見せた。

「……あれはなんや」

「どこぞの大名家の家中が牢人を装っているようには見えんなあ。身形《みなり》がな。汚れてはおらんけど、かなり水潜《くぐ》ってるで」

今井彦八郎が本多弥八郎を評した。水を潜るとは、洗濯のことを言う。言うまでもなく洗濯を繰り返した衣服は傷む。それを身につけた本多弥八郎は見窄《みすぼ》らしかった。

「鉄炮と硝石を買えるようには見えんか」

「次には、正体がわかるやろう」

難しい顔をした魚屋與四郎に、今井彦八郎が述べた。

二

織田信長は武田が帰国した後、着々と敵対した者を攻略していった。

「我慢しがたし」

元亀四年（一五七三）七月、正親町天皇の仲介をもって和睦した足利義昭が、挙兵した。織田信長に命じて建てさせた二条城を烏丸中御門第《からすまなかみかどだい》と呼称したいわば本城を、足利将軍家に近い公家の昵懇衆《じっこんしゅう》、家臣三淵藤英、伊勢貞興《さだおき》らに預けて、己は要害として名高い山城国槇島城《まきしま》に籠もっての抵抗であったが、味方する大名はなく、十五日ほどで和睦という名の降伏をした。

「京から出ていけ」

織田信長は足利義昭を河内へ追放した。河内には足利義昭の妹婿三好義継がいる。三好義継は三好の本家ながら、三人衆と折り合いが悪く、足利義昭を預けたところで、挙兵するだけの兵を集められないと判断したのだ。

「元亀は洛中《らくちゅう》が戦場となることも多く、縁起が悪い。改元をなさるべきである」

織田信長は朝廷へ改元を求めた。

改元は暦にかかわる国家の重大事である。そのため改元は朝廷が立案し、幕府へ相談、将軍が認可して決まるという慣例であった。

それを織田信長は破った。

しかし、前例を破った織田信長の奏上を朝廷は受け入れた。

「君以下為基、民以食為天、正其末者端其本、善其後者慎其先」

朝廷は織田信長の求めに応じ、七月二十八日、元号を天正《てんしよう》と改めた。

「ふ、不遜なり」

改元を聞いた足利義昭は憤死しそうなほどに怒り、

「将軍が認めぬ改元は許されぬ」

使者を朝廷に出して抗議したが、もう名分さえ失った足利義昭など誰も相手にせず、無視された。

「天正という元号を使う者は謀叛人《むほんにん》である」

それでも諦めきれず、足利義昭は各地の大名へ御内書を送りつけた。

「阿呆《あほう》やなあ」

天王寺屋助五郎があきれた。

「まったく」

「あれが天下の将軍やなんて、頭痛いを通りこして、腹がよじれるほど笑えるわ」

今井彦八郎と魚屋與四郎が同意した。

遠慮のない魚屋與四郎などは、悪口極まれりであった。

「わざわざ織田さまの敵になるかどうかの色分けをしてやるなんぞ……」

魚屋與四郎がため息を吐いた。

諸国の大名がどちらの元号を使うかで、足利義昭か織田信長のどちらに与《くみ》するのかがわかってしまう。もちろん、おとなしく天正の元号を使ったからといって織田信長に味方するとは限らないが、少なくとも元亀の元号を使っている者は敵である。

「それに改元は朝廷のなさったこと。それに異を唱えるというのは……」

「朝敵と名指されても構わないということちゃな」

今井彦八郎の後を天王寺屋助五郎が続けた。

「居づろうなるやろな、将軍はんも」

「河内は京に近いさかいな。あまり派手に踊ってると、織田さまが合いの手を入れてきはる。そうなったら三好はんはもたん」

魚屋與四郎が首を横に振った。

今、足利義昭が身を寄せている三好義継の勢力は河内一国に足りない。後見の松永久秀が援軍を出してくれるだろうが、合わせても一万の兵は難しい。それに対して、最大の敵武田が脅威たり得なくなっている織田信長なら七万は兵を出せる。どれほど城が要害であっても、勝てるはずもなかった。しかも河内と堺は近く、織田軍がどれほど鉄炮を使おうが、硝石や弾の補給に問題はない。

「問題は石山本願寺やな」

今井彦八郎が口にした。

石山本願寺は、元亀元年九月十二日、攻めてきた阿波の三好三人衆を排除すべく出陣してきた織田信長と戦っているが、朝廷の仲介で和睦、直接の対峙《たいじ》はわずか一カ月ほどで終わっている。

もちろん、全国の一向一揆《いっき》衆に発した檄《げき》は生きており、長島一向一揆衆などは、何度も織田と戦っている。しかし、摂津の石山本願寺はおとなしくしている。

「たとえ織田の殿さまが、三好はんを攻めはったとしても、動けへんやろ。十分に石山本願寺への手当をしはるやろう」

「やな」

今井彦八郎の考えに天王寺屋助五郎がうなずいた。

「三好はんだけでは、織田さまに対抗できないやろ。それどころか、今度は自害するまで織田さまも囲いを解き放たれへん」

「自害か……あのお方にそれだけの気概はないいな」

足利義昭のことを誰も買っていなかった。

改元が一つの契機になったのか、頑強に織田信長に抵抗していた浅井長政の重臣阿閉《あつじ》貞征《さだゆき》が降伏した。

「浅井を滅ぼす」

堺に硝石の注文が届いた。

「間に合わん」

だが、蔵から硝石を持ち出し、数と質を確認している間に、織田信長は浅井に襲いかかった。

「殿は越前へ向かわれた」

「えっ……」

硝石を納めに訪れた今井彦八郎に、摂津、河内、大和の差配を預けられている塙備《ばんびっ》中守直政《ちゅうのかみなおまさ》が告げた。

「………」

織田信長は巧遅より拙速を尊ぶ。遅れたとうなだれた今井彦八郎を塙直政が宥《なだ》めた。

「心配するな。この硝石は今度の戦いで使われたぶんの補塡じゃ。殿は、鉄炮をなにより重視しておられる。だからだろう、手元に硝石がないことを嫌われる」

塙直政は、尾張の出で早くから織田信長に重用された。また、妹が織田信長の側室となっていることも合わせ、丹羽長秀、柴田勝家に劣らぬ譜代の重臣であった。

「さようでございますか」

今井彦八郎が安堵《あんど》した。

「ところで彦八郎……」

不意に塙直政が声を低くした。

「……本願寺に動きはないか」

塙直政が訊いてきた。

「備中守さまのほうが、お詳しいのでは」

三国の守護に等しいといわれるほど塙直政の支配している領域は広い。当然ながら、かなりの人員を割いて、石山本願寺を見張っているはずであった。

「目を外してはおらぬがな。どうしても武家の目で見てしまう。人が増えていないかとか、武器を注文してはいないかとか、兵糧を集めておらぬかとか、警戒している者の雰囲気が剣呑《けんのん》なものに変わっていないかとか」

塙直政が述べた。

「商人の目で見て気になることはないかと」

「そうじゃ。なんでもよいぞ」

確かめた今井彦八郎に塙直政がうなずいた。

「阿波からの船は、堺に入っておりませぬ。尼崎には何艘《そう》か入ったようではございますが、さほど目立つ動きはございませぬ」

商人としてであれば、ものの動きと金の動きを考えることになる。

「兵糧は外してよい。陸路、堂々と運びこんでおる。あと、大坂湾から川を遡っての船も」

塙直政が付け加えた。

「よろしいのでございますか」

兵糧は戦の基本といっていい。

当たり前だが、戦をしていようがいまいが、人は飯を喰《く》わなければ生きてはいけない。もし、戦となったとき、喰うものが十分なければ、兵たちの士気は堕《お》ちる。いかに一向宗という死後極楽を頼みにしている者たちでも、生きている間は空腹には弱い。兵糧は、鉄炮や弓の矢弾以上に、重要であった。

「仕方あるまい。いつまで保《も》つかはなはだ怪しいが、石山本願寺とは和睦をしているのだ。信徒が布施、供物として差し出している米や菜などを止めるわけにはいくまい。そんなことをすれば、一瞬で和睦は消し飛ぶ」

「なるほど」

今井彦八郎が納得した。

「偽りの和睦じゃ。いつ破れても不思議ではない。殿もそれは重々ご承知ぞ。ただ、今はまずい。せめて浅井、朝倉を片付けるまでは、石山本願寺と敵対するのは避けなければばならぬ」

「たしかに。では、わたくしも注意をいたしておきましょう」

「頼むぞ」

一礼した今井彦八郎は、塙直政の見送りを受けて堺へ戻った。


勢いに乗ったときの織田信長は強い。なにせ躊躇《ちゅうちょ》というのをしないのだ。

浅井を助けるために出てきた朝倉勢を、嵐のなか自ら夜襲をかけて、敗走させたのを皮切りに、あっという間に越前へ進攻、出兵からわずか十二日で、朝倉義景を自刃させた。

「次は備前守、そなたじゃ」

朝倉義景の首を京で晒《さら》した後、織田信長は浅井備前守長政の籠もる小谷城を攻撃した。

「かかれ」

朝倉義景の首を獲《と》ってから六日後、小谷城を正面に見据える虎御前山に陣取った織田信長が命じた。

「手柄を立てるはここぞ」

近江横山城を預けられ、浅井の押さえを命じられてきた羽柴秀吉が、自ら先陣を切って小谷城へ攻めあがった。

「織田さまに従いまする」

もう抵抗のしようはない。そうなった城中は二つに分かれる。死を賭して抗《あらが》う者、主君を売って寝返る者の二つである。

いかに難攻不落でも、なかから扉を開ける者がいれば、保つはずもなく、二十八日に父の浅井久政が、九月一日に浅井長政が自刃、浅井氏は滅んだ。

「次は長島じゃ」

勝利の勢いをかって、織田信長は長島一向一揆の制圧に出向いたが、桑名《くわな》や志摩などの湊《みなと》が織田信長の要請に応じなかったこともあり、攻めきれず兵を退いた。

「痛快である」

織田信長の敗北を聞いた足利義昭は快哉《かいさい》を叫んだが、

「次は河内だとか」

昵懇衆からもたらされた報告に、足利義昭は大いに慌てた。

「後を頼むぞ」

あっさりと義弟を見捨てた足利義昭が逃げ出した。

「そうか、馬鹿が逃げ出したか。ならば、遠慮は要らぬ」

堺へ逃げてきた足利義昭を追い返すわけにはいかなかった。とはいえ、今さら足利に味方するほど堺は愚かではない。ただちに織田信長に報《しら》せた。十一月、織田信長は河内攻めの軍勢を起こした。同時に松永久秀の籠もる大和多聞山《たもんやま》城にも兵を送った。

「せめて義兄上《あにうえ》が無事に逃げられるまでは」

抵抗しようとした三好義継は、家老たちに裏切られて、十一月十六日に自害、それを知った松永久秀も城を開けて、降伏した。

「哀れな話でんな」

「ええとこから嫁もらうのも考えもんやで」

三好義継の死は、堺でも同情を呼んだ。

「もともと三好はんは、織田さまに頭《こうべ》を垂れてはった」

織田信長が足利義昭を奉じて上洛《じょうらく》したとき、抵抗した三好三人衆とは違って、三好義継と松永久秀は、はじめから膝を屈していた。

「殊勝なり」

己に従ったと勘違いした足利義昭が、三好義継に妹を嫁がせた。

「かたじけなきこと」

将軍からの縁談を断ることなどできない。断れば心のうちに不満を抱えていると表明するも同じになる。

ましてや三好義継には、足利義昭の兄義輝を弑逆《しいぎゃく》したという負い目がある。

「義昭公の妹君ということは、義輝公の妹君でもある。そのお方を娶《めと》ったとあれば、かつてのことを足利家は許したとなる」

謀叛人、将軍殺しの悪名は、まだ若い三好義継を痛めつけていた。その悪行が消えはしないが、許される。

「喜んでお迎えをいたしまする」

三好義継に否やを述べる余地はなかった。

将軍の妹婿という称号が、三好義継の運命を決めた。

「まさか将軍を見捨てるなどせぬであろう」

三好義継は、織田信長に京を追放され、幕臣百名ほどを連れて河内若江《わかえ》城に現れた足利義昭を受け入れるしかなく、

「将軍への忠義を見せよ」

そう言い残した足利義昭に逃げるだけの時を与えるべく、織田信長の大軍を相手に戦った。

「しかし、これで河内、和泉は織田の殿さまのものになった」

「となると……」

「残るは……石山本願寺だけ」

三人が顔を見合わせた。

「来年は荒れるで」

織田信長の勢力が大きくなった。これを見逃すほど、石山本願寺は甘くない。

「堺に火の手が及ばんことを願うだけや」

戦があれば兵糧や硝石が高くなり、商人の儲けは大きくなる。だが、それに反するように他のものが売れなくなる。着物や飾りなどを買うだけの余裕を世間が失うからだ。

魚屋與四郎がしみじみと言った。

「蔵が硝石で埋まるのも、よしあしやしな」

木炭などと合わせるから火薬になるが、それ自体はさほど危険なものではない。

「金があっても堺ごと焼かれたら意味ないしな」

織田信長の堺包囲は、今井彦八郎をはじめとする堺商人たちに深く恐怖を埋めこんでいた。

元亀四年改め、天正元年は暮れた。

三

天正二年（一五七四）正月、いきなり越前で騒動が起こった。

紆《う》余曲折《よきょくせつ》があったとはいえ、越前は長く朝倉の支配下にあった。良くも悪くも越前の民、地侍は、朝倉に染まっていた。

その朝倉が織田によって滅ぼされた。

「ゆかりある者がよいだろう」

征服したばかりの土地というのは、面倒が起こりやすい。

それをよく知っていた織田信長は、越前の差配を旧朝倉家の家臣前波吉継《まえばよしつぐ》改め桂田長《かつらだなが》俊《とし》に任せた。

「吾《われ》が守護代である」

早くから織田信長に寝返っていた桂田長俊は、名前を変えてまで朝倉の色を消していながら、旧朝倉家家臣や百姓たちに威丈高に応じ、その不満を募らせるという愚行を演じた。

「裏切り者めが」

「御仏《みほとけ》に逆らう織田信長の走狗《そうく》め」

旧朝倉家家臣、一向宗徒が堪忍袋の緒を切り、一揆を起こした。

「……なにをっ」

桂田長俊も応戦したが、一揆勢の勢いに押され、裏切った越前府中《ふちゅう》城主富田《とみた》長繁《ながしげ》に討ち取られてしまった。

「越前は一向宗徒の持ちたる国じゃ」

一緒に蜂起した旧朝倉家家臣たちも一揆勢は襲殺し、一向一揆衆が越前を支配した。

「越前ちゅうのは、ものの見えん者しかおらんのか」

報せを聞いた今井彦八郎が嘆息した。

「いや、織田の殿さまをこそ畏《おそ》れるべしやで」

魚屋與四郎が手を振った。

「たしかにそうやな」

天王寺屋助五郎が笑った。

「一気に旗色が変わってもうたさかいなあ。越前の人はなにがなにやらわからんようになったんやろ」

わずか十日ほどで、朝倉が滅ぶなど誰も思っていなかったのだ。一度は織田信長を追い詰めて、「二度と天下を望まず。天下は朝倉どのがもちたまえ」と敗北に近い和睦まで結ばせた朝倉義景が、あっという間に首だけになってしまった。

当然、国中は混乱する。

「まあ、桂田はんは、うまくいけば儲けもんくらいやったんやろうけどなあ。やっぱりあかんかったわ」

「直接支配せんと、旧臣を使う。恨みは桂田はんに向かう。もし、越前を織田のご家中が治めていたら、今ごろは使えるお方が二人か三人死んでるわ。世の中でもっとも得難いのが人やと織田の殿さまはおわかりや」

「しゃあけど、せっかく取った越前が一向一揆のもんになってしもうたで」

「膿《うみ》だしや。これで越前の毒が表に浮いた。越前は長島と違《ちご》うて攻めにくいところやない。時期を見て……根切《ねき》りやな」

今井彦八郎が述べた。

「やな。一向一揆衆は百姓が主や。どうせ、田植えが終わるまでは動かれへん。米ももうないやろうしなあ」

戦が続けば、どうしても兵糧の徴発が繰り返される。織田と朝倉の戦いが長引いたおかげで、越前の百姓たちは種籾《たねもみ》にも事欠いていた。

「旦那はん」

三人で茶会をしている風を装っていた今井彦八郎のもとへ、店を預けている奉公人が声をかけた。

「なんや」

「お目にかかりたいというお方がお見えで」

「客かいな。どなたはんや」

「本多弥八郎さまとお名乗りで」

「……本多」

一瞬、今井彦八郎が戸惑った。

「ほら、先日橋屋はんのところに来た」

横から魚屋與四郎が教えた。

「ああ、あの痩せた御仁か」

思い出したと今井彦八郎が手を打った。

「まったく忘れてたわ。織田の殿さまのことで忙殺されてしもうて」

今井彦八郎が苦笑した。

「その本多弥八郎ちゅうのはどなたはんですねん」

天王寺屋助五郎が訊いてきた。

「誰ぞの使いや。三河の出ちゅうから、徳川はんやないかと思うてるんやが、鉄炮と硝石をあるだけ欲しいと言うてきたんや」

「あるだけ……それはまた豪儀なこっちゃけど……」

今井彦八郎の説明を聞いた天王寺屋助五郎が首をかしげた。

「徳川はんにそんだけの金がありますかいな。なにより、織田さまを通じない取引は、あかんとおわかりのはずや」

「違うと」

「と思いますなあ」

尋ねた今井彦八郎に天王寺屋助五郎が答えた。

「三河……三河……一向一揆」

「それやっ」

天王寺屋助五郎の呟《つぶや》きに、魚屋與四郎が応じた。

「三河一向一揆はもう治まってるはずや」

今井彦八郎が首を横に振った。一度は徳川家康を追い詰めた三河一向一揆に参加した家臣は多い。だがそれもかなり前のことで、すでに治まっていた。

「どないしはります、お断りしまひょか」

三人での話し合いに夢中になっていた今井彦八郎に奉公人が問うてきた。

「いや、会う。庭の茶室に通しておいてんか」

「へい」

奉公人が離れていった。

「茶室でっか。他人《ひと》払《ばら》いに見えますなあ」

魚屋與四郎が唇の端を吊《つ》り上げた。

「密談するにはもってこいやろ」

今井彦八郎も笑った。

「にじり口を閉じてしまえば、外からはまったくわからんようになる」

天王寺屋助五郎も歯を見せた。

「ほな、ちと中座を」

一礼して今井彦八郎が、茶室へと向かった。

茶会の用意をするために設けられている水屋から茶室へ入った今井彦八郎が亭主席に座し、正客《しょうきゃく》の座に腰を下ろしている本多弥八郎に頭を下げた。

「お待たせをいたしましてございまする」

「いや、不意に参った拙者が悪いのでござれば」

本多弥八郎が手を振って気にするなと応じた。

「ありがとう存じまする」

「今井どの」

「まずは、一服いたしましょう。茶室へお招きしておいて、おもてなしもないというのは、茶堂衆筆頭の面目にかかわりまする」

「……いただこう」

そう言われてはどうしようもない。本多弥八郎がうなずいた。

「……けっこうなお点前《てまえ》でございました」

「お粗末さまでございました」

静かに茶会は終わった。

「では、お話を伺わせていただきましょう」

「……先日も申した鉄炮のことについて」

促した今井彦八郎に対し、本多弥八郎が姿勢を正して言った。

「その件でございましたら、織田さまのご了承をお取りいただきたく」

今井彦八郎が遠回しながら断った。

「一年にどれくらい鉄炮は作れますかの」

話を無視して、本多弥八郎が訊いた。

「……一年に……千丁はこえますか」

少なめに今井彦八郎が告げた。

織田信長が堺を支配してから、橘屋又三郎の鍛冶場は数倍になっている。鍛冶職人も尾張、美濃、近江などから集められて、休まず鉄炮を作っている。

「千丁……少のうござるな」

「……ですか」

本多弥八郎の意図するところがわからず、今井彦八郎はあいまいに応じた。

「織田さまにはどれくらいお納めか」

「それはお教えできませぬ」

今井彦八郎が拒んだ。

「………」

じろっと本多弥八郎が今井彦八郎を見た。

「このままでよろしいとお考えか」

「はて、どういう意味かわかりかねまするが」

本多弥八郎の問いに、今井彦八郎が怪訝な顔をした。

「天下がこのまま定まってよいと」

「……どちらのお方ですか、あなたは」

すっと今井彦八郎も目つきを変えた。

「三河の出と仰せでしたが、徳川さまのご家中本多平八郎《へいはちろう》さまとお繫《つな》がりが」

徳川家康の家臣で知られる猛将の名前を今井彦八郎が出した。

「あのような力だけの者とはかかわりござらぬ」

「ほう」

頰をゆがめた本多弥八郎に今井彦八郎がにやりと笑った。

「三河のお方には違いないようですな。となると……」

「さよう。一向宗徒でござる」

本多弥八郎が認めた。

「本願寺はんのお使いですか」

「法主さまはご存じではござらぬ。拙者を中心として、天下を、織田の天下を憂えている者が、勝手にしていること」

顕如上人の考えかと確かめた今井彦八郎に、本多弥八郎が首を左右に振った。

「そちらのお答えをいただきたい」

本多弥八郎が求めた。

「織田の殿さまの天下でよいと思うております」

「比叡山での悪行を見過ごすと」

「今は乱世でございます。弱い者は強い者に喰われる。それが運命」

言った本多弥八郎に今井彦八郎は告げた。

「悪鬼が天下を取れば、この世は地獄になるぞ」

「では、本願寺はんが天下を取れば極楽になると」

「それがもっともよい」

今井彦八郎の問いに、本多弥八郎が首を縦に振った。

「おもしろいことを言われる。なれば、一向宗徒が国を持った越前、加賀、長島は極楽だと。誰一人病にかからず、飢えず、子は死なぬと」

「…………」

本多弥八郎が黙った。

四

「この国すべてを一向宗で染めることはできませんよ」

はっきりと今井彦八郎が宣した。

「なにを言う。法理を聞けば……」

「切支丹《キリシタン》が、日蓮《にちれん》宗が従いまするか」

「……むう」

「従うわけおまへんな。当然、抵抗されます。そしたら……織田の殿さまと同じまねをすることになる」

口調を今井彦八郎が変えた。

「神さんや仏さんは、皆、心のなかにいてはります。それを取り除くことは誰にもできまへん。なにより、朝廷さまをどないしはりますねん。主上《おかみ》は神でっせ。朝敵になりますか、本願寺はんが」

「うっ」

本多弥八郎が詰まった。

「わたしらが織田の殿さまに従っているのは、天下から争いをなくしてくれはるからです」

「今も戦いはあるではないか。つい先日、三好左京大夫どのが攻め滅ぼされた」

今井彦八郎の言いぶんに、本多弥八郎が言い返した。

「戦を呼んだのは三好はんです。あのお方が織田の殿さまに従っておられたら、戦は起こらなかった」

「浅井と朝倉を滅ぼしたのも……」

「織田さまの支配下に入れれば、戦は起こりまへん。見てみなはれ、美濃と尾張を。大きな戦はここ何年も起こってまへん。本多はんの郷《さと》三河も武田はんだけでっせ、攻めてきはったのは。つまり、一人の強大な力で支配してしまうと戦はなくなります」

「……たしかにそうだが、それではその一人の思うがままにされるのだぞ」

本多弥八郎が今井彦八郎の穴を突いた。

「天下を取るほどのお人が、市井《しせい》の商人や民を一人一人気にしますかいな。そこまで暇なわけおまへんやろ。さすがに徒党を組んで逆らおうとしたら、潰されますやろうけどな、法度のなかで普通に生活しているぶんには、なにもされまへんわ」

「年貢や運上《うんじょう》を際限なく取りあげられるかも知れぬ」

「どの面下げて、それを言いますか。本願寺はんが加賀でなにをしたか、越前でなにをしようとしているか、わたくしが知らないとでも」

まだ言う本多弥八郎を今井彦八郎が鼻で笑った。

加賀は随分前に守護であった富樫氏を追い出し、百姓の持ちたる国になった。もちろん、その主体は一向宗徒であり、郡中《ぐんちゅう》と呼ばれた政《まつりごと》を担う代表者の集まりも一向宗徒から選ばれた。となれば、一向宗徒以外はなにも言えなくなる。一向宗徒以外の百姓は大切な水の利でまず不利になり、さらに年貢にもけちを付けられた。

「このようなくず米は認められん」

郡中から遣わされた代官が、一向宗徒以外の年貢を認めず、

「くず米ばかりではないか。これでは倍出さねば、良米に届かぬ」

あくまでも百姓のせいにして、年貢を多く取りあげた。

そして、それと同じことが、すでに越前で起こりかけている。

京より東に関心を向けていなかったことを武田信玄の撤退という出来事で知った今井彦八郎は、あちこちの商人に金を渡し、噂《うわさ》や事実を集めるようになっていた。

「ぐっ」

今井彦八郎に笑われた本多弥八郎が言葉をなくした。

「少なくとも織田の殿さまは、敵であった土地だからといって嫌がらせはなさいませぬ。さらに関所を廃止し、座もなくしてくださいました。商人にとって、一々関所を設けて、そこを通るたびに関銭《せきせん》を取るような連中よりはるかにましです」

本願寺に与している大名のほとんどが関所を設けていた。毛利にいたっては、村上《むらかみ》水軍を使って、瀬戸内の船からも関銭をまきあげている。

商人にとって、どっちがありがたいかといえば、織田信長になる。

「織田信長は悪鬼ぞ」

どうしようもなくなった本多弥八郎が、感情をむき出しにした。

「一つ訊いてよろしいか」

「なんだ」

不思議そうな顔をする今井彦八郎に、本多弥八郎が応じた。

「織田の殿さまが、一向宗を禁じられたとは寡聞にして存じまへんねんけど、尾張、美濃、近江、山城、摂津、大和、河内、伊勢、志摩のどこかでお触れが出てますかいな」

「それはっ……」

今井彦八郎の言葉に、本多弥八郎が息を呑んだ。

「織田の殿さまは、神仏を気にされませぬ」

かつて父信秀が病になったときのことだ。尾張中どころか京からも名僧が呼ばれ、病魔退散の加持祈祷《かじきとう》をおこなった。しかし、まったく効果なく、信秀は死んだ。それ以降、織田信長は神仏を信じなくなった。

「利用はされますが」

桶狭間に今川義元を討つための出陣では、熱田《あつた》神宮へ参拝し、神の守護を得たとして、随伴する兵たちの士気を上げている。他にもキリシタンを禁じず、庇護《ひご》することで南蛮の文化文物をいち早く手に入れていた。

「南蛮がそのいい例ですなあ。本願寺はんでは、硝石の購入が難しいですやろ」

キリシタンも異教徒には冷たい。全員がキリシタンといえる南蛮商人は、儲けられるとわかっていても宣教師の許可がない相手には、硝石や鉄炮、大筒《おおづつ》などを売らない。キリシタンを邪教と罵っている本願寺に、硝石は入って来ないのだ、表向きは。

世の中にはいくらでも裏はある。堺や博多で南蛮船から硝石を買い付けた商人が、そのいくらかを一向宗徒の武士や百姓に高値で売っている。そのため、形だけキリシタンの洗礼を受けた者が堺にもいた。

当然、宣教師もそれはわかっているが、信者を増やすのにつごうがいいため、あまり露骨にしない限り、黙認している。

だが、そのていどでは、織田と遣り合うにはとても足りない。

本多弥八郎が今井彦八郎のもとを訪れたのは、そのためであった。

「どうであろう。織田を滅ぼしたあかつきには、石山本願寺のあらゆるものの手配を任せるということで」

意図を読まれているならば、隠す意味もないと本多弥八郎が誘いを掛けてきた。

「さきほども言いましたけど、本願寺はんの天下はあきまへん。お布施や供物や言うてすべてを持っていかれるのは火を見るよりあきらか」

「…………」

「もう一つ、商人は現世利益《げんせりやく》です。死後の極楽には一文の価値もございません」

「罰当たりが」

本多弥八郎が平然と言った今井彦八郎を睨《にら》んだ。

「ところで本多さま。織田の殿さまの天下は認められへんというのは、ようわかりました。本願寺はんの天下は他宗の反対で難しい。では、どなたの天下やったらよろしいので」

今井彦八郎がさらっと問うた。

「…………」

本多弥八郎が探るような目で今井彦八郎を見た。

「いまだに三河とはお繋がりがあるようで」

「……どうしてそう思う」

「武田はんの異変を明智はんが随分早くからご存じでしたので。三河から話が届いたんですやろ。なにせ徳川さまのご家中には、三河一向一揆に参じておきながら、許されたお方が多くいらせられます。もちろん、本多さまのように出ていったままのお方もおられますけど」

声に凄《すご》みを加えた本多弥八郎に、今井彦八郎が述べた。

「商人とは、ここまで怖ろしいものか」

本多弥八郎が身を震わせた。

「邪魔をした」

答えを口にせず、本多弥八郎が茶室を後にした。

一人になった今井彦八郎は、静かに茶を点てた。

「…………」

無言で一服した今井彦八郎が、水屋の向こうに呼びかけた。

「お入りやすな」

「……よう耐えましたなあ」

「価値のあることでした」

魚屋與四郎と天王寺屋助五郎が難しい顔で入ってきた。

「あれでよろしかったんですかなあ。なんか、しっくりこんのですわ」

今井彦八郎が首を左右に振った。

「なにが気になりはりますねん」

「あっさりと本願寺やと認めましたやろ。あれがどうも」

天王寺屋助五郎の問いに今井彦八郎が答えた。

「たしかに本願寺には硝石が入りませんやろうなあ」

「尼崎は……」

「焼かれて以来織田さまへの憎しみを抱えてますけどなあ。南蛮船とのつきあいがなさすぎでっせ。あそこは一向宗徒が多いですさかいな。切支丹ばかりの南蛮人を受け入れられん」

嫌がらせを受けるとわかっていて、湊へ商品を運ぶ南蛮船はいない。

「一応の誘いちゅうのもあったんと違いますか」

魚屋與四郎が述べた。

「のってくれれば儲けもの……」

「ですやろうな」

今井彦八郎のため息に、魚屋與四郎が応じた。

「あと、今井はん。本多はんが考えている天下人とは誰やと思わはります」

天王寺屋助五郎が訊いてきた。

「まず、越中の一向一揆衆を敵としている上杉はないやろう。それに毛利と北条は天下を望んでない。九州は切支丹の影響が強すぎる。となると……」

「やはり、徳川はんしかおまへんな」

今井彦八郎の意見に、天王寺屋助五郎が首肯した。

「徳川はんは、三河一向一揆で手痛い目におうてはりますからなあ。家臣の半分以上が敵に回った恐怖を忘れてはいてはりませんやろ。本願寺を敵に回すことをもっとも怖れている方お方」

「本願寺としては、扱いやすいお人」

魚屋與四郎も同意した。

「しゃあけど、徳川はんでは織田さまに勝てまへんで」

「そこですねん。今回はそれも含めてのことやないかと」

続けた魚屋與四郎に今井彦八郎が懸念を表した。

「それも含めて……織田さまに敵対する気があるかどうかを確かめに来た」

天王寺屋助五郎が目を大きくした。

「そうでなければ、本多はんは、子供の使いより役立たずでっせ」

今井彦八郎が告げた。

「となると……」

「織田さまに従っているお方のもとにも、誘いがいってると考えるべきやな」

問いかけるような目をした魚屋與四郎に、今井彦八郎がうなずいた。

「これは……」

「ちいと茶の指導をしに、あちこちへいかなあきまへんな」

天王寺屋助五郎に促された今井彦八郎が述べた。

第八章　一気呵成《いっきかせい》

一

織田信長の快進撃は越前を一向一揆衆《いっき》に奪われたくらいでは止まらなかった。

「長島を落とす」

大軍をもって織田信長は伊勢に侵攻した。

木曽三川の流れが生みだした中州、輪中《わじゅう》と呼ばれる土地に設けられた大鳥居《おおとりい》城、長島城などは、川を渡らねばならず、鉄炮《てっぽう》や弓で待ち受ける一向一揆衆に痛い目を見せられつづけてきた。

また伊勢は、織田信長の本国、尾張の喉元の位置にある。西あるいは東に軍勢を出しているとき、長島で騒動を起こされれば、兵を退かなければならなくなる。

それですめばいい。ときを合わせて戦っている相手が、攻勢に出てきたら大きく負けることにもなりかねない。

「これで片をつける」

織田信長の決意は、しっかり配下の部将たちにも伝播《でんぱ》していた。

「皆殺しにせよ」

織田信長は城を捨てて逃げ出す一向一揆衆を鉄炮で追い撃ち、逃げこんだ先の城を包囲して干殺《ひごろ》し、あるいは焼き討ちにした。

「大坂へ落ちる」

ついに耐えかねた長島城の一向一揆衆の一部が投降、摂津の石山本願寺への退去を願った。

「さっさと出ていけ。大坂までの兵糧以外の武器、金銭の持ち出しは許さぬ」

織田信長は条件を付けて、長島城からの退去を受け入れた。

「見よ、一向一揆衆の船を。人だけならば、あそこまで船は沈み込まぬ」

長島城から逃げ出す一向一揆衆の船を織田信長が指さした。

「いつ、鉄炮を撃ちかけてくるやも知れぬ。皆、気を緩めるな」

織田信長が包囲している軍勢に指図をした。

「……来るなよ」

一向一揆衆の怖《おそ》ろしさは、皆、知っている。織田方の兵は、船に向けて鉄炮や弓を構え、警戒を露《あら》わにした。

「織田が撃ってくるぞ」

互いの緊張が限界に達した。

鉄炮の筒先を向けられていた一向一揆衆が、恐怖に負けて船底に隠していた武器を取り出し、織田方に向けた。

「やはりっ。放て、放て」

織田信長が攻撃を命じた。

たちまち鉄炮の弾や矢が飛び交い、戦闘が始まった。

「織田の裏切り者が」

「仏敵め」

死ねば極楽と信じこんでいる一向一揆衆が船で織田の陣営へ突っこみ、混戦となった。

とはいえ、船上で多くの一向一揆衆が討ち死にしたこともあり、二万の宗徒は結局抗《あらが》えずに全滅した。

しかし、織田方も無傷ではなかった。

織田信長の庶兄信広《のぶひろ》を筆頭に、叔父《おじ》の信次《のぶつぐ》ら一門、平手《ひらて》久秀《ひさひで》、佐治《さじ》信方《のぶかた》らの譜代と多くの部将を失った。

「もう許さぬ。一人残さず殺せ」

被害の大きさに怒った織田信長は、まだ二万の兵が籠もる長島城、中江《なかえ》城に火を掛けた。

「お助け……」

火から逃れようと川へ飛びこんだ者も織田信長は許さず、鉄炮を撃ちかけ、船で近づいては槍《やり》で突き殺した。

「あいかわらず、怖ろしいお方や」

天正二年（一五七四）秋、織田信長の長島攻めは終わった。もちろん、その結果は、すぐに堺へももたらされていた。

「まあ、比叡山も尼崎も焼きはったんや、長島だけが別というわけやない。つまりは、どこでも無駄な抵抗を続けると、丸焼きにするぞと天下に示しはった」

あきれる魚屋與四郎に、今井彦八郎が述べた。

「しかしやで、これで石山はんは退かれへんようになったで。信徒を皆殺しにされて、なにもせえへんかったら、世間が黙ってへんやろ」

天王寺屋助五郎がこの先の争乱を思って、身を震わせた。

「越前の連中はどないするやろ」

今井彦八郎が腕組みをした。

「震えあがっているか、来るなら来てみろと意気軒昂《いきけんこう》か、どっちやろ」

魚屋與四郎が首をかしげた。

「年貢がどうなるかやな。去年は相当きつかったみたいやし」

越前は織田信長が朝倉義景を滅ぼして平定したが、その後一向一揆衆が蜂起、織田方の部将を討ち果たして奪い取っていた。

織田信長と戦いを繰り広げている一向宗徒は、本山である石山本願寺への寄進もあり、年貢が重い。越前では一向宗徒でない百姓の田畑を奪う、あるいは年貢としてほとんどの米を取りあげるなどしている。

「長島が落ちたさかいなあ。そのぶんも越前が負担せんならんとなったら、百姓はたまったもんやないで」

今井彦八郎の危惧は当たった。

秋、越前では苛政がまかり通った。

「御仏《みほとけ》への寄進じゃ」

「来世で楽をしたいなら、今世で徳を積め」

石山本願寺から派遣された僧侶が、容赦なく年貢を取り立てた。

「やはり阿呆《あほう》やな」

その様子を聞いた今井彦八郎が嘲笑した。

「同じ一向宗徒までいじめてどないすんねん。織田の支配から逃れたら、楽になると言うて一揆を起こしたんやろうに。起こす前より辛《つろ》うなったら、次は立たへんで。笛吹いても踊らへんどころか、敵に回るちゅうのに」

魚屋與四郎もあきれた。

「そういえば、あの本多なんとかちゅうご牢人《ろうにん》は、最近どうや」

「うちには来てへんなあ」

問うた魚屋與四郎に、今井彦八郎が首を横に振った。

「橘屋には、たまに来るらしいけどな。相手にしてへんらしいわ。橘屋にしても、今は他所《よそ》の鉄炮を作ってる場合やないやろ」

今井彦八郎が首を左右に振った。

「そういえば、織田はんからの注文が急に増えたんやったな。橘屋に頼まれて、炭をだいぶん納屋からつごうしたわ」

天王寺屋助五郎が言った。

「先日な、長島征伐から京へお戻りになられた殿さまから呼び出されてな、できるだけ急いで鉄炮を千丁以上用意せいと命じられたんや」

「千丁以上……」

今井彦八郎の言葉に、魚屋與四郎が啞然《あぜん》とした。

「なんという数……」

天王寺屋助五郎も呆然《ぼうぜん》となった。

「織田の殿さまでないと無理な数や。国が傾くらいの金がかかるで」

魚屋與四郎が感心した。

「ということは、硝石もか」

「ああ。ありったけを出せと」

確かめた魚屋與四郎に今井彦八郎がうなずいた。

「うわあ、織田はんは裕福やなあ。鉄炮なんぞ、銭撒《ま》いているようなもんやで。全部当たるんやったら、割に合うやろけど。半分どころか八分ほどは無駄弾やろ。足軽やそのへんの端武者《はむしゃ》を射貫《いぬ》いたところで、収支は合わん」

魚屋與四郎が両手をあげるようにして、驚きを表現した。

「それにしても、そんだけの金を遣《つこ》うてまで、どこを攻めはるんやろ。今でも織田はんの持っている鉄炮は二千をこえるんやろう」

「いや、三千ではきかんやろ」

魚屋與四郎の見当に今井彦八郎が首を左右に振った。

「三千っ……十分やろうに。そのうえ、まだ千丁のうえからお入り用とは……よほどの相手か」

天王寺屋助五郎も嘆息した。

鉄炮の欠点は金がかかることと、一発撃つごとに筒を掃除して次発の装塡をしなければならないため弓のように連射が利かないことである。その欠点から、鉄炮が伝来したころは、費用の割に使えない武器として、物好きな大名の玩具といった扱いであった。

それを集中して利用することで立派な兵器にしたのが、織田信長であった。

とはいえ、よほど裕福な大名でもなければ、鉄炮をそれだけ揃《そろ》えられない。さすがに鉄炮は消耗品ではないが、戦をすると損耗する。数を撃てば、筒のなかが削れたり、汚れたりして使えなくなったりもする。

いや、それよりも酷《ひど》いのが、鉄炮足軽によって捨てられる被害であった。負け戦となって逃げるとき、重い鉄炮は邪魔になるため、足軽たちがその辺に投げ捨ててしまうのだ。

鉄炮はこまめに補充しなければならない兵器の一つであった。

「城攻めではないやろ」

今井彦八郎が天王寺屋助五郎へ答えるように言った。

「鉄炮は、城攻めには向かへん。城を守るんやったら使えるけどな」

「織田はんは、籠城をしはれへんしなあ」

魚屋與四郎が首をひねった。

「攻めてばっかしやさかいな。いまだ、織田さまを攻めて城に追い詰めたという話は聞かへん」

ている。


今井彦八郎も同意した。

織田信長は桶狭間の合戦を皮切りに、野戦での勝利が目立っている。対して城攻めで目覚ましいものは少ない。事実、浅井長政の籠もる小谷城を攻め落とすのに三年もかけている。

「となると、鉄炮は石山本願寺攻めではないな」

首を左右に振りながら今井彦八郎が語った。

石山本願寺は町を丸々吞《の》みこんだ惣構《そうがま》えの城郭に近い。鉄炮が効果を示さないとはいえないが、とても落城まではもっていけなかった。

「そうなってもらいたいわ。石山本願寺は近いさかい、織田はんとの戦になったら、こっちにも影響はでる」

堺は石山本願寺と敵対している織田方に属している。もし、石山本願寺と決戦ともなれば、まちがいなく飛び火を喰《く》らう。

「三千丁以上の鉄炮で戦うほどの相手となると」

「越前一向一揆衆か、武田か、あるいは三好」

水を向ける魚屋與四郎に今井彦八郎が答えた。

「いずれにせよ、来年は大きな戦になりそうやな」

今井彦八郎が表情を引き締めた。

二

鉄炮の作製を命じられたとはいえ、忙しいのは鉄炮鍛冶《かじ》を取り仕切る橘屋又三郎だけであって、今井彦八郎や魚屋與四郎、天王寺屋助五郎は普段と変わらない。

硝石の手配をといわれたところで、交易でしか手に入らないのだ。南蛮船や明船が来てくれないとどうしようもない。せいぜい、他の大名への販売を抑制するか、停止するかしかすることはないのだ。

「ちいと摂津守はんにお茶を点ててきますわ」

今井彦八郎は荒木村重と会ってくると告げた。

「さいですか、ほな、わたいは十兵衛はんのところへ行かせてもらいますわ。後々のこともあるし、一度ゆっくりお話をしたいので。よろしいか天王寺屋はん」

「では、わたしは松永弾正少弼さまのもとへ参りましょう。どのようなお話になるか楽しみですな」

狙いをさとった魚屋與四郎、天王寺屋助五郎も動いた。

荒木摂津守村重は、この十一月に摂津で織田信長に反していた伊丹城主伊丹大和守親興を攻め滅ぼし、居城を池田から伊丹へ移した。

「おめでとうございまする」

今井彦八郎が訪れるのにつごうよく、勝ち戦を祝うという名分があった。

「祝意を受け取ろう」

有岡《ありおか》城と改名した、もと伊丹城で出迎えた荒木村重が、喜んだ。

「御祝いに手ぶらというのもいかがかと思いまして……先日、南蛮から届いたばかりのものでございますが、どうぞお納めくださいませ」

持ってきた土産《みやげ》を今井彦八郎が、荒木村重に差し出した。

「これはなんであろうか。今井どのが目利きとあれば、楽しみじゃ」

荒木村重がいそいそと平裹《ひらつつみ》を解いた。

「箱は、無礼ながら、わたくしが用意いたしたものでございまする」

桐箱《きりばこ》は後付けだと今井彦八郎が述べた。

「拝見」

今井彦八郎は茶の師匠にあたる。荒木村重が一礼して蓋を開けた。

「……これは」

「南蛮から渡って参りました蓋付きの茶碗《ちゃわん》でございまする。向こうでは菓子入れとして使っているものだそうでございますが、鈍い白の地肌に飛び火のような黒粒が飛んでいる景色がよいと思い、茶碗に見立てましてございまする」

驚いて顔を向けた荒木村重に今井彦八郎が述べた。

「いや、なによりのものをいただいた。かたじけない」

　ていねいに荒木村重が頭を下げた。

「早速でござるが、この茶碗を試してみたく存じまする。一席、ご指導をいただけましょうや」

「もちろんでございまする」

　荒木村重の願いに今井彦八郎が首肯した。

　まだ有岡城は手に入れたばかりで、城中に茶室はなかった。

「吾《わ》が居室で申し訳ございませぬが……」

「いえいえ。茶室でなければ、茶は点《た》てられぬというものではございませぬ。人が集い、茶があれば、そこが茶室でございまする」

　詫《わ》びる荒木村重に、今井彦八郎が笑って首を横に振った。

「では」

　荒木村重が用意された湯を使って、茶を点てた。

「ちょうだいいたしまする」

　軽く頭を下げて、今井彦八郎が茶を喫した。

「いかがでございましょう」

「いや、お見事。もう、わたくしがお話をさせていただくことなどございませぬ」

作法や仕草を気にした荒木村重が訊《き》いてきたので、今井彦八郎がにこやかに笑った。

「……それは」

荒木村重が目を大きくした。

「もっともなんの道でも同じく、茶も生涯学び続けるもの。次の機会には、今以上に精進なされた摂津守さまを拝見できることを願っておりまする」

褒めながらも、努力は怠るなと、今井彦八郎が茶の宗匠として釘《くぎ》を刺した。

「お言葉、胆《きも》に銘じまする」

荒木村重が表情を引き締めた。

「どれ、今度はわたくしが」

主客を替えて、茶会は続いた。

「畏れ入りましてございまする」

今井彦八郎の点前《てまえ》を見た、荒木村重が感動した。

「いえ」

茶碗を拭いながら、今井彦八郎が首を左右に振った。

「しかし、摂津守さまは、じつに先見の明《めい》をお持ちでございますな。織田さまのもとに身を寄せられるなど、なかなか難しいときでございましたでしょうに」

「そう言うてくださるな。拙者は織田さまに降《くだ》ったのではなく、足利公方《くぼう》さまに従ったのみでございました」

　初めて織田信長のもとへ馳《は》せ参じたときのことを持ち出した今井彦八郎に、荒木村重が苦笑した。

「それでも三好家の色が濃い摂津で、十五代さまに付かれたのはお見事なご判断でございまする」

「……あのときは、十四代さまが明日をも知れぬお病でございましたからな。十四代さまが亡くなられたならば、足利将軍家を継がれるのは、京に入られた足利左馬頭《さまのかみ》さましかおられませぬ」

　まだ讃《たた》える今井彦八郎に、荒木村重が首を横に振った。

「足利将軍家は、忠節を捧《ささ》げるに足りる……ですが、もう京にはおられませぬ」

　織田信長に追われ、妹婿を犠牲にした足利義昭は、紀伊田辺《たなべ》に落ち延びている。

「まだ征夷大将軍《せいいたいしようぐん》であらせられまする」

　今井彦八郎の話に荒木村重が苦い顔で応じた。

　足利義昭が京から追い出されたことで、実質幕府は崩壊した。しかし、足利義昭は征夷大将軍を辞していないし、朝廷も官職を取りあげてはいなかった。

「征夷大将軍は足利家の家職である」

　朝廷にとって家職というものは重要なものであった。これを崩してしまうと、摂関家の摂政、関白も独占できなくなってしまう。どの家格がどの職を受け継ぐかというのは、一種の伝統であり、不文律になっている。そのおかげで、自ら辞任を申し出ない足利義昭はいまだに征夷大将軍であり続けられた。

「何一つ、力もございませぬ」

「力はないが、御旗《みはた》ではある。将軍が京におられてこそ、摂津は安定いたす」

荒木村重が抗論した。

「ではなぜ、ご挙兵に同心なされなんだ。伊丹氏はそうなさいましたが」

今井彦八郎が疑問を口にした。

元亀四年（一五七三）、武田信玄の上洛《じょうらく》を機に織田信長への不満を募らせていた足利義昭が挙兵した。しかし、武田軍が上洛を中止したため、状況が激変、足利義昭は取って返した織田信長の攻撃を受けて、敗走した。この戦いに、織田方に属していた伊丹親興、松永久秀らが足利義昭に同調したが、荒木村重は加わっていなかった。

「…………」

つごうが悪くなった荒木村重が黙った。

「これはいけませぬ。つい夢中になってしまいまして、長居《ながい》を仕《つかまつ》りました。今日のところは、これにて失礼をいたしまする」

今井彦八郎はそれ以上荒木村重を追い詰めずに、座を立った。

「……権威にこだわりすぎてはるわりには、肚《はら》がすわってない気がしますなあ」

有岡城を出た今井彦八郎が呟《つぶや》いた。


堺に戻った今井彦八郎を織田信長の要求が待っていた。

「石材と木材の手配でございまするか」

使者を通じて今井彦八郎に渡された織田信長の書状には、多種多様なものが列挙されていた。

「城でも造られるおつもりか」

今井彦八郎が驚いた。

堺は交易の湊《みなと》である。石材ならば備前、木材ならば紀州と手に入れる術《すべ》はある。

「木材が問題や」

紀州は足利義昭を受け入れている。つまり紀州守護の畠山は、織田信長を敵にしている。そこから木材を手に入れるのは、かなり難しい。

「阿波も敵地やし」

三好の本拠である阿波でも木材は手に入る。

「土佐で手配するしかおまへんな」

もともと土佐は五摂家の一つ一条《いちじょう》家の分家、土佐一条家が支配していたが、近年長宗我部氏によって侵食され、土佐の東半分を奪われてしまった。

今井彦八郎は一条ではなく、長宗我部に目を付けた。

長宗我部の当主元親《もとちか》は野心が大きい。四国制覇を目指し、東の三好、西の一条と侵食の手を伸ばしている。

「三好と敵対している織田のためやと言うたら、なんとかなるやろ」

今井彦八郎は配下を土佐へやった。

木材は城造り、館造りに欠かせない。それだけになかなか売り買いは難しい。もちろん、織田信長は木材の豊富な木曽を支配しているが、大坂で普請をおこなうとなると輸送が大変である。そこで織田信長は木材の輸送を簡便にするため、船を遣おうと考えたのだ。

土佐と堺は近い。行きは風次第だが、帰りは黒潮に乗れる。木材を積んで重くなった船でも、潮を利用すれば一日かからずに堺へ着いた。

今井彦八郎の手配りは成功し、堺に木材と石が集まった。

「一段落や」

織田信長は気が短い。有能な者を出自や譜代外様《とざま》の別なく引きあげる度量がありながら、正反対の狭量さも持っている。

今井彦八郎が安堵《あんど》の息を吐《つ》けたのは、天正三年の年が明けてからであった。

「新年の茶会を催しますよって、ご参集を」

正月五日、今井彦八郎は、魚屋與四郎と天王寺屋助五郎を招いた。

元日は、それぞれの家での祝い行事があり、二日は主筋への挨拶に出向かねばならず、三日は親族などと会う。

欠かせないものを片付けてからでないと、ゆっくりできない。

「新年のお慶《よろこ》びを申しあげまする」

一応、新年の挨拶だけは、型に嵌《は》めなければならなかった。

「もうええやろ」

一礼終わった途端に、魚屋與四郎が口調を崩した。

「かないまへんなあ」

「まったくで」

笑い合いながら今井彦八郎と天王寺屋助五郎も砕けた。

「さて、織田の殿さまのご諚《じょう》があり、少し忙しゅうしておりました。茶会の話を聞かせていただく間もおまへんでした。それもようやく落ち着きましたので、今日は互いに語り合いたいと思うて、お出《い》でいただきました」

今井彦八郎が茶会の趣旨を告げた。

「そやろうなと思うてましたわ」

「ですな」

今度は魚屋與四郎と天王寺屋助五郎がうなずき合った。

「では、早速。最初はわたしからで」

先頭を切ると今井彦八郎が話を始めた。

「荒木摂津守はんと……」

今井彦八郎が荒木村重との話をかいつまんで語った。

「ふうん、最後は黙らはりましたか」

魚屋與四郎が鼻を鳴らした。

「つごうが悪かったのか、先に言ったこととのつじつまが合わなくなったか」

天王寺屋助五郎も嗤《わら》った。

「まあよろし。次はわたしが」

天王寺屋助五郎が荒木村重のことを一旦置いて、松永弾正少弼久秀との茶会について述べた。

「織田さまを裏切ったんは、やはり武田はんが敵に回ったというのが大きかったみたいですな。機を見るに敏なお方やさかい」

「ほんまに勝てると思うたんやろうか。武田が京まで来るには、尾張と岐阜、近江を抜かなあかんねんで。三河は役立たずやったけど」

今井彦八郎が首をかしげた。

「そこを突いてみたら、畿内で騒動を起こせば、近江にいてる六角、浅井の残党も蜂起するはず。それが東から京への軍勢の足留めをしている間に、将軍はんが朝廷を押さえ、朝敵指名を出してもらうつもりやったらしく」

たしかに天下最大の大名である織田家だが、東西に敵を抱えていては、兵力を分散せざるをえなくなり、織田信長の得意な、数で敵を圧倒する、が遣えなくなる。

「そんなもん、皮算用もええとこやないか。朝廷も弱いとはいえ、矜持《きようじ》もある。脅されたからというて詔書は出せんやろ。詔書は勅意や。天皇はんのお考えを示したもんで、公卿《くぎよう》百官の承認が要る。そんなもん、出すとなったら十日やそこらでは終わらへん。もし、摂関家の誰かが、京から逃げ出したら、詔書はなりたたへん。かというて密勅では表に出されへん」

今井彦八郎があきれた。

「なにより、京は明智はんがしめてはる。摂津には塙はんがいてはる。たかが六千やそこらの兵しかいてない将軍はんでは、京を支配でけへん」

「わたしもそう思うてな。明智はんのことどうするつもりやったか訊いたら……将軍さまが説得するはずやったらしいですわ」

天王寺屋助五郎が今井彦八郎のあきれにうなずいた。

「松永はんの策かいな」

知謀の将、梟雄《きょうゆう》として知られた松永久秀である。今井彦八郎は絵を描いたのは、松永久秀かと考えた。

「違うらしいが、誰やと訊いたら黙った」

「ここでも黙《だんま》りかいな」

天王寺屋助五郎の答えに、今井彦八郎がため息を吐いた。

「魚屋はん、おまはんはどないでした」

明智光秀と会ってきた魚屋與四郎に、今井彦八郎が尋ねた。

「お久しぶり、ということで、一服点てさせてもらいましたけど、変わらず固いお方ですわ」

「まだ固かったですか」

明智光秀の茶の師匠である魚屋與四郎が苦笑し、今井彦八郎が笑った。

「根が真面目なのはよろしいねんけど、教えたとおりにしかしはらへん。茶杓《ちやしやく》の置き場所はここ。茶碗に入れる湯の量はこんだけ。鏡のように同じ動きをしはります。だいぶん言うたんですけどなあ。型を破った先に、独自の茶があると」

魚屋與四郎が首を左右に振った。

「たしかに、師匠、先達のまねから入るのが、なんでも道と言うもんですけど……それを金科玉条のように守っていては、印と同じ。何度押しても同じというのは、印やからええんで、道でそれをしたら、客からあきられますわな」

今井彦八郎も首肯した。

「織田の殿さまは、どないです」

「わかりまへんなあ、近衛《このえ》はんとか目上の方を招いての茶席では、礼儀作法をそのまま演じはります。ただし、客がわたしらとか、山科《やましな》はんとかの同格以下のときは、無茶苦茶ですわ。片手で茶を一度で呷《あお》ってみたり、床の間の掛け軸に、自筆で比叡山と書いたものを掛けてみたり、茶の代わりに塩を使《つこ》うてみたりと、まったく見当がつきまへん」

訊かれた今井彦八郎がため息を吐いた。

「ただ、困るのは、それでも所作が決まりますねん。喉を見せて茶を一気に呑んでいる姿は、震うほど雄壮でしたわ」

今井彦八郎が感嘆の言葉を漏らした。

「型破りな織田さまらしいですなあ」

天王寺屋助五郎も驚いていた。

「おっと、話は明智はんでしたな。茶会の後、しばしお話をさせてもらいましたけど、武田上洛の話になると黙らはりますねん。それ以外の京で盗賊を退治した話なんぞは、すんなりしてくれはりますねんけど」

「将軍はんのことは」

「一応、どのようなお方でっかと水を向けてみましてんけどなあ……」

今井彦八郎の問いに、魚屋與四郎がなんとも言えない顔をした。

「………」

無言で今井彦八郎が、魚屋與四郎に先を促した。

「たった一言、将軍こそ戴《いただ》くお方やと」

「戴くお方……それは忠義を捧げるという意味かいな」

今井彦八郎が首をかしげた。

「さあ、そこで終わったさかい」

魚屋與四郎が首を横に振った。

「将軍はんではなく、織田はんを選んだ明智はんが、戴くお方と言わはったかあ」

「あの将軍はんのことですやろうか」

今井彦八郎のため息に、天王寺屋助五郎が首をひねった。

「将軍はんと茶の席をご一緒したんは……」

「わたしですなあ。織田の殿さまのご命で一度だけ茶の亭主をさせていただきました。もう三年ほど前になりますやろうか」

今井彦八郎が口を開いた。

「まだ表向きは、将軍さまと織田の殿さまの間は繋《つな》がっていたころでしたな」

「いかがでしたか」

天王寺屋助五郎が尋ねた。

「二度と御免蒙《こうむ》りますな、あんな茶会は」

大きく今井彦八郎が頬をゆがめた。

「茶の味がせんというのは、ちょくちょくございますけどな、生きた心地のせん茶会というのは、最初で最後にしたいもんですわ」

今井彦八郎が肩をすくめながら、続けた。

「ただ一つわかったのは……」

「わかったのは……」

魚屋與四郎が身を乗り出した。

「織田の殿さまは、将軍さまを人やと思てはりまへん。あれは、ものを見る目でおました」

「もの……そのものを、明智はんは戴くと」

「わかりまへんなあ」

今井彦八郎の言葉に、魚屋與四郎も天王寺屋助五郎も混乱した。

三

三月、荒木村重が石山本願寺方の出城、大和田《おおわだ》城と天満《てんま》城などを攻め落とした。どちらも淀《よど》の川を抑える重要な拠点であり、織田信長の渡河を防ぐ重石《おもし》であった。

「石山本願寺と高屋《たかや》城を囲め」

織田信長は十万と号する大軍を率いて、摂津、河内に攻勢をかけた。

「お指図に従いまする」

城下を焼かれた高屋城に籠もる三好康長《やすなが》が、四月、織田信長の軍門に降った。

支城を落とされ、河内の味方を失った石山本願寺は、織田方の包囲を前に籠城するしかなく、戦いは膠着《こうちゃく》状態になった。

「あるだけの硝石を出せ」

戦場が落ち着いた途端、またも織田信長から無茶な命令が来た。

「堺に及ばんかったとはいえ、戦火を怖れて避難した者も多いし、まだ帰って来てない連中もいる。そいつらの納屋にある商品は、動かされへん。そんなとき硝石を出せと言われてもなあ」

今井彦八郎がため息を吐いた。

「でも断られへんやろ」

「断れんわなあ。けど、去年、うちの納屋にあった硝石はありったけ出したから、ほとんどないがな」

「うちの納屋にもないなあ」

「わたしのところもや」

うなだれる今井彦八郎に、魚屋與四郎と天王寺屋助五郎が気の毒そうに言った。

「しかしやで、去年お納めしただけでも、かなりの量や。一体、それだけの硝石をどこで遣わはるおつもりやろ」

「武田でござる」

首をかしげた今井彦八郎の耳に、茶室の外から声が聞こえた。

「へっ」

「誰やっ」

妙な声を漏らしてしまった今井彦八郎と違って、魚屋與四郎が険しい誰何《すいか》を飛ばした。

「御免」

にじり口が開いた。

「本多はん……」

「勝手に入ってきたんかいな」

「訪《おとな》いを入れたら、茶室だというのでな。無理矢理通してもらった」

咎《とが》める魚屋與四郎に本多弥八郎が笑った。

「石山本願寺に籠もっていたのでは」

「ちょうど大坂を離れていての、戻ってきたら入れなくなっていた」

籠城に加わっていたはずだと言った天王寺屋助五郎に、本多弥八郎が苦い笑いを浮かべた。

「三河ですな」

落ち着きを取り戻した今井彦八郎が、本多弥八郎を見つめた。

「なるほど、それで武田やと」

魚屋與四郎が納得した。

武田信玄亡き跡を継いだのは、四男の諏訪四郎勝頼《すわしろうかつより》であった。諏訪家の姫から生まれた勝頼は、生まれたときから諏訪大社の神官も務めた信州《しんしゅう》の名門を継ぐとされ、武田ではなく諏訪と名乗っていた。

それが武田信玄の死によって変わった。

武田信玄には七人の男子がいた。しかし、信玄と意見の合わなかった長男は廃嫡、次男は目が生まれつき見えなかったため家督から外され、三男は夭折《ようせつ》していた。そのため、他家を継ぐはずだった勝頼が、跡継ぎとなり、長男の息子が成人するまで、陣代、すなわち当主代理として武田家を預かることになった。

「父を凌《しの》ぐ」

四男勝頼は、信玄の死を秘しながらも、徳川家の所領遠江、三河への侵食を続け、ついには父が落とせなかった堅城高天神城《たかてんじん》を落とすなど、武田家の武名を維持し続け、ついには、奥平《おくだいら》家の籠もる長篠城へと兵を進めた。

もともと奥平家は徳川に属していたが、武田信玄の上洛に伴って旗の色を変え、武田に属した。それが、武田信玄の死とともに、ふたたび徳川へ与《くみ》したのだ。

これは武田信玄なら従うが、勝頼ならば従わないと奥平貞昌《さだまさ》（信昌《のぶまさ》）が公言したに等しい。当然、名前を傷つけられたと勝頼は激怒し、現在武田家が動員できるすべてといえる兵を率いて、攻めてきたのである。

「なるほど。武田はんでしたか、お相手は」

今井彦八郎が納得した。

「本多はん、ちいと気になることがおますねんけど」

「なにかの」

本多弥八郎がわざとらしく首をかしげた。

「徳川さまに帰参しはりましたな」

「なんでそう思う」

楽しそうに本多弥八郎が問うた。

「わたしも少しは調べましてなあ。本多はんのこと」

「……ほう。どのようであった」

本多弥八郎が先を促した。

「お鷹匠《たかじよう》だったそうで。徳川さまが駿府へ人質として出られていたときも召されるほどのご信頼を受けていたとか。それでありながら、徳川さまが岡崎《おかざき》に戻られると一向一揆に参加、主家を敵に回して戦い、和議がなった後も復帰せず、逐電された」

「よく、調べているな」

告げる今井彦八郎に、本多弥八郎が感心した。

「おかしいことおまへんか」

「どこが、おかしい」

今井彦八郎の言葉に本多弥八郎が首をかしげて見せた。

「三河一向一揆が終わって、徳川さまへ牙剝《む》いたほとんどの武士が帰参したのに、本多さまは戻られなかった」

「それは御仏を信じる者にとって、信心を邪魔する者は敵である。ゆえに拙者は徳川家を退転し、牢人となったのじゃ」

「言うてて、虚《むな》しいことおまへんか」

述べた本多弥八郎に、魚屋與四郎があきれた。

「…………」

本多弥八郎が沈黙した。

「それとも徳川さまが、一向宗徒となられたと」

「むっ」

天王寺屋助五郎に言われた本多弥八郎が詰まった。

「本多はんが信念を枉《ま》げられたか、徳川さまが宗旨替えをなさったのか。そのどちらでもないとしたら……」

今井彦八郎がじっと本多弥八郎を見つめた。

「失礼する」

本多弥八郎が、茶室を去っていった。

「なんしに来たんや、あの御仁は」

魚屋與四郎は本多弥八郎の振る舞いにもあきれた。

「無理に今井はんの奉公人を振り切って、茶室に乱入したというのに」

天王寺屋助五郎も啞然とした。

「石山本願寺の使いではないやろ」

織田方の兵に囲まれた石山本願寺が鉄炮を、硝石を欲しがったところで、運び入れることはできなかった。

「それをわかっていて来たというのは」

「やはり鉄炮と硝石やろう」

今井彦八郎が天王寺屋助五郎の質問に答えた。

「織田の殿さまが武田へ兵を出されると本多はんは言うた。もしそれが本当ならば、用意した鉄炮が遣われる。なにせ相手は堕《お》ちたとはいえ、武田や。野戦での強みは天下でも指折り。織田の殿さまも万全を期されたはず。当然、戦いは長引くやろう。つまり、半年から数カ月、堺へあらたな注文は出えへん」

「出ても届けられへんわな。武田との決戦が長篠……やったか、三河やろ。とても鉄炮や硝石を運ばれへん」

首を左右に振った今井彦八郎に、魚屋與四郎が同意した。

「つまりは、その間に作られた鉄炮、交易で堺に届いた硝石は浮く。それを徳川はんは狙っている」

今井彦八郎が己の推量を述べた。

「徳川はんは武田が負けると考えて、その後を見てる……」

魚屋與四郎が息を呑んだ。

「やはり本多はんは、徳川はんの……」

天王寺屋助五郎が難しい顔をした。

「やろうなあ。三河を出奔したのもそのためやったのか、それとも帰参したいために、なんとか手柄を立てようとしているのか」

そのあたりはわからないと今井彦八郎が首を横に振った。

「一向一揆衆とはまだ繋がってると」

「たぶんやけどな」

確かめるような魚屋與四郎に、今井彦八郎はうなずいた。

「どっちやと思う」

続けて魚屋與四郎が問うてきた。

「石山本願寺が徳川はんに入れた細作《さいさく》か、徳川はんが石山本願寺に忍ばせた隠密《おんみつ》かということか」

今井彦八郎が訊き返した。

「……それとも」

魚屋與四郎が声を落とした。

「石山本願寺と徳川はんが手を組んでいるか」

「なっ」

「…………」

囁《ささや》くような魚屋與四郎の言葉に、天王寺屋助五郎が絶句し、今井彦八郎が目を剝いた。

四

五月、織田信長は三万の大軍と五千丁近い鉄炮をもって、三河へ出兵した。

「十万から少し抜いたとはいえ、摂津にあれだけの軍勢を残しながら、まだ三万の兵を出せる。織田の力、侮り難し」

「前回は武田信玄が病に斃《たお》れたゆえ、助かっただけじゃ。聞けば武田は五万の兵で長篠城を囲んでいるというではないか。とても織田では勝てまい」

畿内では、両論が出ていた。

「勝てるな」

魚屋與四郎が織田信長の勝利を断言した。

「いくら五万やというても、長篠城の包囲に三千はいる。さらに自国へ入りこまれた徳川の軍勢への押さえもいる。織田へ向けられる武田の兵は、ええとこ三万」

指を折って魚屋與四郎が話し始めた。

「三万の敵に五千の鉄炮を撃ちかけたら、半分外れたとしても二千五百、ぶつかるまでに二回は放てるやろう」

「五千減らせるか。そうなったら、武田は兵を退くしかなくなる」

戦は三分の一を失えば、壊滅と言われた。五千では、三万の三分の一には届かないが、鉄炮だけでその被害である。他にも弓矢、投石などの飛び道具もある。武田が織田とぶつかるまでに、損失はかなりのものになる。

今井彦八郎も首肯した。

「せやけど、武田は切羽詰まってるで。ここで負けたら、武田は本国だけになる」

死に物狂いで来るのではないかと、天王寺屋助五郎が腕を組んだ。

甲斐の兵は精強、一人で尾張の兵五人に匹敵するといわれる。五千やそこら減ったところで、どうということはないのではと懸念を口にした。

「そこやな。武田がここを切所とするかどうかや」

織田との決戦で勝てば、長篠城は落ちる。ふたたび、武田の威光は遠江、三河、信濃に響き渡る。

「そのあたりも織田の殿さまはお考えやろう。わたしらは、ここで結果を待つしかない。ただ、万一には備えておこう」

「万一に備えるって、なにをするねん」

魚屋與四郎が首をかしげた。

「織田が負けたとなったら、誰が動く」

「石山本願寺やろ」

天王寺屋助五郎の問いに魚屋與四郎が答えた。

「だけか」

「三好も敵に戻るやろ」

「それも石山本願寺に入れてるわ」

魚屋與四郎が手を振った。

「他にか……」

今井彦八郎が思案に入った。

「……まさかっ」

しばらくして今井彦八郎が驚きの声をあげた。

「将軍はんか」

「そうや。あの御仁が動くで」

今井彦八郎の口から出た名前に、魚屋與四郎がうなずいた。

「荒木はん、松永はん……動くか」

「問題は、その二人やない。明智はんやろ。明智はんが京を押さえている。もし、明智はんが将軍はんに靡《なび》いたら……」

「京が奪われる」

「だけやない。大坂もや。いくら十万近い兵がいてるとはいえ、本隊がやられたら動揺する。そこへ一向宗徒が、荒木はんが、三好はんが、紀州の畠山はんが襲いかかったら、畿内の織田軍は大打撃を受ける」

「そないになったら、堺も……」

魚屋與四郎の話に、黙っていた天王寺屋助五郎も焦った。

天王寺屋助五郎は今井彦八郎、魚屋與四郎とともに、織田信長の茶堂衆《さどうしゅう》を務めている。そのお陰でかなり商いでは優遇されていた。

もし、織田の勢力が畿内から、いや、摂津、河内からいなくなったら、堺は孤立してしまう。そして、織田の傘を失った三人は、今、堺にいながら、織田信長によって冷や飯を喰わされている旧三好方の報復を受けることになる。

「どないする」

顔色をなくした天王寺屋助五郎が慌てた。

「どないする言うてもなあ、様子を見るしかないやろ」

魚屋與四郎が苦笑した。

「今から、逃げたら……」

「どこへ」

天王寺屋助五郎の言葉に、今井彦八郎が訊いた。

「尼崎は論外、行けば身ぐるみ剝がされて、見せしめに殺されるやろ。博多もええ顔はせんわ。南蛮船の入港を金に飽かして奪ったようなもんやからな」

「土佐はどうや。今井はんはつきあいあるやろ」

「たしかに先日の木材のことで、親しくはなったけどなあ、長宗我部はんがどう動くか。今は織田方に近いけど、これは三好という共通の敵がいてるからや。織田の力が落ちたら、どうなるか」

今井彦八郎が首を左右に振った。

「行くとこ、ないがな」

ますます天王寺屋助五郎の顔色が悪くなった。

「落ち着きいな、天王寺屋はん。行くとこはある」

魚屋與四郎が宥《なだ》めた。

「どこや」

天王寺屋助五郎が身を乗り出した。

「南蛮や。馬尼拉《マニラ》でも呂宋《ルソン》でも、金さえあれば、どうにでもなるやろ」

「そうやな。南蛮までは、一向一揆も三好も手は伸ばせん」

言われた天王寺屋助五郎が、安堵した。

「逃げ出すのはいつでもできる。織田の殿さまが負けたと聞いてからでも、明智はんが裏切ったとわかってからでも、遅くはない」

「なあ、今井はん」

天王寺屋助五郎が落ち着いたのを見てから、魚屋與四郎が今井彦八郎に顔を向けた。

「まだなんかあるんかいな」

今井彦八郎が嫌そうな顔をした。

「徳川はんが、寝返るっちゅうことはないやろか」

「………」

魚屋與四郎が吐いた一言に、今井彦八郎は言葉を失った。

「もし、武田と対峙《たいじ》している最中に、徳川はんが……」

「徳川が武田と手を組んでいると」

今井彦八郎が繰り返した。

「徳川はんは、前回、身をもって武田の強さを知らされた。武田には勝たれへんと思いこんでたら、三河と遠江の安堵を条件に、武田に付くということもあり得るんと違うやろうか」

「むうう」

魚屋與四郎の考えに、今井彦八郎は唸《うな》った。

「前回、武田信玄が京を目指したとき、明智はんは将軍はんの誘いにも乗らなんだ。戴くお方やと言いながらも、従わなかった。それはなんでか。余りに早くから裏切ると、織田はんによって滅ぼされる。あのとき、織田はんの兵は、畿内に集まっていたからな。

そして、機を窺《うかが》っている間に、武田が進軍を止《や》めた。まだ、畿内の誰もが武田が徳川を蹴散らし、織田と決戦すると思っていたころ、足利義昭をはじめ、松永久秀らが織田はんと敵対していたときに、明智光秀は武田が足を止め、撤退すると知っていた。誰が明智はんに武田の動きを伝えたんやろ」

「……あいつやな。本多弥八郎」

尋ねた魚屋與四郎に今井彦八郎が告げた。

「わたいもそうやないかと思う」

魚屋與四郎も同意した。

「その本多弥八郎が、今また大坂に来た。わたいはそれが気に喰わん」

「……少しでも早く戦の結果を知るために、人を出すか。今から三河までは無理やろうけど、不破《ふわ》の関《せき》あたりなら、間に合うやろ」

不破の関は美濃と近江の国境にある。もし、織田信長が敗退したとしたら、その報《しら》せは、まず織田信長の本城岐阜城へともたらされ、そこから京へ出されることになる。その早馬は、まちがいなく不破の関を通る。

しかし、堺衆の危惧を余所《よそ》に、徳川家康の軍勢を加え四万近くに膨れあがった織田軍と長篠城を抑える軍勢を残した二万をこえる武田との戦いは、あっさりと終わった。

大軍同士の戦いのため、設楽が原という平原で対峙した両軍は、突っこんで来る武田の軍勢を織田の鉄炮隊が迎え撃ち、混乱に乗じた徳川軍が迂回《うかい》、うろたえる武田軍の横腹を喰い破ったことで勝敗が決した。

武田軍は勝頼こそ無事であったものの、馬場信春、山県昌景、内藤昌豊ら譜代の重臣と一万近い兵を失って大敗、まさに這々《ほうほう》の体《てい》で甲州へと逃げ帰った。

「鉄炮の価値があがるな」

織田信長の勝利を聞いた今井彦八郎は、開戦前の懸念を忘れたかのように、場違いな一言を口にした。

「織田強し」

そして、この勝利で播磨、丹波の諸将たちの態度も変わってきた。

織田信長の天下取りは、大きく前進した。

第九章　嵐来る

一

長篠での戦いで武田家は大敗したが、滅亡したわけではなかった。たしかに遠江、駿河、信濃、三河に伸ばしていた手は断ちきられ、昨日まで武田に膝を屈していた国人《こくじん》領主たちが、雪崩を打って織田、徳川へと旗幟《きし》を変えた。

「注文を差し止めておくなはれ」

鉄炮鍛冶《てっぽうかじ》の橘屋又三郎が悲鳴をあげた。

天下最強と謳《うた》われた武田を、最弱と嗤《わら》われていた織田が打ちのめした。山県昌景、馬場信春、内藤昌豊など一国の主《あるじ》となっていてもおかしくない武田の名将が、軒並み討ち取られた。

「鉄炮とはそこまですさまじいものであったか」

合戦の詳細がわかるなり、金に余裕のある大名が鉄炮に群がった。

しかし、鉄炮を大量に製造できるところは堺と国友、そして根来くらいしかなかった。西国の大名のなかには織田信長ほどではないが、鉄炮に注目して城下で作らせているところもあるが、鉄炮鍛冶には公にはされていない技術が要る。作れないわけではないが、手間がかかるうえに、性能も悪い。試射で筒の底が抜けるくらいならまし、筒ごと破裂して鉄炮足軽を巻きこんで吹き飛ぶこともままあった。

「とりあえず百丁」

「二百は欲しい」

日本中の大名が、堺へ注文を出してきたのだ。

「織田の殿さまのお許しは出ているが……」

さすがに織田信長と直接敵対している石山本願寺や毛利、上杉などの注文は受けないが、それ以外の大名へ鉄炮を売るなという命は出ていなかった。

「数だけ揃《そろ》えてもしょうがおまへんねんけどなあ」

魚屋與四郎が苦笑した。

「火薬がなかったら、ただの飾り」

「高い飾りですな」

天王寺屋助五郎が魚屋與四郎の言葉に笑った。

「それでも鉄炮が欲しいのやろうなあ」

今井彦八郎がため息を吐《つ》いた。

「生き残るためとなれば、金を惜しんでおられまへんやろ」

「金ですませてくれればええけどなあ」

魚屋與四郎に今井彦八郎が力なく、首を横に振った。

「どういうことで」

天王寺屋助五郎が怪訝《けげん》な顔をした。

「買うと高いからか、鉄炮鍛冶を寄こせと言うてくるお方が増えて」

今井彦八郎が困惑していた。

「鉄炮鍛冶を……出すわけおまへんがな」

魚屋與四郎が鼻で笑った。

「それがなあ。言うてきてはるのが、将軍さまやねん」

「はあ」

「今ごろですか」

嘆息した今井彦八郎に、魚屋與四郎と天王寺屋助五郎が驚いた。

「鉄炮鍛冶をすべて差し出せと」

「阿呆《あほう》や。阿呆がいてる」

魚屋與四郎があきれた。

「鉄炮鍛冶を抱えるだけの余裕なんぞ、将軍はんにはおまへんがな。なにせ、領地はすべて織田はんが取りあげてしまいはりましたで」

「己で鉄炮なんぞ作らはりませんわ。たぶん、毛利や三好、上杉あたりに鉄炮鍛冶をくれてやるから、兵をおこして織田を討てということですやろ」

「そこまで他人の褌《ふんどし》ですか」

天王寺屋助五郎もあきれた。

「明智はんはなんで、あんなんを戴《いただ》くお方やと言いはったんやろ」

魚屋與四郎が真剣に悩んだ。

「相手にせえへんとはいえ、どっちにしろ、鉄炮鍛冶には見張りを付けなあきまへんなあ。堺の外だけでなく、なかでも馬鹿をしでかす者はいてまっさかい」

今井彦八郎が述べた。

「そういえば、織田の殿さんの凱旋《がいせん》はいつに。御祝い持っていかなあきまへんやろ」

ふと魚屋與四郎が問うた。

「まだみたいでっせ。硝石の追加を命じてきはりましたわ」

「武田の息の根を止めはる気ですかな」

天王寺屋助五郎が首をかしげた。

「そうやおまへんやろ。近江の坂本城へ運んでおけとのお指図ですわ」

「ほう、近江坂本……淡海《おうみ》近く、明智はんのお城ですな」

告げた今井彦八郎に、天王寺屋助五郎が目を細めた。

「こっちが運ぶんですかいな」

別のところに魚屋與四郎が喰《く》い付いた。

「そうですわ。普段やったら、鉄炮と硝石は織田の殿さまのほうからお受け取りのお方がお出《い》でになるんやけど、今回は遠江からそのまま次の戦いに向かうとかで、人手が足りんと」

今井彦八郎が答えた。

「警固はどないしますねん」

硝石は今や、戦の行く先を左右する貴重なものとなっている。言うまでもなく、石山本願寺ら織田信長敵対勢力としては、喉から手が出るほど欲しい。

「明智さまから警固の人数をお貸しいただけることになってます」

荷駄を押すという小者の仕事に人を出す気はないが、警固の武士と足軽ならばかまわないと明智光秀は言っている。

「明智はんかあ。当然やな、坂本は明智はんの城下や」

魚屋與四郎が納得した。

「坂本に硝石……」

　ふと天王寺屋助五郎が考えに入った。

「……その後硝石をどないすると思う」

「戦場で使うねんやろ」

　問うような天王寺屋助五郎に魚屋與四郎が応じた。

「どこや」

「坂本から……」

　もう一度訊《き》いた天王寺屋助五郎に、今井彦八郎が考えた。

「今、織田の殿さまが相手してはるのは、丹波、播磨、紀州、甲州、信濃、どれもわざわざ坂本を通る意味はない」

「しかも武田を破った勢いはあるとはいえ、連戦はきついはずや。それでもせなあかんところといえば……」

「今は六月や。夏も終わりそろそろ秋、刈り入れも近い。刈り入れを終わらす前に攻めるおつもりか」

　織田信長は百姓を、足軽や小者として招集しない。まったく招集しないわけではないが、ほとんどの場合抱えている兵だけで終わらせている。このやり方は、戦のないときも無駄に人を抱えていなければならないが、田植えや稲刈りなど百姓の忙しいときでも、遠慮なく戦ができた。

　それに対し、ほとんどの大名は戦をするたびに、百姓を兵として使うため、忙しい時期には人手を集めにくい。集められないわけではないが、無理をすれば田畑の稔《みの》りに影響し、それは年貢の減収に繋《つな》がる。そのうえ、あまり負担を掛けすぎると百姓たちの不満が爆発し、一揆《いっき》や逃散《ちょうさん》を呼び、国力の低下を招く。

「なあ、雪が降る前に片をつけたいのと違うやろうか」

　思いついたように天王寺屋助五郎が口にした。

「……越前か。越前やったら、坂本から船で淡海を渡ればすぐや」

「越前は雪深い」

　三人が顔を見合わせた。


　六月二十七日、戦勝を朝廷に報告するため上洛《じょうらく》した織田信長は、のんびり休むことなく八月には越前攻めへと入った。

「根切《ねき》りいたせ」

　今回も織田信長は一向一揆衆へ厳しい対応で立ち向かった。

　朝倉家から織田家に寝返って越前の差配を任せられていた桂田長俊を討ち取った一揆勢も、石山本願寺から派遣された僧侶と地の百姓との間で軋轢《あつれき》が拡《ひろ》がっていては、どうしようもなかった。

越前一向一揆衆は、次々と拠点を失い、二十日足らずで越前は織田信長のものとなった。

「山林をわけ、居所を探し、男女かまわず、殺せ」

織田信長の残党狩りは厳しく、まさに越前の田畑が赤く染まった。

その報を聞いた今井彦八郎たちは、その惨状に言葉を失った。

「………」

九月に京へ戻る織田信長との対面をどうするかと集まった三人だったが、茶を点《た》てるどころか、しわぶき一つ漏れないほど緊張していた。

「……とにかく御祝い申しあげなあきまへんな」

ようやく今井彦八郎が口を開いた。

今井彦八郎は堺荘の代官で、織田信長の茶堂衆《さどうしゅう》筆頭でもある。武田と越前、大戦を二つ続けて勝利した御祝いをしないというわけにはいかなかった。

「祝いの品は茶道具でええやろう」

心のこもっていない声で魚屋與四郎が言った。

「茶道具かあ。気が進みまへんなあ」

天王寺屋助五郎が首を横に振った。

「最近の織田はんは、名品と呼ばれるものを漁《あさ》らはります。己が気に入ったのではなく、他人の評判だけで茶器を集めるというのは、どうも」

「そうやな。それを愛《め》でて楽しんでいるというならばまだええねんけどなあ。織田はんは、茶器を褒美にしてはる」

嘆く天王寺屋助五郎に魚屋與四郎が同意した。

「…………」

二人の話を今井彦八郎は苦い顔で聞いていた。

当初茶の湯に傾倒していた織田信長だったが、そこに新たな使い道を見いだしてから、あまり今井彦八郎たち茶堂衆を招かないようになっていた。

「茶室を密談の場として使うくらいは、別段ええねんけどなあ。茶室は別の世や。世間での名声や力とは関わりなく、大名と商人が一つところで静かなときを過ごす。狭い茶室だからこそ、他人を受け入れ、受け入れられるという喜びが味わえる。本来、お茶というのに決まりはない。そのとき一緒だった人と、静かで豊かな思いを共にすればええ。ただそれだけのもんやのに……茶会を開くにも織田はんの許しが要るなんぞ」

魚屋與四郎が情けない顔をした。

「それに最近は、手柄を立てた部将への褒美として、知行地ではなく、茶器をお与えになられているとも聞きますし。そんなことをされては、茶道具の値が狂います」

天王寺屋助五郎も不満を述べた。

「国一つの茶碗《ちゃわん》とか、城一つの花挿しとか、勘弁して欲しいですわ」

大きなため息を魚屋與四郎が吐いた。

二

「織田の殿さまも少しきつくなってこられたんと違いますか」

今井彦八郎が言った。

「長島一向一揆や武田はん、越前一向一揆との戦い、どれも織田はんの知行地が増えたわけやおまへんしなあ」

長島一向一揆衆の籠もった輪中は、そのほとんどが城や砦《とりで》であったため、手に入れたからといって、いきなり年貢があがるものではなかった。また、長篠で勝ったが、こちらから武田の領土へ踏みこんでのものではなく、徳川を助けるための戦であったのだ。織田に土地は入ってきていない。そして、越前は一度手にしていながら奪われたものを取り返しただけで、収入には繋がっていない。

それでも大将は手柄を立てた家臣たちに報いなければならなかった。

信賞必罰、これを怠る大名に、家臣はついてこなくなる。命を懸けて戦っても、何一つ得るものがなければ、武士の基本である御恩と奉公が崩れ、家臣の離反を招く。

そこで織田信長は土地に代わる褒美を用意した。

一つは官位であった。

田舎の武士でも但馬守《たじまのかみ》だとか弾正尹《だんじようのかみ》だとかを名乗っているが、これは僭称《せんしよう》でしかなく、朝廷から正式に任じられたものではなかった。当たり前のことだが、すでに官位にはなんの力もなく、伊勢守だからといって、伊勢へ赴任できるわけでもないし、そこの年貢を手にすることも許されない。

正式な官位をもらったからといって、僭称と変わらないのだが、ただ名誉はあがる。戦場で大きく名乗りをあげ、手柄を誇る武士たちにとって、この名誉は大きい。すでに食べていくのに困らないだけの知行地があれば、官位をもらいたがる。他にも同じようなものとして氏がある。氏はその名の通り、出自を示すもので、許されればその系譜の末葉に記される。

「当家は河内源氏の……」

「先祖はかの平将門《たいらのまさかど》公でござって、代々平氏《へいし》を……」

どこの武士でも先祖を源氏や平氏、藤原《ふじわら》氏としているが、これも僭称で証となるものもない。織田信長の平氏などまだましで、徳川家のように賀茂《かも》氏、藤原氏から源氏へと変えている者もいた。

今回、武田を駆逐した戦いで、寸土も得られなかった織田信長は、朝廷に頼んで、家臣たちに官位と氏をもらっていた。

明智光秀に惟任《これとう》という氏と日向守、丹羽長秀に惟住《これずみ》という氏、他にも有力な家臣に法印や右近《うこん》などの名乗りを朝廷からもらった。

だからといって、そうそう官位も撒《ま》いていられない。官位を朝廷からもらうには、相応の金がいる。また、あまり簡単に官位や氏を与えていては値打ちが下がる。

そこで織田信長は、茶を権威づけることにした。

まず織田信長は、家臣たちに茶会を禁じた。もちろん、すべての茶会を禁じたわけではなく、茶堂衆を招いての稽古は認めた。稽古をさせることで茶の作法や道具立てを複雑にし、権威をもたせたのだ。

「茶会を催すことを許す」

そして機を見て茶会を開く許可を与える。

それまでも誘われて茶会に出ることは問題なかった。ただ、己が亭主となっての茶会をさせなかった。

「かたじけなき」

織田信長は、茶会を催せるというのを一つの名誉にした。

こうして家臣の手柄に対して、領土を渡さなくてすむようになった。

「是非、一度」

催せるとなれば、人を招きたくなるのが人の情である。

だが、人を呼ぶとなれば、見栄《みえ》を張らなければならなくなる。あるていどの茶室と道具がなければ、恥を掻《か》く。

「茶会のお許しをいただいたそうでござるな。一度、お呼ばれしたいものでござる」

同僚や先達にそう言われれば、催さないというわけにはいかないが、相応の道具を手に入れようとしたところで、名品と言われる茶器は数が少ないのだ。

なにせ、一度手にした者は売ろうとしないので、まず手に入れられない。

そうなると一層、欲しくなるのが人情である。

「これは唐渡《から》りの茶碗である。茶堂衆筆頭の今井宗久が称賛していた」

さほどのものではない茶碗を、織田信長がもちあげる。そこに今井彦八郎の名前が使われていた。いや、今井だけではない、魚屋與四郎こと千宗易、天王寺屋助五郎こと津田宗及の名前も使われていた。

「魚屋では軽い。今後は千宗易と名乗れ。天王寺屋も同じく津田宗及と称せ」

織田信長は適当な茶器に格を与えるため、茶堂衆を利用しだした。

「ちいと面倒ですなあ」

天王寺屋助五郎が首を横に振った。

三人は織田信長の家臣である明智光秀、荒木村重、羽柴秀吉などを目利きとしては見ていなかった。

茶道具であろうが、書であろうが、絵であろうが、目を肥やすには、名品、名作と呼ばれるものを数多く見て、審美眼を養わなければならない。とはいえ文字の読み書きでさえ危ういような武将たちや茶器を愛でる余裕などなかった者たちに、そういった経験があるはずもなく、主君の言うがままに受け入れている。

そもそも織田信長でさえ、危ういのだ。

「この茶碗はどこがいい」

「掌《てのひら》で包みこむような形もさることながら、釉薬《ゆうやく》のかかり具合が穏やかな滝のようになっておりまする」

今井彦八郎が持参した茶碗でも、己で見ようとはせず、説明をそのまま覚えるだけなのだ。

「これぞ、一城に値する名品である」

まさに付け焼き刃であった。

「ありがたきことでございまする」

部将たちは、主君の言葉をありがたく拝聴し、明や呂宋では一山いくらで売っているような安物をありがたがる。

「…………」

それを使っての茶会に招かれた公家《くげ》は、あっさりと見抜く。

「あのようなものをありがたがるとは、やはり武家は風流を解さぬ野人である」

公家たちや目の利く商人は、織田の部将たちを心のなかで侮蔑する。

「いや、さすがは某《なにがし》どの。珍しいものをお持ちじゃ」

「上様より頂戴いたしたもので、茶堂衆筆頭の今井宗久どのが称賛なさった逸品でござる」

肚《はら》のなかで嗤いながら褒めた客に、部将たちが胸を張る。

武田を敗走させたころから織田信長は天下人だと言わんばかりに上様と呼ばせ始めていた。

「ほう、あの今井どのが」

当然、客はあきれる。

「わかっていて織田さまに売ったのならば、今井は商売人の風上にも置けぬ。知らずに褒めたならば、とても茶堂衆といえるほどの人物ではない」

どっちにしろ客の印象は悪くなる。

「使えるとわかれば、とことん使いはりますからなあ」

魚屋與四郎が苦笑した。

「あのお方から見たら、他人は全部道具なんでしょうな。それこそ足利将軍家さえも……」

「周りが皆阿呆に見えるというやつですか」

天王寺屋助五郎の言葉に、今井彦八郎もため息を吐いた。

「かというて、文句も言えまへんわな」

あんなもん名品やおまへん。呂宋では民の飯入れですなどと言おうものならば、命が危ない。

なにせ織田信長の企ての一つを潰すことになる。

「堺の根切りなんぞ、勘弁してもらわないと」

今井彦八郎の諫言《かんげん》は、堺の滅亡に繫がりかねない。

「……比叡山に始まって、長島、越前と一人残さずですからな。見せしめやというのはわかってますけど……」

「一向宗徒もちいと考えればええものを。織田はんと対立できたのは、武田信玄はんが生きている間だけやったと気付かんと」

「石山本願寺はんも、引くに引けへんのでしょうけどなあ。今からでも遅うないから、織田はんと和睦して、信心に戻ればそれで無事になるというに」

嘆く今井彦八郎に天王寺屋助五郎と魚屋與四郎が同意した。

織田信長と一向一揆衆との戦いは、先が見えていた。長島、越前と二大拠点を失った一向一揆衆の頼りは、残るは加賀と英賀くらいである。安芸《あき》も一向宗の盛んなところではあるが、さすがに京に遠すぎる。加賀は、越前を支配した織田と国境を接し、英賀も播磨に織田が進軍している。

とても本山の支援は難しい。

「どれほど石山本願寺が堅固やというたところで、周りを囲まれてしまえば、人の出入りはでけへんようになる」

今井彦八郎が首を横に振った。

「囲む……どうやって」

魚屋與四郎が首をかしげた。

「土佐から得た木材と石を使えば……」

「砦の三つや四つは造れるか」

「石山本願寺が建てた砦も奪えば使える」

今井彦八郎に見つめられた二人が理解した。

「兵糧攻めか……むう」

魚屋與四郎が唸《うな》った。

「石山本願寺は、町一つを取りこんでる。御堂を修理する大工、左官、仏具を作る鋳物師、鍛冶、木工師など、多くの信徒がそこにはおる」

「けど、百姓はおらん」

語る今井彦八郎に天王寺屋助五郎がうなずいた。

「今までは国中から米がお供物として送られてきた。それがなくなった」

長島、越前を失った石山本願寺には十分な米が届かなくなる。

「入ってくる米は減ったが、なかに抱える信徒は増えた」

織田信長の魔手から逃れた長島や越前の一向宗徒が、救いを求めて石山本願寺を頼ってきている。

当たり前のことだが、衆生《しゆじよう》救済を名目としている石山本願寺である。手に何一つ持たず、疲れ切って働くこともままならない状況の信徒たちを拒めるわけもなく、受け入れている。つまり、今の石山本願寺は支えきれる人の数をこえた状態にあった。

「落としどころやと思うけど」

今井彦八郎が小さく息を吐いた。

三

武田を追い払い、越前を平らげた。

織田への脅威はほとんど消え去り、京は完全に信長の手中に落ちた。

「権大納言《ごんだいなごん》に任じる」

天正三年（一五七五）十一月四日、織田信長は権大納言という高官に任じられた。

「右近衛大将《うこんえのだいしょう》に補し、権大納言は旧のまま」

三日後、さらに織田信長は武官として最高の地位に就いた。

権大納言と右近衛大将の兼任は公家では当たり前のことであったが、武家ではじつに鎌倉幕府を開いた源《みなもとのよりとも》頼朝以来のことであった。

「なんで征夷大将軍《せいいたいしょうぐん》にしてもらわへんねんやろ」

叙任を聞いた魚屋與四郎が首をひねった。

「足利はんが、いまだにしがみついてはりますからやろ」

京を追われた足利義昭は、いまだに征夷大将軍の地位にある。

「まあ、将軍でなくなったら、誰もあの御仁の相手なんぞしはりまへんわな」

征夷大将軍は武家の統領と言われている。今や実権はないが、それでも名前だけはある。辞官したら、それもなくなる。うるさいだけで、力もなにもないただの邪魔者でしかない。

「罷免はでけへんのかいな」

魚屋與四郎が腹立たしげに言った。

「朝廷としても、辞めさせたいやろうけどなあ。罷免は恨まれるやろ。まずないやろうけど、織田の殿さまが負けて、足利はんが京へ復帰してきたら、どうなります」

「罷免に賛成した公家はんをいたぶりはりますな。まちがいなく」

　今井彦八郎の問いに、天王寺屋助五郎が答えた。

「それを怖《おそ》れている……なんともまあ、気弱なことや」

　魚屋與四郎もあきれた。

「力のない公家はんとしては、そうするしかないんやろうけど……」

「それが、より織田さまを苛立《いらだ》たせる。敵か味方かはっきりせよと」

　天王寺屋助五郎が口にした。

「…………」

　無言ながら、今井彦八郎が首肯した。

「どっちがどうなってもなんとか逃げられる。そんな中途半端なまね、いつまで通じることやろ」

　小さく首を左右に振りながら、魚屋與四郎が嘆息した。

「その詫《わ》びやろうなあ。権大納言、右近衛大将というたら、公家でも五摂家に次ぐ家柄やないと届かへんところやで。織田の殿さまを格でいうたら征夷大将軍より上の右近衛大将とすることで、武家の統領やと朝廷は天下に示したというとこやないか」

「将軍はんが黙ってはりまへんやろうなあ」

　今井彦八郎と天王寺屋助五郎も先行きの不安を口にした。

　三人の危惧は当たった。

天正四年が明けるなり、丹波の波多野秀治《ひではる》が寝返った。波多野秀治は早くから織田信長に誼《よしみ》を通じており、そのお陰で織田は背後を気にせず、播磨へ兵を進められた。波多野秀治が敵に回ったとなると、播磨攻略も危うくなる。

続けて石山本願寺が織田信長との和睦を破って蜂起した。

「今やないやろ」

波多野秀治の謀叛《むほん》を今井彦八郎は冷たい目で見ていた。

たしかにこれで播磨攻略は大きく後退する。だが、摂津が織田の勢力に組みこまれている限り、丹波が騒ごうとも、播磨攻略へ兵力の補充は続けられる。

「あれも阿呆やな」

魚屋與四郎も波多野秀治を嘲笑《あざわら》った。

「将軍はんにそそのかされたんやろうけどなあ」

天王寺屋助五郎も苦笑した。

「あかんなあ、あの御仁は。もっと織田さまが毛利はんに近づいてからや、寝返るんは。織田さまの本国から遠くなればなるほど、背後での裏切りは大きい。羽柴はんが、備前をこえてから裏切ったら、先陣に兵を出し、備えが薄くなった播磨を一気に押さえられたやろ。そこに石山本願寺が蜂起したら、織田の殿さまでもどうしようもないやろうに」

「それが待たれへんねんやろうなあ、将軍はんは」

今井彦八郎の考えに、天王寺屋助五郎も同意した。

「しゃあけど困ったなあ」

「硝石かいな」

肩を落とした今井彦八郎に、魚屋與四郎が訊いた。

「………」

黙って今井彦八郎が首を縦に振った。

「南蛮船に注文を出しているんですけどなあ。なにせ、一度呂宋へ戻って仕入れて、またこっちまで戻ってこなあきまへん。日数がかなりかかる。それに最近は、鉄炮の入り用が増えたのに合わせて、硝石も欲しがるところが増えてますやろ。あんまり関心を示さなかった博多の商人も買いあさるようになって、明からの硝石が堺まで届きまへんねん」

今井彦八郎が嘆いた。

「それを織田はんには」

「一応、手に入れるのが難しいとはお報《しら》せしてますけど……」

「それで納得はしてくれまへんわなあ」

力なく言う今井彦八郎に魚屋與四郎がなんとも言えない顔をした。

「困ったもんや」

魚屋與四郎が首を左右に振った。

波多野秀治と石山本願寺は、当初だけ勢いを誇ったが、兵力と財力に勝る織田方にはかなわず、どちらも本拠へ籠もっての抵抗になった。

「雑賀が敵に加わったのは面倒だ」

織田信長に従っていた紀州の鉄炮集団雑賀衆が石山本願寺に与《くみ》して、織田に牙を剝《む》いた。

鉄炮慣れしている雑賀衆の加勢は、織田の部将塙直政を討ち死にさせるなど、多大な被害をもたらしたが、信長が石山本願寺を囲むように砦を築いたことで、それほどの脅威ではなくなっていた。

「安土《あづち》の築城を急げ」

織田家の家督と岐阜城を嫡男信忠《のぶただ》に譲った信長は、美濃と京を結ぶ中間の安土に居城を建てていた。

安土は琵琶《びわ》湖に突き出した岬のような小山である。そこに織田信長は豪華絢爛《ごうかけんらん》たる天守閣を持つ巨城を建てようとしていた。

「安土城ができれば、京に異変があってもその日のうちに駆けつけられる。西に坂本、東に長浜《ながはま》、ここに安土が加われば琵琶の淡水は吾《わ》がものだ」

織田信長は、安土から京を支配しようとしていた。

「茶を点てに来い」

波多野秀治、石山本願寺と膠着《こうちゃく》状態になった年末、織田信長が今井彦八郎を呼び出した。

「正三位《しょうさんみ》内大臣、ご立身おめでとうございまする」

まず今井彦八郎が祝意を述べた。

「ふん。紙切れ一枚のものにすぎん」

織田信長が鼻を鳴らした。

「官位だけ与えておけば、余がおとなしくしていると思っておるようだ」

「…………」

あまり機嫌が良くないと悟った今井彦八郎が黙った。

「その茶碗はなんだ」

織田信長が、今井彦八郎の持ちこんだ茶碗に目を付けた。

「これは、つい先日、呂宋から来た船に載ってきたものでございまする。少し形がおもしろいかと思い、使っておりまする」

「見せよ」

「……どうぞ」

命じられた今井彦八郎が茶碗を差し出した。

「ふうむ」

織田信長が茶碗をひっくり返したり、なで回したりした。

「白磁の割に、光沢がございますし、持っても軽い。名品ではございませぬが、肩肘はらぬ茶会で使うにはちょうどよいかと」

「献上いたせ」

「よろこんでお納めいたしまする」

主君に寄こせと言われて拒むことはできなかった。惜しそうな顔一つ見せず、今井彦八郎は首肯した。

「他にはないか」

「上様にご満足いただけるようなものは……」

もっと出せと催促した織田信長に、今井彦八郎が困惑した。

「南蛮の船にもっと載せてこいと言え」

「そうなりまするとは硝石が、そのぶん減ってしまいまする」

「むっ……」

今井彦八郎の返答に、織田信長が詰まった。

「それはならぬ」

織田信長が強く言った。

「南蛮にもっと船を出せと求めよ」

「よろしいのでございますか。南蛮人が増えまするが」

「切支丹か」

確かめるような今井彦八郎に信長が顔をゆがめた。

織田信長は南蛮交易の利を考え、キリシタンの布教を認めてきた。とはいえ、九州の大村《おおむら》氏や有馬《ありま》氏のように帰依はせず、庇護者《ひごしゃ》であるとの立場を崩していない。

「一向一揆の者どもよりも面倒だというの」

「はい。今、上様のもとへ伺候しておりまする南蛮の者たちがすべてそうだとは申しませぬが、呂宋を含めいくつかの町など、最初は神の教えを説くだけでございましたが、信徒の数が増えたところで、南蛮から軍隊が侵攻し、信徒どもを蜂起させてその地を奪っておりまする」

「それはいかぬ。まだ天下を把握しておらぬのだ。南蛮の相手まではしておられぬ」

織田信長が首を横に振った。

「彦八郎、硝石は明からも取り寄せられるのだな」

「できまする。ですが、明船はそのほとんどが博多で荷下ろしをしてしまい、堺まではまず来ませぬ」

問われた今井彦八郎が無理だと答えた。

「まったく来ぬのか」

「いえ。まれではございますが、明船も参りまする」

「ふむ」

聞いた織田信長が思案に入った。

「どうして博多で明船は止まる。堺まで来れば、よい値でものも売れように」

「博多から堺まで来るのには、瀬戸内の海を通らねばなりませぬ」

「村上水軍か」

織田信長が眉間にしわを寄せた。

村上水軍をはじめとする瀬戸内の水軍は、毛利の支配下にある。先日、ようやく干殺《ひごろ》しに入った織田方の封鎖を破って、大坂湾から石山本願寺まで、村上水軍が兵糧を運びこんでいた。

「とりあえず明船に手出しはいたしませぬが、帆別銭《ほべつせん》を徴収いたしますし、硝石などを積んでいれば奪い取ろうといたしまする。明船としては、博多で売り切るほうが堺まで持ちこむより、値は安くとも面倒がございませぬ」

「……………」

説明する今井彦八郎に織田信長が黙った。

「毛利め」

織田信長が腹立たしげに舌打ちをした。

「あの馬鹿を引き取ったこととい い、石山本願寺に味方していることといい……」

紀州も危ないと思った足利義昭は、毛利の庇護下にある瀬戸内鞆《とも》の浦《うら》へと移動していた。そこから全国の大名に、織田を討てとの号令を出していた。

「…………」

吐き捨てる織田信長に、今井彦八郎が目を伏せた。

「彦八郎」

「はい」

「次に堺へ来た明船にこう命じよ。博多に寄らず、越前の敦賀へ参れと。硝石を山積みにして参れとな」

「……敦賀へでございますか」

「ああ。敦賀は吾が手にある。そちらには村上水軍も来ぬ」

一瞬戸惑った今井彦八郎に織田信長が述べた。

「承りましてございまする」

「ああ、南蛮船にも申しておけ。博多で売るより高く買うとな」

「そのように」

「では、帰れ」

頭《こうべ》を垂れた今井彦八郎に、織田信長が犬を追うように手を振った。

四

天正五年二月、織田信長は大軍を率いて紀州へ侵攻、翌月には雑賀衆を降伏させた。

「雑賀衆も数で押されれば勝てまへんか」

魚屋與四郎がため息を吐いた。

「どれだけ鉄炮がうまくても、討ち取れるのは数えるていどや。四万とか五万の兵で押し寄せられたら、どないしようもないな」

今井彦八郎も嘆息した。

「これで石山本願寺も窮まったな」

「どういうことですやろ」

天王寺屋助五郎が首をかしげた。

「雑賀衆が落ちた。雑賀衆の水軍もおとなしゅうなるやろ。となれば、伊勢から九鬼《くき》水軍が、潮岬《しおのみさき》を回って大坂湾へ出てきやすうなるやろ」

今井彦八郎が告げた。

「九鬼水軍か、村上水軍に勝てるんかいな。村上水軍には焙烙火矢《ほうろくひや》という武器があんのやろ。それで敵船を燃やすという」

「上様は燃えない船を伊勢で造ってはるらしいわ」

「燃えへん船……そんなもんあるんかいな」

今井彦八郎に言われた魚屋與四郎が驚いた。

「あの上様やで、普通やと思うたらあかん」

大きく今井彦八郎が首を左右に振った。

「まあ、村上水軍には勝たなくてもええしな。石山本願寺へ荷揚げさえさせへんかったらええ」

「……どういうことや」

力なく言った今井彦八郎の言葉に、魚屋與四郎が引っかかった。

「言おうかどうしようかと思うてたんやけどな。去年の暮れ上様に呼ばれたとき……」

今井彦八郎が織田信長との会談の内容を語った。

「敦賀に明船と南蛮船を廻《まわ》せやて」

「そんな……」

魚屋與四郎と天王寺屋助五郎が驚愕《きょうがく》した。

「…………」

無言で今井彦八郎がうなずいた。

「堺の力を削《そ》ぐ気か」

「いや、それどころやあらへん。堺を潰すつもりやろ」

天王寺屋助五郎の言葉に、魚屋與四郎がより厳しいことを言った。

「今井はん、黙って引き受けてきたと」

険しい顔で天王寺屋助五郎が今井彦八郎を見つめた。

「逆らえるか、天王寺屋はんなら」

「それは……」

今井彦八郎に言い返されて、天王寺屋助五郎が詰まった。

「上様と二人きりで茶会をやってみ」

責めたてるような二人を、今井彦八郎が睨《にら》んだ。

「すんまへん」

「申しわけおまへん」

魚屋與四郎と天王寺屋助五郎が気まずそうに詫びた。

「しゃあけど、堺を捨てられへんやろ」

気を取り直して魚屋與四郎が口にした。

「堺には大きな欠点がある」

「欠点……」

首を左右に振りながら言う今井彦八郎に天王寺屋助五郎が首をかしげた。

「堺は危ないんや」

「なにが言いたいのかわからんわ。ちゃんと説明してえな」

魚屋與四郎が今井彦八郎に求めた。

「堺は三好の本国阿波と海を隔てているとはいえ、一日かからんところにある。そして京と堺の間には、石山本願寺がある。さらに紀州にも近い。雑賀衆は降伏したけど、根来や畠山はんは、上様に楯突《たてつ》いている」

「敵が近い」

「そうや」

答えた魚屋與四郎に今井彦八郎が首肯した。

「いつ堺が襲われないとも限らん。なにせ堺には、上様に逆らう者たちが喉から手が出るほど欲しいものがたくさんある。鉄炮鍛冶、硝石、そして銭。堺を押さえれば、それら全部が手に入る」

今井彦八郎が二人の顔を見ながら続けた。

「敦賀は完全に織田はんの勢力のなかか」

「丹波が敵の今は、そうとも言えへんやろ」

魚屋與四郎と天王寺屋助五郎が顔を見合わせた。

「丹波の波多野に、若狭を狙うだけの力はない。もし、そんなことをしたら、播磨に対する圧力が減る。そうなったら、羽柴はんが動けるようになる」

「波多野はんが裏切ったのは、足利はんの誘いやろ。その足利はんは、今、備後の鞆にいてはる。もし、波多野はんが若狭へ兵を出したら、上様は播磨から備前へと兵を進める。そうなったら、鞆は目の前や」

「耐えられへんやろうなあ、足利はんは」

「波多野の役目は、播磨を手にしようとした織田はんへの楔《くさび》か」

魚屋與四郎と天王寺屋助五郎が納得した。

「堺を捨てる気やろうか、織田はんは」

天王寺屋助五郎が危惧を口にした。

「捨てはせえへんやろう。堺の値打ちはまだまだ敦賀と引き合うもんやない」

今井彦八郎が首を横に振った。

「敦賀が繁栄していたのは、かなり前やろう。渤海《ぼっかい》とのつきあいがあったころと違《ちご》うたかいな」

「いつの話をしてるんや。敦賀は朝倉はんがてこ入れしてから、かなり繁盛しているで。ただ、敦賀には、鉄炮鍛冶がない」

「そうや。さすがの織田はんでも鉄炮鍛冶を抱える堺を……」

ると聞いた」

「ちいと古いけど、まだ上様が堺へ来はる前に、国友から五百丁の鉄炮を受け取っては
　魚屋與四郎と天王寺屋助五郎に今井彦八郎が告げた。

「五百……多いけど、橘屋の比やないな」

　天王寺屋助五郎が、また言った。

「数はたしかに堺が多いけどなあ。国友は織田さまだけのための鉄炮鍛冶や。堺のよう
に上様の顔色を窺《うかが》いながらとはいえ、諸大名相手に売り買いしているわけやない」

「作った鉄炮全部が、織田はんの手に渡るか」

　魚屋與四郎が腕を組んだ。

「なあ、なんで上様は、近江安土に城を造らはったんやろ」

　今井彦八郎が問いかけた。

「京に近いからやろ」

　あっさり魚屋與四郎が答えた。

「京になにかあったとき、岐阜より安土が近いということやなかったか」

　天王寺屋助五郎も同意した。

「今、京を狙うのは誰や」

「越後《えちご》の上杉、安芸の毛利、阿波の三好、紀州の畠山か。できるかどうかは別としてや

けどな」

今井彦八郎の問いかけに魚屋與四郎が指を折って名前をあげた。

武田という共通の敵があったことで長く織田と戦わなかった上杉謙信が、昨年に将軍足利義昭の仲立ちで、もう一つの敵石山本願寺と和睦、越中一向一揆の抵抗がなくなったことで西へ向かえるようになっていた。

「越後から京へ出るには、加賀と越前、近江を通らなあかん。そのすべてが上様の支配下にある。越前まで出てきたとしても、安土ではなく岐阜から援軍を出せば、なんとでもなるやろう」

「たしかにそうやな」

魚屋與四郎が首を縦に振った。

「摂津やったらあかんかったんか」

今井彦八郎が投げかけた。

「……摂津か」

「むう」

二人が思案し始めた。

「摂津には、かつて三好修理大夫はんが居城としてはった飯盛山《いいもりやま》城があるがな」

「あれは河内やで」

今井彦八郎のまちがいを魚屋與四郎が指摘した。

「ほとんど摂津との国境やろう」

少しだけむっとして今井彦八郎が言い返した。

「そうやな」

ここで言い争いをしても無駄である。あっさりと魚屋與四郎が引いた。

「飯盛山城を拡げて堅固にすれば、河内、摂津、大和に睨みを利かせられる。紀州から京を目指しても、十分に対応できる。京までの距離も安土の半分ほどやろう。石山本願寺攻めでも本陣たり得る」

「ううむう」

「…………」

魚屋與四郎と天王寺屋助五郎が唸った。

「上様が、そのことに気付かへんはずもなし。なのに安土に城を建てる。これの持つ意味は一つやないかと、わたしは思う」

「なんや」

「聞かせておくれやすな」

二人が身を乗り出した。

「安土城は淡海に面している。そして、明智はんの坂本城と羽柴はんの長浜城の間にある」

「そうか。琵琶の水運か」

魚屋與四郎が手を打った。

「敦賀に持ちこまれた硝石や品物は、船を使って坂本へ着き、そこから陸路で京へ運びこまれる」

うなずいた今井彦八郎が述べた。

「織田の支配にある淡海を使えば、陸地を行くより早く、大量にものを運びこめる。堺からだと陸路を運ばなあかんから、狙われやすい」

天王寺屋助五郎も手を打った。

「まずいな」

「ああ」

魚屋與四郎と天王寺屋助五郎がうなずき合った。

「待ちなはれ。まだ先の話や。堺をないがしろにして天下取りはでけへん。堺ほどの湊《みなと》はそうそうない。織田さまが、四国や九州へ兵を送るとなったら、堺を使うしかない」

「そうやけどな、今井はん。石山本願寺が落ちたら、大坂の湊が使えるで」

今井彦八郎の考えを魚屋與四郎が甘いと言った。

「まだ落ちへんやろ。毛利の助勢もあるし、播磨もまだまだ敵が多い。二年や三年で石山本願寺が音《ね》をあげるとは思えへんで」

「二年や三年でどないするねん」

魚屋與四郎が訊いた。

「上様に知ってもらおう。商いはいきなりできるもんやないと」

今井彦八郎が言った。

「いかにわたしが、明船や南蛮船に敦賀へ行ってくれと言うたところで、そない簡単にはいかへんやろ。明船はまだしも北海の航路を知ってるやろうけど、南蛮船はわかってへんはずや。どこに暗礁が隠れているやら、どこの潮の流れが速いのやらもわからんで、そうそう船は出さへんやろ」

「そうやけど、明船や南蛮船が敦賀に姿を現せへんかったら、織田はんが怒るで」

織田信長の気の短さは誰もが知っている。

魚屋與四郎が首を左右に振った。

「そのへんは、いくらでもやりようはある。それこそ長門《ながと》の辺りで毛利が邪魔してると言えばええ。あるいは博多商人が引き取っているでもええ」

今井彦八郎が言いわけは幾つでもあると嗤った。

「毛利が滅ぶまでその手は使えるか」

「まだまだ大丈夫や。毛利があかんなったら、次は九州の大名を使えばええ」

うなずいた魚屋與四郎に、今井彦八郎が付け加えた。

「ばれたら大事になるで」

天王寺屋助五郎が懸念を口にした。

「この三人だけの話や。上様は海を知らはらへん」

今井彦八郎が釘《くぎ》を刺した。

「一蓮托生《いちれんたくしょう》やなあ」

「こらほんまに国を捨てて異国へ行く支度をせなあかんか」

魚屋與四郎と天王寺屋助五郎が大きく息を吐いた。


別段、今井彦八郎たちの 謀《はかりごと》ではないが、天正五年八月、松永久秀が信貴山《しぎさん》城に籠もって謀叛を起こした。

「なにを考えて……」

つきあいのあった天王寺屋助五郎や魚屋與四郎が啞然《あぜん》とした。

「大和は織田はんの版図のなかや。紀州の畠山はんを頼みにしたのかはわからへんけど、籠城してどないすんねん。それこそ、重臣を連れて密《ひそ》かに足利はんのところに落ちるほうが、まだましやで」

「古稀《こき》を迎えるまで生き延びたんや、さっさと息子はんに俗事をまかせて、堺へ来はったらよかったのに。お茶三昧さしたげたというに」

嘆く二人を余所《よそ》に、松永久秀は織田信長の嫡男信忠の軍勢によって居城を攻められ、愛用の茶釜に火薬を詰めて火を付け爆死した。

続けて天正六年二月、播磨三木《みき》城主別所長治《べっしょながはる》も一度は織田信長に膝を屈していながら、叛旗《はんき》を翻した。

「一人で謀叛をしても、無駄やがな。なんで連《つな》がろうとせんねんやろ。武家は阿呆しかおらへんわ」

今井彦八郎があきれた。

すでに織田信長の動員できる兵力は十万とも言われている。さすがに十万を出すわけではないが、三万もあれば、五千ほどの兵しかいない三木城を攻めるのは容易《たやす》い。

「将軍はんは、なんも考えてないねんやろうなあ。こういう状況になったら寝返れとか、挙兵せよとか指示せんと、とにかく織田信長を討てだけでは、勝ち目はないで。一つ一つ潰されていくだけで、いざというときの味方を減らしているだけや」

魚屋與四郎も足利義昭を阿呆扱いにした。

「こら天下は決まったな。これからは商いに気ぃいれな泰平に出おくれる」

今井彦八郎たちは、織田信長の天下で生き延びていくため、それぞれの商いに力を注ぎ始めた。

「畿内から戦は消えた」

そう誰もが思った十月、さすがの今井彦八郎たちも絶句する出来事が起こった。

「荒木摂津守さま、ご謀叛」

その報に、三人は声も出なかった。

第十章　合わぬ動き

一

荒木摂津守村重の謀叛《むほん》は、天下を震わせた。

一報が届いたとき、さすがの今井彦八郎、魚屋與四郎、天王寺屋助五郎も驚愕《きようがく》で声を失った。

「そこまで阿呆《あほう》とは思いまへんでしたわ」

「茶の作法の呑《の》みこみは、他よりましでしたけど、ときの勢いを見る目はなかったということですなあ」

「機を読む商人《あきんど》には向いてない、いやなれないということですか」

今井彦八郎、魚屋與四郎と天王寺屋助五郎が揃《そろ》ってため息を吐《つ》いた。

播磨三木城主の別所長治が織田から毛利へと転じ、城に籠もって抵抗した。妻の実家である丹波波多野家の誘いに応じたといわれるが、播磨を三分する勢力の一つ別所家がる痛手であった。
敵に回ったことは、播磨から備前へ手を伸ばそうとしていた織田信長にとって、大いな
「さっさと落とせ」
武田を打ち払い、伊勢長島一向一揆《いっき》衆、越前と加賀の一向一揆衆を滅ぼし、これから
西へ本腰を入れようとした織田信長が激怒したのも当然であった。
「上様はお怒りじゃ」
播磨を任されていた羽柴秀吉が顔色を変え、配下を率いて三木城を攻めた。
その三木城を羽柴秀吉の配下として包囲していた荒木村重が、突然陣を払って居城へ
戻り、謀叛を起こした。
脇差《わきざし》で突き刺した饅頭《まんじゆう》を口で受け取った豪儀さ、三好家の勢威がまだ摂津、京で強
かったときにいち早く参陣してくる機を見る目を賞され、池田の家老から織田家直臣へ
となった荒木村重を織田信長は可愛《かわい》がっていた。
「摂津を預ける」
新参にもかかわらず、織田信長は荒木村重を抜擢《ばってき》、西から京への侵入を防げと命じた。
「承って候《そうろ》う」
荒木村重もよく織田信長の信頼に応じた。
石山本願寺の勢いが増したときも、武田信玄が上洛《じょうらく》してくるというときも、荒木村

重は揺るがなかった。その荒木村重の謀叛は、まさに織田信長とその周辺にとって、青天の霹靂《へきれき》であった。

そして荒木村重の謀叛で織田信長の毛利征伐は完全に足止めされることになった。

「ご機嫌悪いらしいな」

互いに色々調べてみようと別れた今井彦八郎、魚屋與四郎と天王寺屋助五郎は、十日ほどでふたたび今井彦八郎の茶室に集まっていた。

「茶は気分やなあ。ええ茶とわかっていても、美味《うも》うないわ」

飲み干した魚屋與四郎が、大いに嘆いた。

「たしかに。茶碗《ちやわん》もあせて見えるなあ」

天王寺屋助五郎も同意した。

荒木村重の謀叛以来、織田信長の機嫌は悪かった。

当然、織田家家臣たちの雰囲気も悪い。その余波は品物を納める堺にも影響を与えていた。

「荒木はんの考えやと思いますか」

天王寺屋助五郎が二人に問うた。

「違うやろう」

「わたいも違うと思いますわ」

今井彦八郎と魚屋與四郎が揃って首を横に振った。

「今までの荒木はんは、勝てない戦をしはれへんお人でしたのに」

はっきりと今井彦八郎が告げた。

「と言わはると……」

「勝てまへんわ。荒木はんは」

天王寺屋助五郎の問いに、今井彦八郎が答えた。

「謀叛、下剋上《げこくじょう》と言い換えてもよろしいけどな、しっかりとした下ごしらえなしにやって勝てるはずおまへん」

「ですなあ」

商人とはいえ、乱世を生き抜いているだけでなく、身代《しんだい》を大きくし続けている三人なのだ。勝てる相手かどうかの判断くらいはできる。

「そもそもこの謀叛は時期が悪すぎる」

今井彦八郎が苦い顔をした。

「本気で上様を倒し、織田家を京から追い出したいのなら、少し早すぎます。そして、織田家の天下を潰す気なら、遅すぎます」

硬い口調で、今井彦八郎が述べた。

「早すぎるなら、いつがよろしいので」

「別所の謀叛の討伐に上様が乗り出されたときでしょう」

訊《き》いた天王寺屋助五郎に今井彦八郎が語った。

「そんなに保《も》ちますか、別所は」

別所長治の領地は十万石をこえているが、二十万石には及んでいない。別所長治の謀叛に同調して近隣の国人《こくじん》領主たちも織田信長に敵対しているが、それでも総兵力は七千には届かない。対して織田軍は数万の兵を出している。

「保ちますやろ。なにせ三木の背中には丹波がおますからな。丹波は波多野、赤井《あかい》と毛利一色。手助けもできますし」

「織田はんが出はりますか」

今度は魚屋與四郎が問うた。

「上様はもどかしいのが嫌いなお方。朝倉攻め、石山本願寺攻め、槇島城攻めと戦いの場によくお出《い》でです。ちょっと長引けば、上様の出馬はございましょう」

「なるほど。織田はんが三木へ来たところで、荒木はんが裏切って、城から別所はんが討って出る。そこに丹波から波多野はんが少しでも兵を送れば……」

今井彦八郎の話を聞いた魚屋與四郎が納得した。

「では、遅すぎたというのは」

天王寺屋助五郎が身を乗り出した。

「松永弾正少弼はんと息を合わさな。たった一人では、どないしようもないですやろ」

「そやから別所はんの謀叛に合わさはったんでは」

首を左右に振った今井彦八郎に、天王寺屋助五郎が続けて尋ねた。

「備前へ攻め入ろうとしていた羽柴はんの軍勢の背中とお尻で謀叛を起こした。これでは羽柴はんは前を宇喜多、背中を別所、お尻を荒木に押さえられて、袋の鼠《ねずみ》では」

天王寺屋助五郎が考えを口にした。

「宇喜多が羽柴はんを討つ気なら、最良の手でしたやろうなあ」

今井彦八郎が嘆息した。

「えっ」

魚屋與四郎が目を剝《む》いた。

「宇喜多が動く気がないのは、ようわかりますやろ。あんだけ領内で浦上家旧臣の蜂起が続けば、国をこえて兵を出す気にはなりまへんわな」

「たしかに落ち着かんわなあ、備前は」

大きく魚屋與四郎が首肯した。

宇喜多家は直家の祖父能家《よしいえ》のとき、一度滅ぼされていた。六歳で城も領地もすべて失った宇喜多直家は、父興家《おきいえ》とともに放浪、喰《く》うや喰わずの日々を送った。

その後なんとか播磨と備前の両国にわたたって勢力を張っていた浦上宗景のもとに仕官

するが、このときの苦労が宇喜多直家を狷介《けんかい》な性格にした。

宇喜多直家は、妻の実家を滅ぼし、妹婿を謀殺し、ついには浦上家を討ち果たして下剋上を果たし、備前の国主となった。そのとき毛利家の手を借りたことで、今は織田軍との先陣を申しつけられている。

当然、浦上家の残党の憎しみは強く、少しでも隙があれば徒党を組んで蜂起する。その状況が続いている以上、国を留守にして隣国へ攻めていくことはできない。

大将が出陣をしている間に留守城に何かあれば、宇喜多直家が挟み撃ちに遭う。言うまでもないことだが、羽柴秀吉は浦上の残党と繋《つな》がっている。

「宇喜多に攻める気がなければ……」

「袋の鼠になったのは……荒木か」

天王寺屋助五郎と魚屋與四郎が顔を見合わせた。

摂津一国が敵に回ったが、河内も山城も織田信長の支配地である。つまり、織田信長は荒木方を容易に包囲できる。

「宇喜多が備前を完全に掌握して攻めてくるか、毛利が援軍を出すかしない限り、荒木は身動きさえとれない」

今井彦八郎が告げた。

「むうう」

「勝てへんな」

二人が唸《うな》った。

「魚屋はん、天王寺屋はん」

真剣な顔をした今井彦八郎が二人を見つめた。

「な、なんや」

「どないしはりました」

魚屋與四郎が不安げな顔になり、天王寺屋助五郎が怪訝《けげん》な顔をした。

「おかしいと思いはりまへんか」

今井彦八郎が三人だけの茶室でありながらも声を潜めた。

「なにがです」

「なんで謀叛を起こすお方は、好き勝手なときにしはりますねん。一斉に合わせて蜂起すれば……上様も」

首をかしげた天王寺屋助五郎に今井彦八郎が述べた。

「たしかにそうですなあ」

「…………」

天王寺屋助五郎がうなずき、魚屋與四郎が黙った。

「勝手気儘《きまま》に謀叛してたら、絶対上様には勝てまへん。もう、一国の大名ごときでは、織田家の前に立ち塞がることさえできまへん」

「それぞれに事情があるからでは」

謀叛を起こした連中にも事情があるのではないかと天王寺屋助五郎が言った。

「事情で滅びますか」

今井彦八郎が天王寺屋助五郎の返答に小さく笑いを浮かべた。

「波多野、松永、別所、荒木、四人とも一度は上様のもとで働いている。つまりは膝を屈したわけです。その屈辱より大きなものが、急に出てくると」

「積もり積もったということも……」

「乱世でっせ。吾《わ》が命、家臣たちの命に優《まさ》るものなんぞおますか。己一人の怒りで謀叛を起こすような者が、大名にまで出世しますやろうか」

続けて天王寺屋助五郎が出してきた理由にも今井彦八郎は疑問を呈した。

「……誰かにそそのかされた」

ずっと黙っていた魚屋與四郎が口を開いた。

「魚屋はん」

「わたしもそうやないかと思うてます」

天王寺屋助五郎が驚き、今井彦八郎が同意した。

「戴《いただ》くべきお方……」

かつて荒木村重、明智光秀がよく似た意味の言葉を口にしたことを、魚屋與四郎が思い出した。

「将軍はんの権威……」

すっと天王寺屋助五郎の顔色がなくなった。

「…………」

無言で今井彦八郎が首を縦に振った。

「今井はん、わたいは一つ納得がいかへんねん。将軍はんがあちこちに謀叛を促したとして、なんでこうもまちまちやねん」

魚屋與四郎が今井彦八郎を見つめた。

「あのお方は阿呆やけど、それでは勝てないということがわからんほど愚かではないやろ」

「愚か者ですわ」

今井彦八郎が十五代足利将軍義昭を切って捨てた。

「そもそも誰のお陰で将軍になれたかを忘れてどないしますねん。上様が気に入らんさかい全国の大名に命じて、織田を討てなんぞ、誰が本気になりますか」

「なりまへんわなあ」

魚屋與四郎と天王寺屋助五郎が首肯した。

「放浪の厄介者やった足利はんを、朝倉から引き取って、六角を滅ぼし、三好を追い払って上洛させた。それだけでも他の大名の誰もがしようとしなかった偉業やというのに、そのうえ朝廷に金まで積んで将軍位を与えてくれた。それこそ足利はんにしてみれば大恩人や。その上様がちょっと意見がましいことを言うただけで、不遜であると怒りだし、討伐せよと御内書《ごないしょ》を撒《ま》き散らす。受け取ったからというて従うか」

「わたいなら嫌やな。織田はんを蹴散らして、京に入ったら、今度は己が疎まれる。いくら将軍で天下の兵を統べるとはいえ、感謝の心を持たない忘恩の徒に忠誠を尽くす気なんぞないわ」

「朝倉、浅井、武田、そして毛利が従ったで」

嫌そうな顔をした魚屋與四郎に天王寺屋助五郎が告げた。

「朝倉と浅井は、身の危険を感じたからやろう。近江はもちろん越前も京に近い。いつ上様が襲いかかってくるかも知れん」

「浅井は織田はんの妹婿やけど」

「浅井備前守はんは上様を信じてはったやろうけどな。周りはどうやろ。上様は朝倉を攻めるというて数万の兵を出した。それも近江の浅井領を縦断してや。これを同盟している相手が強いと喜ぶか、逆らったら潰すぞという示威と取るか」

「怖《おそ》れ……か」

今井彦八郎の言葉に天王寺屋助五郎が考えこんだ。

「ほな、武田と毛利は」

天王寺屋助五郎に代わって魚屋與四郎が訊いた。

「武田は欲でっしゃろ。強いとはいえ、本国は貧しい。なにより海がないのが厳しい」

今井彦八郎が小さく首を左右に振った。

海がないとまず塩の入手が困難になる。当初は領国に海を持つ同盟国の北条、今川から入手できていたが、それも桶狭間の合戦で今川が衰退してから変わった。原因は武田信玄が今川との同盟を破って、その領地へ侵略を開始したことにあった。

今川の跡継ぎ氏真《うじざね》に娘を嫁がせていた北条氏康《うじやす》が、これに怒って武田への塩を止めた。これにはさすがの武田信玄も困った。

「上様の領地尾張は津島という良港を持つ。ここは駿河や遠江、三河のどこよりも栄えている。津島を手に入れられれば、塩だけではなく、交易の利も手に入る」

さすがに堺にはおよびもつかないが、津島の交易はかなりの金額を生みだしている。尾張半国の守護代、その家老でしかなかった織田家がのし上がれたのは、津島の儲《もう》けが大きな比重を占める。

「なるほど。同盟を結んでいる織田の領土津島を手に入れることは難しい」

天王寺屋助五郎がうなずいた。

織田信長は桶狭間の合戦の後、武田信玄と同盟を結んだ。

最初は織田信長の養女を武田勝頼に嫁がせたが病死したため、嫡男信忠に武田信玄の娘松姫《まつひめ》をと願い、婚姻を約するところまでいっていた。残念ながら武田信玄の三河侵攻で織田信長との同盟は崩れ、この婚約も破棄されていた。

「今川との同盟破りで手痛い目に遭った武田信玄や。織田はんとの同盟を一方的に破ったら、もう二度と誰も武田とは手を組まへん。しゃあけど、それが将軍の命《めい》とあれば、武士として従わざるを得ない。大義名分やな。さぞかし武田信玄は、嬉々《きき》として将軍はんの御内書を受け取ったやろう」

魚屋與四郎が語った。

「毛利は攻めてこんけど」

天王寺屋助五郎が疑問を口にした。

「毛利にはな、天下を望まずという家訓があるらしいわ」

それにも魚屋與四郎が答えた。

「ほななんで将軍はんを引き受けたんや」

「お守り代わりやろ」

わからないと首をひねった天王寺屋助五郎に今井彦八郎が続けた。

「将軍を庇護《ひご》している大名に、手は出されへん。それこそ、将軍から討伐を言いわたされるからなあ」

「ということは……毛利は京に旗を立てる気は」

「ないやろう。別所も荒木も捨て駒やで。事実、三木城へ援軍らしいもんも出さんし、備前へ軍勢を出して、宇喜多とともに羽柴はんを討とうともしてへんやろ」

今井彦八郎が眉間にしわを寄せた。

二

荒木村重の謀叛はすぐに小規模なものに落ちた。

「申しわけございませぬ」

「お詫《わ》び申しまする」

摂津守護の荒木村重に与力《よりき》として付けられていた高槻城の高山右近《たかやまうこん》、茨木城の中川清秀《なかがわきよひで》が、織田信長の包囲を受けて降伏した。

これで摂津一国の謀叛は、荒木村重が支配している土地だけのものとなった。

「包囲し直せ」

荒木村重の謀叛で石山本願寺の封鎖に穴が空いた。

その穴を織田信長は埋めさせ、ふたたび石山本願寺を兵糧攻めにした。

「もう一度」

石山本願寺の要請を受けて、毛利水軍が海路で兵糧を運びこもうとしたが、前回の失敗を教訓とし、火を放たれても燃えない鉄張りの船を織田信長は用意していた。

「なんやあれ」

「鉄の船か。なんで沈まへんねん」

「南蛮船にもあんなんはない」

魚屋與四郎と天王寺屋助五郎、今井彦八郎は織田水軍を差配する九鬼嘉隆《よしたか》が率いた六隻の鉄甲船に目を剝いた。

「伊勢で造ってたんやな」

九鬼嘉隆はもともと志摩の水軍であった。勢力争いに敗れて志摩を追われ、浪々していたところを織田信長に拾われた。その後、伊勢と志摩が織田信長のものとなったことで、志摩水軍衆の頭となり、水軍の弱かった織田方の主力として活躍してきた。

その九鬼水軍が、前回は村上水軍の焙烙火矢《ほうろくひや》によって船を燃やされ、惨敗を喫した。

「燃えぬ船を造れ」

これでは石山本願寺の封じ込めが敵《かな》わないと考えた織田信長は、九鬼嘉隆に鉄甲船の製造を命令した。

それに応じて造られたのが、船体に鉄板を張り巡らしたうえ、燃えやすい帆をなくした鉄甲船であった。

焙烙火矢をいくら投げようとも燃えない船体、船首に付けられた大筒による攻撃、村上水軍を中心とした毛利方は、壊滅に近い被害を受け、逃げ出すしかなかった。

その鉄甲船が堺へ入港してきていた。

「上様のお考えは予想がつかん」

「なんというか、現物を見たら、ああ、これかとすぐにわかるんやけど、まったく見ることなくそこに思いいたるというのが、すごいわ」

「これで石山本願寺はんもきつうなったなあ」

今井彦八郎、魚屋與四郎、天王寺屋助五郎がため息を漏らした。

石山本願寺は織田信長との和睦を破棄、戦いを再開したが、武田信玄の死去、長島一向一揆衆、越前一向一揆衆の壊滅で、攻勢を維持できなくなり、籠城へと方針を転換していた。

籠城というのは、敵の攻撃に耐え忍んで味方の援軍を待つのが唯一の勝ち筋である。畿内の味方はほとんどいなくなり、周辺も織田信長の支配地になってしまっている今、援軍は遠く四国、中国、越後に望むしかない。

当然、援軍を待つ期間は長くなる。そうなると兵糧や矢弾の費やす量も膨大になった。

いかに石山本願寺が職人町、田畑を抱えこんだ惣構《そうがま》えになっているとはいえ、そこに籠もるすべての者の腹を満たせるわけではなかった。

そもそも本山である石山本願寺は、全国の信徒から奉納される食料や反物などで生活してきた。惣構えのなかでの生産は、信徒の一部が勝手にやっているようなもので、稔《みの》りは雀《すずめ》の涙ほどでしかない。

飢えは人を凶暴にさせるか、心をへし折る。

「死んでも極楽へ行くのだ。飢え死にするより、織田兵を一人でも道連れにすべきだ」

最期の戦を望む者がいる一方で、

「……早く極楽へお連れくださいませ」

立つことさえせず、ただ死を待つだけの者も出てくる。

こうなれば籠城は負けたも同じになる。

どれだけ堅固な城郭でも、人がいなければ空蟬《うつせみ》でしかない。手の回らなくなったところを攻められれば、落ちる。

「荒木摂津守が、織田に叛旗を翻した。御仏《みほとけ》のお導きじゃ」

「毛利が食料を大坂まで運んでくるぞ。これで腹一杯喰える。なあに、織田の水軍など瀬戸内を支配する村上水軍の前には塵《ちり》のようなものよ」

石山本願寺が沸いたが、どちらも潰《つい》えた。

「わたしらの見ている風景と違うものを上様は見てはるんやろう」

「怖いなあ、それ。わたいらが大事にしているものが、織田はんにとっては一文《いちもん》の価値もないということもある」

今井彦八郎のため息に、魚屋與四郎が応じた。

「勘弁してえな。明日、わたしは織田はんをお迎えするんやで」

天王寺屋助五郎が嫌そうな顔をした。

鉄甲船の勝利に機嫌をよくした織田信長は、堺まで足を運び、直接鉄甲船を見分すると言い出した。さらにその後、なぜか今井彦八郎ではなく、天王寺屋助五郎こと津田宗及の屋敷で茶会を開くと言い出していた。

「誰が来はるんでしたかいな」

魚屋與四郎が問うた。

「主客は近衛はんで」

「うわあ」

聞いた魚屋與四郎が、くわばらくわばらと言いたそうな顔をした。

近衛家は、代々足利将軍家と近かった。近衛前久《さきひさ》も妹を十三代将軍足利義輝に嫁がせるなど良好な関係を持っていた。

五摂家筆頭としての権威に足利家の後押しもあり、近衛前久は生まれてすぐから順当に出世、十九歳で位人臣《くらいじんしん》を極めた関白に就任する。

しかし、三好三人衆が足利義輝を襲殺したことで、近衛前久の運命は転がり始めた。

どういう事情があろうとも、臣下が将軍を殺すのは、謀叛でしかない。足利義輝を殺した三好三人衆は謀叛の汚名を消す免罪符のために、己たちの傀儡《くぐつ》である平島公方足利義栄を将軍にしようとした。そして、その依頼を近衛前久に持ちこんだ。

「……わかった」

足利義輝の正室であった妹を三好三人衆が庇護したことを近衛前久は功績と考え、足利義栄を十四代将軍に推戴した。

これが入洛《にゆうらく》した足利義昭の怒りを受けた。

「兄を殺した者に味方するなど」

「近衛は三好三人衆の言いなりでおじゃる」

長く近衛前久の後塵《こうじん》を拝してきた二条晴良《はるよし》もここぞと讒言《ざんげん》した。

結果、近衛前久は京を離れざるを得なくなり、丹波の赤井氏、石山本願寺と流寓《りゆうぐう》することになった。

「関白を辞せ」

京にいない者に関白の役目は果たせないと残りの五摂家が結束、永禄十一年（一五六八）に罷免された。

その後も三好義継、島津義久《よしひさ》、相良義陽《さがらよしひ》の庇護を受け、ようやく朝廷へ戻ってこられたのは、織田信長によって足利義昭が京から追われて後の、天正五年（一五七七）のことであった。

「あの人やろ、石山本願寺をそそのかしたんは」

小声で魚屋與四郎が訊いた。

「という話やけどな。教如《きようによ》はんは、近衛はんのご猶子《ゆうし》やさかいな」

今井彦八郎がうなずいた。

近衛前久は石山本願寺で世話になっていたとき、教如を猶子としている。猶子は養子よりも軽く、家督の相続などをする権利はないが、それなりの者として扱われる。

その関係を三好三人衆が利用、石山本願寺を決起させてくれと頼み、近衛前久もこれに応じ、教如の父顕如を説得した。

いわば近衛前久こそ、織田信長十年の苦労を生み出したと言える。

その近衛前久を主客として招く。そこになんの狙いもないとはとてもではないが思えるはずはなかった。

「ううっ。胃の腑《ふ》が痛《いと》うなってきたわ」

天王寺屋助五郎が両手で腹をさすった。

「心配せんでも、茶を出し終わったら席を外せと言われるで」

魚屋與四郎が笑いながら慰めた。

「そうか」

「ああ。上様と近衛さまのお話や、茶堂《さどう》衆《しゅう》なんぞお呼びやないわ」

今井彦八郎が天王寺屋助五郎を慰めた。

「…………」

さらに凶報が石山本願寺を襲った。

天正七年、丹波の国人を率いて織田信長に抵抗していた波多野秀治が、明智光秀によって捕縛、六月に安土で処刑された。

丹波と石山本願寺は離れているが、間に荒木村重の籠もる有岡城があり、薄いながらも繫がりは保たれていた。

「勝てぬ」

波多野氏が滅んだことでより織田方の包囲が強くなった荒木村重が九月、有岡城を脱出、尼崎の湊《みなと》に近い尼崎城へと逃げた。

「命ばかりはお許しを」

主《あるじ》であり、謀叛の張本人である荒木村重に捨てられた有岡城はわずかな抵抗を最後に開城、重臣たちは降伏した。

「城を全部差し出すならば、命は助けてくれよう」

妻子を人質に残して、重臣たちは尼崎城にいる荒木村重の説得に出向くが、説得を受け入れれば、家臣たちは助かっても荒木村重は腹を切らなければならなくなる。

「嫌じゃ」

荒木村重が強く拒んだ。

「皆殺しになる」

比叡山焼き討ち、一向一揆衆の根切り《ねき》と織田信長の苛烈さは知れ渡っている。重臣たちは、己《おの》が命惜しさに人質を残して逃散、行方知れずになった。

「恥なき者どもめ。その責《せめ》は人質に負わせる」

まず織田信長は重臣たちの残していった人質たちを尼崎城からよく見えるところで処刑した。

「余に逆らう者どもの末路を見よ」

さらに織田信長は荒木村重の一族を京へ運び、洛中《らくちゆう》引き回しにしたうえ六条河原《ろくじようがわら》で見せしめとして殺した。

「敵わじ」

ついに荒木村重は城を捨てて、足利義昭のいる備後鞆へと逃げ出した。

「なんとも怖ろしいお方やなあ」

魚屋與四郎が両手で身体《からだ》を抱くようにして、恐怖をあらわにした。

「石山本願寺のご上人さまも震えあがってはりますやろ」

今井彦八郎も同意した。

荒木村重の家族たちをわざわざ人目の多い京で殺したのは、天下に対しての示威と見られているが、そのじつは石山本願寺の顕如上人へのものであると今井彦八郎たちは読んでいた。

「石山本願寺が落ちれば、播磨も保たへんな」

今井彦八郎が首を横に振った。

有岡城が落ちる直前の七月、備前の国主宇喜多直家が、羽柴秀吉の勧誘に応じ、織田方に与《くみ》した。

丹波波多野氏の滅亡、有岡城の落城、宇喜多直家の裏切りにより、三木城の別所長治は完全に孤立した。毛利もなんとか織田方に集って、蜂起した尼子《あまご》の残党が籠もる播磨上月《こうづき》城を攻略したが、兵糧を三木城に入れることができず、城内は飢餓地獄に陥っている。

「三木では死人を喰うだけでなく、まだ生きている者を襲っているという」

人の浅ましさが、三木城内を支配していた。

「年明けまでやな」

魚屋與四郎が今井彦八郎の話に応じた。

天正八年正月十五日、別所長治は一門で羽柴秀吉方に付いていた別所重棟《しげむね》の説得に応じ、翌々日、切腹して城を明け渡した。

「家臣と領民にはご慈悲を賜りたし」

別所長治と妻で波多野秀治の妹、子供四人が自害し、戦いは終わった。

「結局は時間稼ぎにしかならんかったなあ」

丹波、播磨、摂津で続けて起こった謀叛騒ぎは、四年ほどで鎮圧された。

「その代わり、織田はんの足下は固まった」

「播磨と丹波は完全に織田はんの勢力に組みこまれましたしなあ。これで京に境を接する丹波、近江、若狭、大和、河内は安心できるし、摂津も石山本願寺が封じられているとはいえ、ほぼ問題はなし」

「京洛《けいらく》は盤石か」

今井彦八郎が苦笑した。

「なにより播磨の去就あきらかならざる連中があぶり出されたのも大きい。別所、荒木に従って寝返った小寺、櫛橋《くしはし》らも播磨から放逐された。これで毛利を見限った宇喜多はんとの間に道筋はできた」

「むうう、次の戦場は備中か」

「但馬が先かも知れへんぞ」

魚屋與四郎と天王寺屋助五郎が唸った。

「備中、但馬、因幡《いなば》の同時というのもあり得る」

今井彦八郎が口にした。

「三方面か。それだけの兵を動かせると」

「そこまで織田はんが大きい……」

聞いた魚屋與四郎と天王寺屋助五郎が目を剝いた。

「上杉は家督相続のもめ事があったことで動きがとれまへん」

武田信玄と並んで、天下の名将の名をほしいままにした越後の武将上杉謙信が天正六年三月十三日に死亡した。

四十九歳ではあったが、まだ己に自信があったというのと、生涯独身を貫いたため、後継者を定めていなかったのが災いし、跡目を巡って越後が二つに割れた。

姉の息子景勝《かげかつ》と北条氏との同盟を結んだときの証人として養子に迎え入れた景虎《かげとら》が、それぞれを推してくれる国人を味方に争った。

結果は武田勝頼に助力を頼んだ景勝が勝ったが、内乱は上杉の力を落としてしまった。とくに南部と北部の亀裂は深く、織田の侵攻に対し、協力して抵抗さえできなくなっている。

「武田もなかなか討って出るだけの余裕はない。それに武田は……いや武田だけやおまへんな、北条も徳川はんをどうにかせんと上様と直接対峙《たいじ》できまへん」

「東と北を気にせんでええということか。まさに西へ兵を進める好機やな」

今井彦八郎の言いぶんに魚屋與四郎が納得した。

「なあ、徳川はんやけど、信用してええんかいな」

それへ天王寺屋助五郎が待ったをかけた。

「御嫡男のことやなあ」

魚屋與四郎が大きく嘆息した。

「上様の娘婿はんでもありましたな」

今井彦八郎も難しい顔をした。

荒木村重が謀叛を起こして世間の耳目を集めていたころ、三河でも騒動が起こった。駿河を攻めるために遠江へ移っていた徳川家康に代わって、三河を預けられていた嫡男信康《のぶやす》が、武田勝頼との内通を疑われたのだ。

力を落としたとはいえ、武田家はまだまだ徳川家だけで勝てる相手ではない。もし、徳川家康が駿河へ兵を出したところに、三河で信康が武田勝頼と機を同じくして兵をあげれば、大事になる。

といってもいきなり廃嫡するわけにもいかなかった。なにせ、信康は織田信長の娘徳《とく》姫《ひめ》を正室に迎えているのだ。いわば織田信長の息子でもある。それを勝手に処断、処罰すると織田信長の面目を潰すことにもなる。

　徳川家康は信康をどうすればいいかと織田信長に問うた。

「好きにいたせ」

　あちこちで火が燃えあがっている織田信長は、信康のことを気にしている余裕がなかった。

　それを徳川家康はどう受け止めたのか、信康を廃嫡したうえ、出城の岡崎城から離して蟄居《ちっきょ》をさせ、最後は自刃をさせた。

「恨んでんのと違うか。嫡男を殺さなあかんようになったんやで」

　天王寺屋助五郎が真剣な顔を見せた。

「吾が子を失った恨みで、武田と手を組んで尾張へ攻め入る……あるやろうなあ」

　魚屋與四郎も腕を組んで考えこんだ。

「それはない」

　今井彦八郎が首を左右に振った。

「今さら武田と手ぇ組むんやったら、息子を殺してへんわ。上様の目の届かないところへ隠し、その間に武田や石山本願寺と連絡を取るやろう」

「ふむう」

「そうやなあ。子殺しはしたくないわなあ」

二人がうなずいた。

「そういえば、本多弥八郎はんはどないしたんやろ。あれから姿を見せへんけど」

ふと思い出したというように天王寺屋助五郎が口にした。

「徳川はんへ帰参してたら石山本願寺には入りこんでないやろ。さすがにもう出入りはでけへんやろし」

魚屋與四郎が言った。

織田信長の指図で、石山本願寺を兵糧攻めにしているのだ。たとえ本多弥八郎一人とはいえ見逃されるはずはなかった。

「硝石もそろそろ尽きるやろう」

大坂湾も九鬼水軍によって押さえられている。石山本願寺は備蓄をやりくりするしかなくなっていた。

「どこかへ硝石の手配に出ていたとしても、本願寺には帰ってこられへんか」

天王寺屋助五郎も首を横に振った。

「死んだとも考えられるけど……」

「もし、本多弥八郎はんが堺に来たら……捕まえるで。さすがにこの段階で石山本願寺にかかわっていた者を放置はまずい。上様のご機嫌を傾けてまうからな」

「わかったで」

「そうせなしゃあないな」

今井彦八郎の言葉に、魚屋與四郎と天王寺屋助五郎が首を縦に振った。

三

天正八年は年始の三木城陥落を皮切りに織田信長につごうの良いことが続いた。

三月、関東の雄北条家が臣従するとの使者を寄こした。

「これで武田は終わりや」

京、大坂の者は戦場が遠くなったことを素直に喜んだ。

「無為の争いを止《や》めよ」

続いて正親町天皇が石山本願寺に勅使を遣わし、織田信長との和睦を命じた。

「勅《みことのり》に従いまする」

織田方の包囲に疲れていたこともあり、顕如はこれを受け入れ、石山本願寺を退去、紀州鷺森《さぎのもり》別院に移った。

「仏敵に膝を屈するなどあり得ぬ」

顕如の嫡男教如が強硬な信徒たちを煽《あお》って反対したが、もう石山本願寺に織田信長と戦うだけの力はない。八月、前関白近衛前久の説得に応じて、石山本願寺を明け渡した。

もっとも教如の指示なのか、信徒の勝手なのか、失火なのか、実際はわからないが、この直後石山本願寺から火が出て、大伽藍《だいがらん》を含めた惣構えすべてが灰燼《かいじん》に帰した。

「法統を継がせるわけにはいかぬ。義絶する」

これが原因なのか、後を追って鷺森へ入った教如を父顕如は面会も許さず、廃嫡した。

「ああ」

法主からの放逐は大きく、教如は紀州に居をおけず、放浪することになった。

「なんとしてももう一度一向宗の隆盛を」

教如はかつて一向一揆衆が勢力を誇った越前、加賀、越中、三河などを説得するとして紀州を離れていった。

織田信長の敵だけに騒動は収まらなかった。

「なにをしていたのだ、そなたは」

教如が大坂を離れた直後の八月二十五日、織田信長は石山本願寺攻めの総大将だった佐久間信盛と信栄《のぶひで》親子を咎《とが》めた。

「五年もの間、なにをしていた。織田家譜代の重臣でありながら、新参の十兵衛や藤吉郎らに及ばぬなど、言語道断である」

織田信長は石山本願寺を押さえてきただけでは功績にあらず、それはなにもしなかったという罪であると、佐久間父子を糾弾、高野山《こうやさん》へ追放した。

「きさまらは、かつて余の苦難を見て、手助けするどころか翻意を抱いた。許しがたし」

さらに織田信長は譜代中の譜代で織田家の内政を司《つかさど》ってきた林秀貞や、美濃三人衆の一人で美濃の国主斎藤龍興《たつおき》攻めに味方した安藤守就《あんどうもりなり》と嫡男定治《さだはる》、他にも丹羽氏勝《うじかつ》らを追放した。

「なにを考えてはるんや」

天王寺屋助五郎が啞然《あぜん》とした。

「佐久間はんは、あの石山本願寺を封じこめてはったんやで。その功績を認めてはったからこそ、あの茶会でご相伴の衆として同席できたんやろう」

織田信長ほどとなると茶会の供も十名をこえる。とはいえ、茶室に入って織田信長と同席できるものは少ない。二年前の茶会では近衛前久を主客とし、織田信長、そして佐久間信盛と他二人だけで、残りは天王寺屋助五郎に茶を点《た》ててもらえるが、別室になる。つまり、近衛前久との密談にも佐久間信盛は参加できたのだ。それだけの信頼を織田信長から寄せられていた。

「そうやなあ、たしか近衛はんと友閑《ゆうかん》はんも同席しはったときやろ」

魚屋與四郎も驚いていた。

友閑とは織田信長の右筆《ゆうひつ》、松井《まつい》友閑のことである。織田信長が発給する公文書のほとんどを作成することから、織田信長がこれからなにをするかをもっともよくわかっている人物であった。

「それだけやない、安土城ができるまでの間、上様は佐久間はんのお屋敷で過ごしてはる。お気に入りの茶器だけを持っての移動や。食事も風呂もすべて佐久間はんに任せはった」

戦国大名である。一族や家臣だとて安心はできない。いつ裏切られるかわからないのだ。それが身に寸鉄も帯びない風呂、毒を盛られるかも知れない食事まで佐久間信盛に用意させた。まさに信頼厚き譜代であった。

「あの茶会から二年足らずでかあ」

その信頼が二年で消えた。

天王寺屋助五郎がなんとも言えない顔をした。

「本願寺は祟《たた》るなあ。前の総大将塙はんも討ち死にしておられながら、お家お取り潰しになってる」

今井彦八郎が嘆息した。

塙直政、佐久間信盛ともに摂津、河内、和泉の惣触《そうぶ》れ役も兼ねていた。そのため、堺荘代官の今井彦八郎ともつきあいがあった。

「肚《はら》の虫が治まらんのと違うか」

ふと思いついたように魚屋與四郎が口にした。

「……肚の虫」

今井彦八郎が怪訝な顔をした。

「わかりやすう言うたら、八つ当たりや」

「八つ当たりかあ」

言い回しを変えた魚屋與四郎に、天王寺屋助五郎が手をうった。

「織田はんは、今まで敵対してきた者でも許してきはった。松永弾正少弼はんや林秀貞はんがええ例や。しかし、絶対許さず、根絶やしにしてきたのが……」

「一向一揆か」

魚屋與四郎に言われた今井彦八郎が顔色を変えた。

「これ以上石山本願寺にかかずらってはいられへん。波多野は滅ぼした。荒木は逃げた。別所も滅んだ。これで京を守る国は全部手にした。これから毛利を討つには、後ろを気にしてられへん。なんとか石山本願寺もなくしておきたい。その石山本願寺が降伏するという。ここで滅ぼすと頑張れば、相手は死兵になる。長島一向一揆相手にどれだけの将兵を失ったか……織田はんは勘定のできるお方や。ここで顕如上人と教如はんを討つと我を張ればどれだけ損害を蒙《こうむ》るか。信徒たちはそれこそ狂うで。毛利や長宗我部を平らげるためには、兵を無駄に死なされへん。どれだけ腹が立っていても顕如上人らには手を出せん」

「その不満が、佐久間はんらに向かったと」

今井彦八郎も納得した。

「それにな、織田はんの望みがなあ」

「天下布武やろ」

魚屋與四郎の言葉に、今度は今井彦八郎が答えた。

「ついでに、織田はんのお好みの幸若舞《こうわかまい》は敦盛《あつもり》」

「敦盛……ああ、人間《じんかん》五十年というやつか」

「今年で織田はんはおいくつになられる」

「たしか四十七歳やったはずや」

今井彦八郎が計算した。

「寿命を五十年としたら、残りは三年。三年で天下は取れるやろか」

「無理やろうな」

魚屋與四郎の言葉に今井彦八郎が首を横に振った。

「今、織田はんの支配下にあるのは東は関東、北は越中、南は和泉、西は備前。四国と九州はほとんど手つかず。この先、三年でそれらを手に入れられるとは、とても思えんやろ」

指を折って数えた魚屋與四郎が述べた。

「本願寺が敵に回って十年、これがなければ今ごろ織田はんは天下の主やったかも知れんなあ」

「十年かあ……半端なもんやないなあ」

天王寺屋助五郎が嘆息した。

「たしかに十年は大きいけど、佐久間はんを捨てるほどのことか。人というのは、とくに役に立つ人というのは得難いもんやけどなあ」

「織田はんほどになると、佐久間はんより役立つお方を手に入れられるからとちゃうか。羽柴はんにしても明智はんにしても、新参や」

魚屋與四郎が天王寺屋助五郎の言いぶんに首をすくめた。

「…………」

今井彦八郎が無言で考えこんだ。

「織田家の天下は動かせんやろう。ただ、上様が為《な》されるか……」

「怖いことやなあ」

「……八つ当たりを受けとうはないわ」

呟《つぶや》くように言った今井彦八郎に、魚屋與四郎と天王寺屋助五郎が顔を見合わせて震えた。

商人というのは疑い深くなければやっていけない。

「本多弥八郎は、やっぱり徳川はんに帰ってたらしいで」

魚屋與四郎が世間話のように言った。

かつて武田信玄が三河まで侵攻しておきながら、いきなり国元へ戻ったとき、堺がそれを知るより早く明智光秀が承知していた疑いがあった。それ以降、堺はほとんど取引のなかった三河へ進出、地元の商人と商売をするなどして、徳川家康の動きを気にしていた。

「堂々と帰参しましたか。よう受け入れましたな、右近少将《うこんのしょうしょう》さまは」

今井彦八郎が首をかしげた。

徳川家康は天正五年に、織田信長の仲立ちによって右近衛権少将《うこんえのごんしょう》に叙任されている。少将は守《かみ》よりも格上になる。武家でもよほどでなければもらえない、高位なものであった。

「三河一向一揆で敵に回った後、詫びも入れずに出奔した者をすんなり受け入れられますか」

天王寺屋助五郎も疑わしげな顔をした。

「まちがいない話や。なんでも帰参以来、ずっと少将さまのお側《そば》に控えているらしいわ」

「それはそれは。よく他のご家中方が許してはりますなあ」

おおげさに天王寺屋助五郎が驚いて見せた。

「評判は思いきり悪いみたいですけどな。徳川はんがそうしてはるんです。誰も文句は言えへんみたいですな」

「嫡男はんの切腹、裏切り者の復帰。ようそれで徳川はんは保ってますなあ」

今井彦八郎が感心した。

「三河のお方は、辛抱強いんですやろうなあ。今川はんに支配されていたときとか、三河一向一揆で国が荒れたときとか、経験してはりますし」

「織田はんの目は、気にならはれへんのですかなあ」

一向一揆側と織田信長は和睦したとはいえ、その間には血の川が流れている。同盟者たる徳川家康の側近に、三河一向一揆で謀叛した後石山本願寺に与していた本多弥八郎がいると知れば、ただではすまないのではないかと、天王寺屋助五郎が気にした。

「上様は、本多弥八郎はんの名前さえ知らはらへんと思うで」

今井彦八郎が首を横に振った。

「それに、今さら本多はんを咎めるんやったら、三河一向一揆のとき敵に回ったけど、その後で帰参した連中すべてを咎めなあかんようになる」

「それもそうやな」

天王寺屋助五郎がうなずいた。

「今井はん、あっちはどないですねん。三日ほど前に博多からの船が入ってきてましたやろ」

魚屋與四郎が今井彦八郎に話を促した。

「よう見てはりますな」

今井彦八郎が魚屋與四郎の目の早さに苦笑した。

「たしかに博多から、明の陶器を積んだ船が入りましたわ」

「中身なんぞ、どうでもよろし」

魚屋與四郎が違うと手を振った。

「博多からの船やったら、瀬戸内を通ってきたんですやろ。鞆に寄ってますな」

「さすがやなあ」

「出し惜しみはなしでっせ」

もう一度感嘆した今井彦八郎に魚屋與四郎が求めた。

「おもしろい話がおましてな」

今井彦八郎が魚屋與四郎と天王寺屋助五郎の顔を交互に見た。

「将軍はんですけどな」

前と違って、今井彦八郎の表情は楽しげであり、取っていた敬称を付けた。

「鞆城から少し離れたところに館を組んでもろうて、そこで生活をしてはります。摂津はんとか、真木嶋《まきしま》はんとか、将軍はんにくっついて鞆へ下らはった幕臣の方々は、その近くのお寺や館を借りてるそうですけどな……」

今井彦八郎が少し間を空けて、続けた。

「その周囲を小早川《こばやかわ》はんとか、村上はんとか、渡辺《わたなべ》はんとか、毛利家の部将たちが陣を張って警固してると」

「警固……監視のまちがいやろ。あのお人は、すぐに要らんことするさかいな」

魚屋與四郎があきれた。

「これは博多商人が鞆で聞いた噂《うわさ》やけどな。将軍はん、よほど窮屈なんやろうな、鞆から離れたいと言うてはるそうやで」

「笑わしてくれるなあ。己から鞆へ向かって毛利の庇護を受けたくせに」

声をあげて魚屋與四郎が笑った。

「毛利もええ迷惑やろ。お陰で上様と敵対することになったしな。もう、あれだけ戦っていたら、北条はんのように従いますので、本領安堵《あんど》とはいかんやろ。何カ国か持っていかれる」

「何カ国かですむんかいな」

天王寺屋助五郎が今井彦八郎に尋ねた。

「そのために毛利は動いてるのと違うか。気を合わさない謀叛、援軍を出さずに潰されるのを見過ごす。これ以上面倒にならんよう将軍はんを見張る」

「織田はんの機嫌取りやな、まるで」

「ここまで大きくなるとは思ってなかったんやろうなあ、毛利も。武田とか朝倉とか、浅井とか、石山本願寺とか、織田はんには敵が多い。とても中国まではけえへんと当初は踏んでたんやろう。しかし、織田はんは生き延びて、天下一の大名になった。勝てないと気付いたときには、もう抜き差しならんとこまで来てた。こうなったら、どれだけ織田はんの足を引っ張って、西へ来るのを遅くするか、いざ対峙したとき、どうやってうまく負けるか……」

天王寺屋助五郎に魚屋與四郎が首肯した。

「西も東もきな臭いこっちゃ」

今井彦八郎が苦笑した。

最終章　決意交錯

一

石山本願寺の退去、荒木村重の逃亡を受けて、摂津は落ち着いた。

「お詫《わ》びをいたしまする」

荒木村重が逃げ出したと知った尼崎湊《みなと》も織田信長に膝を屈した。

「次はない。またも寝返られては面倒ゆえ、根切《ねき》りにいたす」

莫大《ばくだい》な献金も織田信長の気持ちを和らげなかった。

「堺の今井に従え」

織田信長は尼崎湊の価値を認めず、堺の下につけた。

「ちいと見てくるわ」

今井彦八郎は、織田信長が新たな動きを見せる前に船に乗った。

瀬戸内海の覇者とまでいわれた村上水軍も、大坂湾の戦いで九鬼水軍に負けて以来、かなりおとなしくはなっている。

「帆に印を掛けえ」

今井彦八郎が乗りこんでいる船の船頭が、水主《かこ》に命じた。

「へい」

若い水主がするすると帆柱を昇り、その先に旗とまではいえないが、遠目にもわかる目印のような布を掛けた。これは瀬戸内海の通航に支障がないよう、あらかじめ村上水軍に金を支払っているとの証拠に与えられるもので、帆別銭《ほべっせん》あるいは艘別銭《そうべっせん》と呼ばれていた。

「村上が水軍大将と名乗り、金や品物を好きに奪っていく」

ルイス・フロイスがその跳梁跋扈《ちょうりょうばっこ》に辟易《へきえき》して、織田信長に村上水軍の征伐を願ったとも言われているが、帆別銭を払えば、無事の通航が許される。滅多に船を出さない商人ならばその都度、積み荷の一割を納める。納めれば村上水軍の旗を掲げた小舟が付き添ってくれた。また、堺の今井、魚屋、天王寺屋、博多の島屋《しまや》など月に一艘以上商いの船を出す豪商となれば、一年分としてあるていどの金を払えば、帆柱に掛ける旗がもらえ、これを掲げている限り、村上水軍とその支配下にある海賊たちからの襲撃は受けなかった。

「旦那、そろそろ村上の海に入りやす」

「来るかい」

「もちろん、来ましょうよ」

問うた今井彦八郎に船頭が苦笑した。

「納屋の帆をこれ見よがしに上げてますねんで、知らん顔はできまへん」

「誰が来ると思う」

手を振る船頭に、今井彦八郎が重ねて訊《き》いた。

「さすがに村上掃部頭《かもんのかみ》さまはお見えになられまへんやろうが……少輔太郎《しょうゆうたろう》はんやったらよろしいねんけど、助兵衛《すけべえ》はんやったらちいとややこしいことになるかも知れまへん」

「少輔太郎はんが、掃部頭さまの息子はんやとは知ってるけど、助兵衛はんとはどなたや」

今井彦八郎も船で商いに出ることはあるが、織田信長の茶堂衆《さどうしゅう》となって以来、いつ呼び出しがあるかわからないため、ほとんど陸の上で過ごしていた。

「村上助兵衛通総《みちふさ》さまは、来島《くるしま》村上のご当主さまで」

「分家の主《あるじ》か」

さすがに来島村上のことは知っている。

「ということは、うまくいってへんのやな」

すぐに今井彦八郎が理解した。

「…………」

にやりと船頭が笑った。

事情を話せと今井彦八郎が船頭に命じた。

「なにがあった」

「助兵衛さまがまだ幼いころのことで」

船頭が話し始めた。

「大友と毛利が、門司《もじ》城を巡って争ったことがございました」

「博多の取り合いか」

今井彦八郎がうなずいた。

博多は筑前、いや九州最大の交易拠点である。大陸に近いという利点もあり、朝鮮や明の船はもちろん、南蛮からも入港する。

さらに交易で上がる利が大きいだけでなく、大筒や鉄炮《てつぽう》、硝石などが水揚げされる。つまり、博多を手にしたほうが、優位に立てる。

そして、そのころの博多は毛利の支配下にあった。

とはいえ、博多は豊後《ぶんご》、豊前《ぶぜん》を治める大友氏にとって、自領なのだ。大内氏が支配していたのを、謀略と戦いをもって奪取、さてこれからというところで毛利に奪われた。

「門司を落とせ」

大友宗麟《そうりん》が軍を起こすのは当然であった。

もちろん、それを認めれば、博多は奪い返される。門司は、海を隔てた毛利が博多を維持するための後詰《ごづ》めなのだ。博多に向かう大友の兵を門司から出た毛利方の兵で抑え、その間に海を渡って本隊が参戦する。

まさに門司城は、大友、毛利が血を流して奪い合う地であった。

その門司城へ大友宗麟が出撃した。陸からだけでなく、豊後水軍を使って海からも牽《けん》制《せい》する大友へ、毛利は村上水軍をあてた。

「村上水軍が三つの水軍からなっておることはご存じでございますやろ」

「ああ、本家にあたる能島《のしま》水軍、先ほど出た来島水軍、そして因島《いんのしま》水軍やな」

今井彦八郎が答えた。

「ただ不幸やったのは、村上一族の当主掃部頭はんが、来島の当主村上通康《みちやす》はんとうまくいってなかったんですわ。というのも通康はんには伊予の国主河野《こうの》はんの娘が嫁いではりましてん」

「それはずいぶんと厚遇やな」

今井彦八郎が驚いた。

来島水軍の主とはいえ、村上氏の分家でしかない。その男に四国伊予の大名が娘を与えるというのは、よほどの器量でなければあり得なかった。

「掃部頭はんの嫁はんはどこのお人や」

ふと今井彦八郎が問うた。

「それがなんと、通康はんの娘御はんですわ」

「婿と舅《しゅうと》か」

船頭の答えに今井彦八郎が目を細めた。

「分家の娘を正室に迎えなければならなあかんほど、本家の力が落ちてる……」

「さすがでんなあ、旦那」

船頭が感心した。

「なるほどなあ。毛利の指示で村上水軍全軍が出た。当然、水軍の指揮は本家の掃部頭はんが執る。そこで力関係が逆転していた来島水軍を前に出してすり潰した」

「……ほんまかどうかはわかりまへんけど」

船頭が口ではそう言いながら、目で真実だと伝えていた。

「それを知った助兵衛はんは、当然、掃部頭はんへの反感を持つ……わあ、たしかに面倒やな」

嫌そうな顔を今井彦八郎がした。

「嫌な予感ほど、当たるもんです。小早船《こはやぶね》が近づいてきますわ。あの船印は来島でっせ」

「ここでええか」

商船である。客を乗せることを考えて作られてはいない。一応、船主の今井彦八郎のための部屋はあるが、そこに通すのは避けたかった。

「よろしいやろ。船乗りは、皆、潮風がなにより好物でっさかいな」

船頭がそう言いながら、水主に手で合図をし、船足を止めた。

船大将と呼ばれる水軍の将で縄による昇降のできない者はいない。軽々と村上通総が小早船から上がってきた。

「ようこそ、お出《い》でくださいました。この船の主、今井彦八郎でございまする」

「村上通総じゃ」

若い村上通総が、今井彦八郎をじっと見つめた。

「本日はなにか」

「なにしに来た」

問うた今井彦八郎に村上通総が逆に訊いた。

「なにしにと言われましたら、商いをいたしに参りましたとお答えするより他ございませんが」

「偽りを申すな」

村上通総がもう憤っていた。

「偽りではございませぬ。今回は、博多の商人と商いの話をするために向かっておりまする」

今井彦八郎が柔らかく言い返した。

「そなたはわかっているのか。瀬戸内の海は村上のものぞ。そこへ織田の配下が足を踏み入れるなど、生きて帰れると思っておるのか」

「思っておりまする。わたくしどもの船には、護符が付いてございまする」

脅す村上通総に、今井彦八郎が帆柱の上を指さした。

「……あのようなもの、沈めてしまえばそれまでじゃ」

「おもしろいことを仰せられる。あれは村上さまにお金を納めて、通航の安全を保障していただいたもの。それを村上のお方が無になさる。そうなれば、今後誰も村上さまに帆別銭を支払う者はいなくなりますな」

「…………」

毛利、あるいは河野から禄《ろく》をもらっているとはいえ、領地は瀬戸内海に浮かぶ島でしかなく、とても十分な量の米は期待できない。それでいて、安宅船《あたけぶね》や焙烙火矢《ほうろくひや》、鉄炮など、金のかかる装備を揃《そろ》えている。

身上以上の武装ができるのも、帆別銭があるからであった。その帆別銭が入らなくなれば、水軍は戦いさえ満足にできなくなる。

海に逃げればいい、海に相手を呼びこめば勝つ。

水軍はそれができるから、各地の大名からも大事にしてもらえる。しかも禄なんぞ形だけしか与えずにすむ。もし、帆別銭がなくなれば、武装の代金は抱えている大名が工面しなければならなくなる。もちろん、戦に勝つための金を惜しむようでは、この乱世やってはいけないだけに、十分とはいえなくともあるていどは手当してくれる。その代わり、水軍衆は完全に大名の配下として組みこまれた。

相続から城地から、なにからなにまで大名の指示通りにしなければならなくなる。下手をすれば、水軍大将から外されて、陸で戦わされることもあり得る。

それこそ陸《おか》にあがった河童《かっぱ》で、十二分な武を見せつけることもできず、討ち死にするのが関の山になってしまう。

村上通総が黙ったのも当然であった。

「毛利さまはいかがですかな。よきお方でしょうか」

「なにが言いたい」

「いえ、織田さまは苛烈なお方でございますが、手柄を立てられたお方には、十分報いてくださいまする。譜代、外様《とざま》の区別はなさいません。ご存じでしょうが、播磨から備前へと進まれている羽柴さまはもと足軽、京都奉行をなさっておられる明智さまは、もと幕府の家人でいらっしゃいました」

幕臣は足利義昭の側近で構成されている。足利義昭は織田信長を排除しようとして失敗、備後の鞆に逃げ出した。言うまでもないが、足利の本拠は京である。鞆に寓居《ぐうきょ》している足利義昭が、毎日のように毛利の当主右馬頭輝元《うまのかみてるもと》へ上洛《じょうらく》し、織田を追い出して復帰させるようにと頼んでいるというのは、村上通総にも聞こえている。

その足利義昭の臣だった明智光秀に京を任せているというのは、信じられないことであった。

「それだけできる方は重用なさいまする。ああ、その代わり役に立たぬとか、裏切ったとかは許されませぬが」

「できれば、報いてくれるか」

若い村上通総が呟《つぶや》くように言った。

「そういえば、将軍さまはお健やかでいらっしゃいますか」

「将軍……」

訊かれた村上通総が苦い顔をした。

「あれが足りぬ、これが足りぬと仰せでございましょうなあ」

さりげなく今井彦八郎が話の口を作った。

「まったくよ。やれ、飯がまずいの、女が雅《みやび》でないの、まだ上洛の兵を起こさぬのかと

「ここは毛利の土地じゃ。いかに公方《くぼう》さまとはいえ、あまり好き放題になさるのは……」

「鞆へ移られてからも変わられませせぬか」

不平ばかり仰せじゃ」


大きく村上通総が嘆息した。

「躬《み》が命じれば、諸国の大名は従う。毛利が立てば織田などたちまちに京から追い落とせると二言目には言われるが、それならば公方さまはなぜ京を離れられたのじゃ」

「将軍さまとはいえ、いささか困りまするな。それにあのお方は、受けた恩を感じておられませせぬ。誰が公方さまを京へお連れしたのか……」

「たしかにの」

「殿さま。ここだけの話ではございまするが、すでに石山本願寺はなく、北条さまも恭順なさりましたし、上杉さまは謙信公の跡目を巡って二つに割れ、往年の力はございませぬ。武田さまはもう甲斐を維持するのも難しく、奥州探題《おうしゅうたんだい》の伊達《だて》さまからも誼《よしみ》を通じる使者が織田さまのもとへ参りましてございまする」

「なんと、東はほとんど織田に与《くみ》したと」

「さようでございまする。これで織田さまの力は、尾張、美濃を中心に、本邦の半分近くになりましょう」

「半分……」

村上通総がおののいた。

「大友さまがしきりと織田さまに援兵を願っておられるのはご存じでございましょう」

「知っている」

キリスト教に染まったことで家中の家臣や配下となった国人《こくじん》領主との間にひびが生じた大友家は一気にその実力を落としてしまい、島津、龍造寺、毛利の攻勢にじり貧となっている。しかし、九州の雄であったことの残照はある。織田に合わせて兵を動かせば、毛利は背後に不安を抱えながら戦うことになり、苦戦は避けられない。

「唯一毛利さまが優《まさ》っていた水軍も、鉄甲船の前には……」

最後まで言わず、今井彦八郎が村上通総を見つめた。

「…………」

村上通総が黙った。

「いつなりとも、お力になりますゆえ、ご遠慮なくお声をおかけくださいませ」

「……ああ」

若い村上通総は今井彦八郎に翻弄されて、小早船へと戻っていった。

「怖《おそ》ろしいお方でんなあ、旦那はんは」

船頭が碇《いかり》を上げさせながら、感嘆した。

「ここまできたら、上様に天下を取ってもらわんとなあ」

今井彦八郎が笑った。

二

「甲斐の愚か者を滅ぼす」

織田信長はとうとうしびれを切らした。

「火薬の手配をいたせ」

茶の湯をするという名目で、今井彦八郎を呼び出した織田信長が告げた。

「いかほどに」

「三千もあればよい」

茶碗《ちゃわん》を手の内でもてあそびながら、織田信長が告げた。

「すぐに用意をいたしまする」

今井彦八郎が首肯した。

「北条が折れ、上杉は割れた。少しものの見える者なれば、余のもとへ詫《わ》びに来る。それさえできぬとは」

織田信長は武田勝頼を罵った。

「甲斐一国ならば、くれてやったものを」

織田信長が嘆息した。

武田勝頼も馬鹿ではなかった。戦上手という点では、父武田信玄を凌駕《りようが》している。長年、武田信玄が挑みながらもとうとう落とせなかった高天神城を攻略した。

「まさに武神」

武田勝頼の評判はあがったが、それでも情勢はどうしようもないところに来ていた。

長年同盟を組んだ今川はすでになく、北条は敵に回っている。

上杉謙信の跡目を巡っての戦い、御館《おたて》の乱では武田勝頼の援助で上杉景勝は勝利を収めている。いわば上杉はかつての仇敵《きゆうてき》武田に大きな借りを作ったことになる。

「織田と戦う。援軍を」

「承知」

武田勝頼から頼まれたら、上杉景勝は否やを口にできない。

しかし、御館の乱の影響は越後を二分し、謙信のもとで一つになっていた上杉軍団が、なかで争った結果、国力はまさに半減、とても武田が求めるだけの兵力は出せない。無理をして出せば、その留守を狙って蜂起する連中がまだまだいた。

「恩に報いる」

義将と言われた上杉謙信の跡継ぎとして、その名を受け継いだ景勝が、武田への援軍を決めたとしても、それに従う者は少ない。下手をすれば、帰るところがなくなるのだ。

それでも無理をして出したとしてもせいぜい数千。武田を滅ぼすついでに関東の北条、佐竹《さたけ》、里見《さとみ》、那須《なす》などに織田の勢威を見せつける意味もある、信長が率いる数万の兵を相手にするには、まさに焼け石に水である。

「新田義貞《にったよしさだ》公以来の名門、その祀《まつ》りを絶やすわけにはいかぬ」

武田勝頼が頭《こうべ》を垂れてくれば、それで許すつもりでいた。

「愚か者が、名門の矜持《きょうじ》などに囚《とら》われおって……」

織田信長は無駄な戦を嫌う。

「鉄炮に矢弾、兵糧と、戦は金を喰《く》う」

大量の鉄炮を一斉に使用することで、戦を支配してきた織田家である。それこそ、長篠の合戦で使用した硝石や弾の数は、二万をこえている。これだけで二百貫からかかったのだ。

さらに矢、弓や鉄炮、槍《やり》などの道具の破損を修理、あるいは補充するためにも金はかかる。

「存続をかける戦いならば、すべてを費やしても当然だが、勝てるとわかっている戦で、金を遣うのは無駄じゃ。なにより、遣える者を失うのが痛い」

「はい」

織田信長の考えに今井彦八郎は同じ思いであった。

武士になって手柄を立てれば、大出世できるという風潮が当たり前になっている今、商人になりたいという男は少なかった。

「臆病者」

「男子なれば、命をかけてこそ本望であろう」

商人になりたいと公言した途端、周囲から責められるかあきれられるかする。

「店を持っても、戦に巻きこまれればそれまでであろう。何十年の努力が一瞬で無になるのだぞ」

忠告をされる。

そんななか、商人になろうという男は貴重である。

「武士は怖い。人を殺すのは嫌だ」

「死にたくない」

もちろん、そのほとんどは人を殺し、己が殺されるという恐怖に耐えきれなかった者である。

「乱世なればこそ、大きな商いもできましょう」

「商売も命の遣《や》り取《と》りでっせ。金がなくなるのは、首がなくなるのと一緒ですわ」

そんななか、やる気にあふれる者は少ない。

「いずれ……」

さらに雇い主を蹴落として成り代わってやろうとか、店の金を持ち逃げしてとか、物騒な野心を秘めていない者など、宝玉になる。

商人でさえ、そうなのだ。

成り上がろうとして武士になった者など、隙あらばいつでも下剋上《げこくじよう》してやろうと狙っている。そんななかで能力もあり、忠義を尽くしてくれる者は、砂のなかに落とした金粒以上に見いだし難いのであった。

「勝頼はそんなこともわからぬ。今まで忠節を尽くしてくれた家臣たちを死なせることになるとわかっていて、まだ己の、武田の意地にこだわる」

織田信長が武田勝頼を諱《いみな》で呼んだ。諱は、主君かかなり格上の身分でなければ、口にしてはいけない。織田信長は武田勝頼を対等の大名ではなく、取るに足りぬ小物へと下げたのであった。

「甲斐は貧しい。山間の地でもともと田畑が少ない。そこに大雨、大雪などが毎年のように起こる。石高は三十万石もない。手に入れたいと思うほどの土地ではない」

「金山があると伺いましたが」

残念そうな織田信長に、今井彦八郎が応じた。

「調べさせたところ、もう、ほとんど涸《か》れているそうだ」

織田信長が首を横に振った。

「では……」

「戦をするために、百姓どもに苛烈な税を課しているという。信玄公が死ぬと時を同じくして金が採れなくなったとかで、民は勝頼を厄だと陰口を叩《たた》いているそうだ」

貧しい甲斐を支えた金山の産出が減った。鉄炮が勝敗を決める戦で、武田は勝ち目をなくしたも同然であった。

「さようでございましたか」

織田信長が今を選んだ理由を今井彦八郎は吞《の》みこんだ。

「甲斐と信濃を抑えれば、東は気にせずともすむ。上杉は越中、信濃、甲斐から圧を加えれば動けぬ。さらに関東以北のことは、北条と三河守に預ける。これで余は毛利に集中できる」

「長宗我部さまも、どうやら上様に従うとか」

「さすがは商人《あきんど》よな。耳が早い。明智のきんか頭がところにおる斎藤内蔵助《くらのすけ》の近縁の女が、長宗我部のもとへ嫁いでおるのよ」

「それはよい伝手《つて》でございますな。ですが、長宗我部さまは土佐一国でご辛抱なさいましょうか」

長宗我部氏はもともと土佐の出ではなく、信濃から流れてきた。

その後土佐の国人領主として名をあげたが、同じく国人領主の本山《もとやま》氏らによって居城と領地を奪われ、一時土佐の国司一条氏の庇護《ひご》を受けた。その後、長宗我部国親《くにちか》、元親と二代にわたって傑物が続き、今や四国全土を支配する寸前まで来ている。その長宗我部元親に土佐一国で我慢しろというのは、なかなかに難しい。

「従わねば滅ぼすだけよ」

織田信長が淡々と言った。

「……………」

「ところで、彦八郎」

不意に織田信長の口調が変わった。

「鞆に行ったそうだな」

「……よくご存じで」

一瞬驚いた今井彦八郎だったが、なんとか動揺を抑えつけた。

「ふん。余にも耳や目はある」

鼻で織田信長が笑った。

今井彦八郎は鞆まで船を出したことを、船頭たちに口止めしてはいなかった。口止めというのは、有効に見えて、逆にまずいときも多い。

「誰にも言うな」

それは、重要なことだと暗に教えているも同じなのだ。

「……じつは」

人というのは、密事ほど漏らしたくなる。

また、口止めされたことへの興味を持つ。

「なんのために……」

今井彦八郎が鞆へ行った理由を探ろうとする者も出てくる。

それを考えて、今井彦八郎は鞆へ行くのが当たり前で、別段どうというものではないと見せるため、あえて口止めをしなかった。

「村上の一族が、誼を通じてきたは、そなたの差し金であろう」

「わたくしはただ上様のお力についてお話ししただけでございますれば」

「……そうか。ならば褒美は要らぬな」

「もちろんでございまする」

目を細めて言った織田信長に、今井彦八郎がうなずいた。

「それで、鞆はどうであった」

「ずいぶんと変わっておりました。少し前までなれば、鞆を潮待ち、船待ちにする者で湊は隙間もないほどの繁盛ぶりでございましたが、今は、毛利さまが厳しく、鞆の湊に入ることも難しゅうございました」

「ほう。余が奪い返しに来るとでも思っておるのかの」

「秘密だぞ」

「それが……」

「申してみよ」

同意しなかった今井彦八郎に、織田信長が先を促した。

「湊で様子を窺《うかが》った限りでございますが……」

海の上ならば水軍の理が通るが、陸になると毛利の考えが優先される。いくら商人とはいえ、織田信長の家臣でもある今井彦八郎を見逃してくれるはずはない。

度胸ある今井彦八郎といえども、鞆へ上陸して吾《わ》が目、吾が耳で直接探ることはできなかった。

「上様を警戒されるというより、鞆城の背後に警固の部将を配置しておりまする」

「ほうよくわかったの」

「旗印が見えておりました」

「誰のじゃ」

織田信長が問うた。

「大可島《たいがしま》城主村上左衛門大夫さま。一乗山《いちじょうさん》城主渡辺さま、そして毛利御一門小早川左《さ》衛門佐《えもんのすけ》さま」

「村上……あの通総とは違う村上じゃな」

「はい。因島村上のご当主の弟さまで」

今井彦八郎が首を縦に振った。

「どれほど鞆にいた」

「形だけでも荷下ろしをせねばなりませぬので、二刻《にとき》（約四時間）ほどでございましょうか」

訊かれた今井彦八郎がなぜそのようなことをと首をかしげた。

「見逃されたな」

「…………」

今井彦八郎が織田信長の言葉に息を呑んだ。

「瀬戸内で動く船は、すべて村上の知るところ。しかも、そなたは納屋の帆を掲げていたのであろう。とっくに毛利はそなたが鞆に来ると知っていたはずじゃ」

「では、わざと鞆の様子を見せたと」

「おそらくの」

驚きながら尋ねた今井彦八郎に答えた織田信長が笑い始めた。

「そうか……そういうことか」

「……上様」

思わず今井彦八郎が心配するほど、織田信長は哄笑《こうしょう》し続けた。

「……くふふ、ふう」

ようやく織田信長が落ち着いた。

「上様、ご大事はございませぬか」

今井彦八郎が気遣った。

「いやあ、久々に笑ったわ」

織田信長が述べた。

「お伺いしても」

なにがそんなにおもしろかったのかと、今井彦八郎が訊いた。

「毛利も持て余しておるのよ。あの馬鹿をな。毎日毎日織田を討て、京へ兵を出せというあやつをな」

「………………」

「毛利は大国じゃ。だが、天下を、京を望むには、本国が遠すぎる」

聞く今井彦八郎に織田信長が語った。

「そもそもあの馬鹿は、大名がどれだけ苦労して国を維持しているかを考えておらぬ。無理はないがの。あやつは領国を持つ大名ではない。担がれるだけの飾りじゃ。たとえ、毛利が余と戦って滅びても将軍のためになったのならば本望であろうと、新たな担ぎ手を探すだけじゃ」

織田信長が嫌そうな顔をした。

「公方さまは、本気でそう思っておられるので」

「いいや、あやつほど苦労した公方はおるまい。兄は家臣に殺され、己は命を狙われて逃げ回った。将軍の値打ちのなさをもっとも知っているのは、あやつであろう」

「ではなぜ、上様の庇護を……」

言うことを聞いてさえいれば、京の二条御所で幕臣たちを集め、毎日宴《うたげ》をしても、天下の美女を枕頭《ちんとう》に侍《はべ》らせても、織田信長は文句は言わなかった。

「某《なにがし》が、指図に従いませぬ。どうぞ、追討の命《めい》を」

「よきにはからえ」

これを繰り返すだけで、織田の勢力が続く限り、足利義昭の血筋は将軍を受け継いでいけたはずであった。

「馬鹿の考えることはわからぬ。ひょっとすれば、三好に殺された兄のことが忘れられなかったのかも知れぬ。いつ余が豹変《ひょうへん》し三好になるかとの恐怖に怯《おび》えたのかも知れぬ。そうならぬよう、絶えず織田の周囲を敵で満たし、余がそちらの対応にかかりきりになるようにした。あるいは、和睦を取り持って己の価値を余に見せつけようとしたのか……」

織田信長が首をかしげた。

「どちらにせよ、やり方が違う。余の力を侮りすぎじゃ。余はそのすべてを撥《は》ね返してきた。今川治部大輔を皮切りに、武田信玄、浅井備前守、朝倉左衛門督、そして一向一揆衆もすでにない」

「まことに」

今井彦八郎がうなずいた。

「ご無礼ながら、公方さまは大和興福寺一乗院の住職となられるはずでございました」

足利家はお家騒動で痛い目に遭った経験から、跡継ぎ以外の男子を出家させる。俗世から切り離すことで、野心を捨てさせるのだ。

当たり前のことだが、特別扱いをしてもらえるとはいえ、寺の名誉にもかかわってくるだけに、教育は厳しい。

僧侶はお経を唱えていれば良いだけではなかった。求められれば、将軍や大名へ戦略を語らなければならない。

今川の知恵袋太原雪斎《たいげんせっさい》、毛利の軍僧安国寺恵瓊《あんこくじえけい》、どちらも大名の運命を左右するほどの知識を持っていた。

「馬鹿ではないと」

「はい」

確かめる織田信長に今井彦八郎がうなずいた。

「賢き者でも愚かになる」

「そのようなことが……」

今井彦八郎が戸惑った。

「妄執よ」

「あっ」

織田信長に言われて、今井彦八郎が気付いた。

「金でも女でも、囚われたらそれしか見えぬようになる」

「はい」

今井彦八郎もすんなりと認めた。儲《もう》けに囚われたあげく、怪しい話に手を出したり、客をだましてまで利を追い求めたりした結果、身代を失った者はいくらでもいた。

「そしてなにより人を捉えて放さぬのが、権《けん》よ」

「権……」

「うむ。権は目に見えぬが、その力は計り知れぬ。天下に号令することもできる、天下のすべてを思うがままにできる。その魅力は一度知れば、決して抗《あらが》えぬものぞ」

「そういうものなのでございまするか」

大きな商いをしたい、他の商人を唖然《あぜん》とさせるような取引を為《な》し遂《と》げたいという野望はある。とはいえ、天下をどうこうしたいとは思っていない今井彦八郎に、その魅力はわからなかった。

「わからぬか。無理もない。余も上洛するまでは感じてもいなかった」

「……と仰せならば」

さりげなく口にした織田信長に、今井彦八郎が目を大きくした。

「権は怖ろしいものぞ」

もう一度織田信長が言った。

「それに公方さまも取りこまれておられると」

「まちがいない。天下の権があれば、兄のように殺されはしないと考えているのだろう。わかってておらぬ。一度でも力が欲しいと思った者どもが、天下の権を手にした者を殺すまで狙い続けるということをな」

確かめた今井彦八郎に織田信長が首を縦に振った。

「毛利はそれに気付いている。まちがいなくあの馬鹿を持て余しているのだ。ゆえに来島村上の内通を見逃している。正確にはわざと滅ぼしておらぬ。来島村上が味方になっていれば、九鬼水軍は鞆へ足を延ばせる。もちろん、その先へ進もうとすると能島村上、因島村上が出てくるだろうが」

「毛利は公方さまを上様に……」

さすがにそれ以上は口にできない。

「将軍殺しの汚名はかぶらず、あの馬鹿を排除できる。それが毛利の狙いだな。見ておれ、余が中国へ出向いたら、毛利は和睦を申し出てくるぞ」

「なぜ、下手な抵抗を」

逆らえば逆らうほど、講和後の条件は悪くなる。最初から頭を垂れれば、本領安堵《あんど》、あるいは一カ国か二カ国の没収ですむものが、最後まで抗ってしまうとそれこそ一カ国残ればいいとなりかねない。

「今まで毛利に従って、余に刃向かった者たちへの言いわけじゃな。せめて余と直接交渉をしなければ、毛利の面目が立つまい」

「面目で死ななあかんとは、お武家さまは大変ですなあ」

今井彦八郎があきれを含んだ声で感嘆して見せた。

「ふん。毛利が吾が下に入れば、天下統一はなったも同然じゃ。どれだけ島津の兵が強かろうとも、数が違いすぎる。十万の兵を受け止められる大名などおらぬ。五十歳になる前に、目処《めど》が付きそうじゃ」

織田信長が今井彦八郎の感慨を無視して楽しそうに笑った。

三

まるで物見遊山に行くような格好と雰囲気で織田信長は武田征伐に出かけた。

「もう、武田はもののついでやな」

一緒に見送りに来ていた魚屋與四郎が首を横に振った。

「実際、富士《ふじ》の山を見るのが楽しみじゃと仰せられていたというで」

天王寺屋助五郎が引きつった笑いを見せた。

「甲斐は酷《ひど》いことになるやろ」

今井彦八郎が嘆息した。

「やろうなあ」

魚屋與四郎も同意した。

「関東、奥州への見せしめか」

天王寺屋助五郎が気付いた。

「上様は天下をあと一年でまとめるおつもりや」

「……無理やと言えへんところが怖いわ」

告げた今井彦八郎に魚屋與四郎が天を仰いだ。

「残りは上杉と毛利、長宗我部と九州、そして奥州と関東の北条以外……まだまだおるで」

指を折って天王寺屋助五郎が数えた。

「毛利と長宗我部は、もう落ちてる」

今井彦八郎が織田信長との遣り取りを語った。

「九州も大友が味方するし、残るは島津と龍造寺か」

「関東も佐竹くらいやなあ、大きいのは」

天王寺屋助五郎と魚屋與四郎が顔を見合わせた。

「上杉もそろそろやろ。越中へ大軍が出てると聞いた」

越後と越中の国境にあり上杉方の越中最大の拠点である魚津《うおづ》城を攻略すべく、柴田勝家が四万という大軍とともに出向いている。この魚津城が落ちれば、実質上杉の領国は越後だけとなり、動員できる兵力も一万ていどにまで落ちてしまう。そうなってしまえば、もう凡百の大名でしかない。どれだけ上杉の兵が強かろうとも、織田の敵ではなくなる。

「上杉はんは、降《くだ》れへんか」

「難しいやろ。謙信はんが、ずっと織田と戦ってはったからなあ。それを己の代で負けましたとは言えんのとちゃうか」

魚屋與四郎の問いに天王寺屋助五郎が答えた。

「もとは仲良うしてはったのになあ」

上杉謙信は当初織田信長と交流があった。それが変わったのは、足利義昭による織田家追討令が出たことによる。

足利義昭ではなく、足利将軍家に忠節を尽くしていた上杉謙信は、それを受けて織田信長と敵対、一度は柴田勝家らを加賀で追い返していた。

「死人が生きてる人を縛るかあ」

「……一番あかんやつやがな。死人はなんも言えへん。もうええ、止《や》めよという許しが出えへん」

嘆息した今井彦八郎に、魚屋與四郎が首を左右に振った。

「……さて、上様のお姿も見えへんなったし、そろそろ帰ろか。うちで一服いかがかな」

今井彦八郎が魚屋與四郎と天王寺屋助五郎を誘った。

京から堺までは遠い。

さすがに途中で泊まるほどではないが、歩きだと朝出て夕方にはなる。

「乗ってや」

そんな手間なことをするつもりは端《はな》からない魚屋與四郎は、伏見《ふしみ》の川に船を用意させていた。

「大坂湾まで下ったら、そこで乗り換えや。ちゃんと手配はしてるで」

川船で海に出るのは褒められたまねではない。少し波が強いだけで、川船は木の葉のように揺れる。

「おかげはんや」

準備万全な魚屋與四郎のおかげで、日が暮れる前に一行は堺湊に帰り着いた。

「今、帰ったで」

すでに付いてきた小僧が店に走っている。

「お帰りなさいませ。魚屋の旦那さま。本日は主がずいぶんとお世話になり、ありがとうございまする。天王寺屋の旦那さまもようお見えでございまする」

店先で待機していた番頭が、ていねいに腰を折った。

「茶のつもりやったけど、思ったより時分が遅いさかい、膳にしてんか」

「はい。すでに用意をさせておりまする」

今井彦八郎の指示に番頭が首肯した。

「その前に、旦那はん」

「なんや」

「お客さまがお待ちで」

「客……誰や。約束はなかったはずやけど」

番頭の言葉に、今井彦八郎が首をかしげた。

「本多弥八郎さまで」

「……なんやて」

「今ごろ……」

「すっかり抜け落ちてたわ」

番頭の口から出た名前に三人が驚愕《きょうがく》した。

「どないしはります。お断りしましょうか。旦那さまはお疲れなので、日を改めてと」

「そうしたいとこやけどなあ。前の本願寺牢人《ろうにん》と違うからなあ。今では徳川はんの側近や。つれのうもしにくい。本願寺が降伏してもうたさかい、捕まえる意味もない」

気遣う番頭に今井彦八郎がため息を吐《つ》いた。

「つきおうてくれるか」

「しゃあないなあ」

「ちょっと怖いですけど、今井はんのお頼みとあれば」

一人で会いたくないと言った今井彦八郎に、魚屋與四郎と天王寺屋助五郎がうなずいてくれた。


本多弥八郎は、客間で静かに瞑目《めいもく》していた。

「お待たせしました」

今井彦八郎の声で、本多弥八郎が目を開けた。

「よろしいかな、ご一緒でも」

「もちろんでござる。というか、こちらからお願いしたいところでございました」

魚屋與四郎と天王寺屋助五郎の同席を求めた今井彦八郎に、本多弥八郎が了承した。

「ご無沙汰をいたしておりまする。ご帰参がかなわれたとか。おめでとう存じまする」

「殿のご寛恕《かんじょ》をいただけた」

本多弥八郎が微笑《ほほえ》んだ。

「さて、早速でございますが……」

さっさと用件に入れと、今井彦八郎が急《せ》かした。

「そんなに不安か」

本多弥八郎が苦笑した。

「当然でございましょう。あれから何年経《た》ちましたことか。その間、何一つ音沙汰もなかったお人が不意にお出《い》でになる。ええ話やとは思えまへん」

途中で口調を崩しながら今井彦八郎が応じた。

「いい話だぞ」

「…………」

笑いながら告げた本多弥八郎の顔を今井彦八郎が疑わしそうな目で見た。

「堺の滅亡を防いでやろうというのだからの」

続けた本多弥八郎が笑いを消した。

「どういうことで」

今井彦八郎も目つきを真剣なものにした。

「上様が安土に城を造られた」

「まこと天下人にふさわしいお城でございますな」

何度か今井彦八郎たちも安土には呼ばれていた。

「城下町も大きい」

「はい」

宣教師の願いでセミナリオというキリスト教を学ぶ館もある安土城下は、京ほどの賑《にぎ》わいはないが、それに近い繁華さを見せ始めていた。

「上様が天下人になられるときは近い」

「…………」

無言で今井彦八郎は本多弥八郎に先を促した。

「当然、天下人の城下町は、日の本一でなければならぬ」

「たしかに」

今井彦八郎もうなずいた。

「だが、安土には大きな欠点がある」

「欠点……」

「そうよ。安土には海がない。閉じた淡海《おうみ》、琵琶の淡水《うみ》ではいかぬのよ」

そこで本多弥八郎が窺うような目で今井彦八郎たちを見た。

「琵琶の淡水では、異国との交易ができぬ」

「……くっ」

言われて今井彦八郎がうめいた。

「堺に任せてくだされば……」

天王寺屋助五郎が口を挟んだ。

「知っているか。安土城の本丸には、清涼殿《せいりようでん》があることを」

清涼殿は天皇が居住する館のことで、御所のなかにあった。

「立派な御殿があることは知って……」

織田信長は安土城を訪れた者へ自慢するかのように天主からの光景を見せる。今井彦八郎も天主まであげてもらったことがあり、そのとき天主のすぐ下に建っている御殿を見ていた。

「あれは上様のお住まいでは」

本丸にある御殿とくれば、城主の居館《やかた》しかあり得ない。

「あの御殿の造りは、柱の間隔、部屋の数、間取りともに清涼殿と同じらしい」

「そんなところに清涼殿を造ってどないすると」

魚屋與四郎が首をかしげた。

「行宮《あんぐう》、いや遷都」

「せ、遷都」

本多弥八郎の口から出た言葉に、今井彦八郎が驚愕した。

「覚えているか。上様が公方さまを脅し、味方する公家《くげ》たちへの見せしめとした上京《かみぎょう》焼き討ちを」

二条御所に籠もって反抗をした足利義昭を脅すため、織田信長は京の町を燃やした。そのとき、足利義昭に近い昵懇衆《じっこんしゅう》と呼ばれた広橋《ひろはし》、飛鳥井、日野、正親町三条など八家の屋敷を狙って焼いた。

「御所に飛び火せぬよう、兵たちを使って守らせたとはいえ、他の公家衆の屋敷は燃えるがままで放置された」

「…………」

「その後、上様はなにかなされたかの」

「ああ」

「うう……」

本多弥八郎の声は、今井彦八郎たちを打った。

当たり前の話だが、焼いた本人が復興をするはずがなかった。ただ、織田信長は巻きこんでしまった親しい公家へ見舞いの金を送っただけで、昵懇衆たちは見捨てていた。

「京は焼けてええ……か」

魚屋與四郎が嘆息した。

「安土を都にすれば……京は要らん」

天王寺屋助五郎が顔色を変えた。

「安土は完全に織田のなかやしな」

わざとらしい上方訛《かみがたなま》りで、本多弥八郎が述べた。

安土は近江のほぼ中央にある。北国街道、東海道のどちらにも近く、琵琶湖の水運も握っている。また、周囲は織田の本国である美濃、領土である丹波、越前、若狭、伊賀《いが》、伊勢に囲まれており、他国の襲撃を直接受けることはない。

さらに安土の西には明智光秀の居城坂本城が、東には羽柴秀吉の長浜城がある。

「京も織田さまの勢力のなかやで」

魚屋與四郎が言い返した。

「その畿内で何回、味方が裏切った」

「それは……」

本多弥八郎に切り返された魚屋與四郎が詰まった。

「そういうことか」

今井彦八郎が納得した。

「気付いたか。遅いな」

鼻で本多弥八郎が笑った。

「どういうこっちゃ今井はん」

「聞かせておくれやす」

魚屋與四郎と天王寺屋助五郎が身を乗り出した。

「京は足利の色が濃い。しかし、安土は違う」

「まあ、及第というところか」

本多弥八郎が首を横に振った。

「なにが足りまへん」

魚屋與四郎が訊いた。

「京は足利が室町に幕府を作り、十五代営んできた。その間にいろいろな公家や寺社、商人と結びつきができた。今、足利公方が京へ戻ってきたとしても、すんなり受け入れるだけの繋《つな》がりがある」

「…………」

三人が本多弥八郎の話に聞き入った。

「なにより、織田より足利のほうがつごうのいい連中がいる」

「昵懇衆でっか」

「それもあるが、足利のおかげで成り立っている寺社もある。商人もそうだ。足利の幕府と組んで利を独占していた連中が。そしてそういった連中の周りにいる者もな」

「周りにいる……なるほど取引先、仕入れ先ですかあ」

天王寺屋助五郎が納得した。

「それらのしがらみは室町幕府ができてから二百年の間に強固なものとなっている。それを潰すのはなかなかに面倒だ。それこそ、京の人々を根絶やしにするくらいにしないと、どこまで根が張っているかわからぬ」

「京は闇の深いところでっさかいなあ」

魚屋與四郎が同意した。

堺の大きな顧客は大坂と京である。とくに京の寺院や公家とはつきあいがある。どちらも交易で入ってくる漢籍などの書物、茶、茶道具を好むからだ。

当然、三人とも京の面倒さをよく知っていた。

「某どのには、売ったそうではないか」

「誰それになにを売ったのでおじゃるかの」

秘密裏に手配してくれと言われた商いでも、数日後には知れている。調べてみれば、漏らしたのは口止めをした本人だったということが多い。

「しがらみを捨てるには、京から離れるしかないか。大昔に大和から京へ遷都したのも、そんな理由やなかったか」

　魚屋與四郎が今井彦八郎に確かめた。

「ああ、政《まつりごと》に食いこみすぎた寺社を排除するためやったはずや」

　今井彦八郎が応じた。

「わかったか、堺の危機が」

「敦賀へ移すおつもりやないかとは思ってましたが……」

　問うた本多弥八郎に、今井彦八郎が告げた。

「しかし、堺からどうやって南蛮船を敦賀へ向けるおつもりでっしゃろ。南蛮船は堺やから来てくれますねんで」

　天王寺屋助五郎が疑念を口にした。

「まだわからんのか。先ほどその答えが出たろう。しがらみを……」

「まさかっ」

「それはっ……」

「…………」

　言われて三人が絶句した。

　本多弥八郎は堺が焼かれると言ったのだ。

「手を貸せ」

冷たい目で本多弥八郎が言った。

四

三人は本多弥八郎に呑まれていた。

「堺の百年を考えろ」

本多弥八郎が言葉を失っている三人に追い打ちをかけた。

「なあ、本多はん」

肚《はら》を決めた気配を見せながら魚屋與四郎が、本多弥八郎に話しかけた。

「なんだ」

「あんたはんの狙いはなんや」

「それを訊いてどうなる。別に儂《わし》は堺がどうなろうともよいのだ」

本多弥八郎が冷たく拒んだ。

「ほな、話はここまでやな。お帰りを」

今井彦八郎が本多弥八郎に告げた。

「堺が滅びるぞ」

「そうかも知れまへんけどな。あんたはんの言うことがほんまかどうかわかりませんわな。たしかに百年先は危ないやろうけど、上様も敦賀がすぐに堺の代わりになるとはお考えやおまへんと思いますで。なにせ、敦賀の商人は明、朝鮮との交流はあっても南蛮人とは話をしたこともないはず。言葉も通じん、相手の流儀もわからん。これでは上様のお考えになった交易は無理でっせ」

「そうやな。たしかに敦賀は安土に近い。琵琶の淡水を使えば、朝に敦賀に揚がった荷が、夕刻あたりには安土の織田はんのもとへ届くやろう。堺からではどんだけ急いでも二日はかかる。でもな、敦賀がまともに使えるようになるまで、何年かかると思うねん」

「…………」

今井彦八郎たちの反論に本多弥八郎が黙った。

「わたしらは堺でも指折りと言われた商人やで。そんだけ暇があれば、いくらでもやっていける」

「ということで、足下の明るいうちに帰りなはれ。徳川はんとのつきあいもあるよってに、織田はんへお話をするのは、安土に戻られてからにしたげるさかい、今のうちに身の処し方考えときや」

「脅す気か」

天王寺屋助五郎と魚屋與四郎に、手を振られた本多弥八郎が憤った。

「そっちが先に脅してきたんやろうが」

魚屋與四郎が言い返した。

「…………」

ふたたび本多弥八郎が沈黙した。

「……わかった」

少し思案した本多弥八郎が、姿勢を正した。

「徳川には未来がない。東は北条に西は織田に押さえられている」

本多弥八郎が口を開いた。

「もとは三河一国さえもちかねていたのだ。今の駿河、遠江、三河の三国でも十分といえば十分なのだろうが、それではいつか織田に喰われる」

「…………」

無言で今井彦八郎たちが聞いた。

「武田がもう一年在ってくれれば、まだ望みはあった。一年で駿河を完全に掌握し、兵を整えて甲斐へと進軍、武田を滅ぼし、甲斐を手に入れれば、上州への道が開く。さらにそこから羽州《うしゅう》や下野《しもつけ》へ手を伸ばすこともできる。駿河ら三国に甲斐、上野、下野あたりを領すれば、徳川の石高は二百万石に届くだろう。そうなれば、上様でもそうそう手出しはできぬ。だが、甲州攻めが始まってしまった。我が殿も兵を出されるが、総大将は上様だ。武田を滅ぼした後、甲州を徳川にくださるはずがない」

「徳川はんの矛先が止まるのはわかりましたけどな、織田はんに呑みこまれるというのは、どういう意味ですねん。徳川はんは織田はんと強く結ばれた同盟相手でっしゃろ」

「本気で言っているのか。ならば、吾《われ》がまちがっていた。堺の商人がそこまで馬鹿とは思わなんだ」

魚屋與四郎の発言に本多弥八郎が立ち上がりかけた。

今井彦八郎が口にした。

「上様は徳川はんを滅ぼす気はおまへんな」

「ただし、徳川という名前の家臣としてやけど。家臣やったら、どこへ領土を移されても文句は言えへん。それこそ薩摩や蝦夷《えぞ》へ行けと言われたら行かなあかん」

「ほう、気付いていたか」

本多弥八郎がまた腰を下ろした。

「岡崎三郎《おかざきさぶろう》はん」

「むっ」

今井彦八郎が口にした名前に本多弥八郎がうめいた。

岡崎三郎とは徳川家康の嫡男信康のことだ。今川義元の姪《めい》と家康の間に生まれた長男で、後に織田信長の娘徳姫と婚姻をなした。だが、天正七年（一五七九）、武田勝頼との内通を疑われて、自刃させられていた。

「儂はその場にいなかったゆえな、真実かどうかは知らぬが、殿のお言葉によると、三郎さまの婚姻の席で、上様は三河一国を引き出物として与えると仰せられたという」

「それはまたえげつないことを。三河一国言うたかて、織田はんのもんやおまへん、徳川はんの土地や」

聞いた魚屋與四郎が驚いた。

「そういうことですか」

今井彦八郎が納得した。

「どういうことや、今井はん」

天王寺屋助五郎が怪訝《けげん》な顔をした。

「上様は徳川に血を入れ、いつか織田の血を引くお方を徳川の当主につけようとされた。三郎さまと徳姫さまの間に男子がお生まれになれば、その子供はんは、徳川はんの嫡孫でありながら、上様の孫でもある。当然、徳川はんはその方に跡を継がさなければあかん」

「そうだ。徳川は織田の同盟相手から一門へと格下げになる」

本多弥八郎が認めた。

「三郎さまに男子はできはったんですか」

「いいや。姫さまお二人だ」

訊いた天王寺屋助五郎に本多弥八郎が首を横に振った。

「なら……」

「男子ができぬという保証はない。九歳で夫婦《めおと》となられたゆえ、お身体《からだ》ができあがるまで閨《ねや》ごとをお控えいただいたが、さすがに限界がある。いつまでも閨を共にせねば、上様がお口だしになろう。もちろん、子ができぬことも多いゆえ、様子を見ていたが……女子《おなご》とはいえ、二人できた。三人目が男子でないとは誰も言えぬ」

本多弥八郎が頬をゆがめた。

「なによりまずいのは、三郎さまが上様を崇拝なさっていたことだ。天下人にもっとも近い上様に娘を与えるほどの人物と評されたのだからな。舞いあがってしまわれた」

「…………」

今井彦八郎が震えあがった。

「どないしはった」

「今井はん、大事おへんか」

魚屋與四郎と天王寺屋助五郎が気遣ってくれた。

「気付いたようだな」

小さく本多弥八郎が笑った。

「そ、そこまでしはる……」

「これが乱世、これこそ武家じゃ」

震えながら確かめた今井彦八郎に本多弥八郎がうなずいた。

「徳川はんのお考えはわかりましたけどな、本多はん、あなたさまはなぜ」

「家臣だからでは納得できぬか」

「できるわけおまへん。三河一向一揆《いっき》からずっと本願寺に従ってきた本多さまが、いきなり徳川はんへの忠義に目覚めるとは思えまへん」

今井彦八郎があきれた。

「なあ、織田の天下で一向宗徒は生きていけるか」

問うような本多弥八郎に、今井彦八郎が首を左右に振った。

「難しいでしょうなあ」

「そういうことですか。それを徳川はんは」

「ご存じじゃ。殿ほど一向宗の怖ろしさを知っておられる方はおらぬ」

尋ねた今井彦八郎に本多弥八郎がうなずいた。

今川の人質から解放され、三河一国の主となった徳川家康は、今川家もおこなっていた守護不入の権を認めないと宣した。

これに三河の一向宗徒が反発、一向一揆が起こった。

「お別れいたす」

「主従は三世と申しますが、御仏《みほとけ》は未来永劫《みらいえいごう》でござれば」

このとき家臣たちの七割近くが離反した。家康より一向宗を取ったのだ。

かろうじて一揆との戦いを生き残り、一向宗徒と和睦できた徳川家康だったが、仕えてくれていた家臣から槍を突きつけられた恐怖を忘れられず、以降、織田信長の長島一向一揆征伐、越前一向一揆根絶やしなどにかかわろうとはしなかった。

「我らの王道楽土は駿遠三の三国では足りぬ」

本多弥八郎の目つきが変わった。

「それはわかりましてんけど……どうやって上様を」

「……それは言えぬ」

「当然ですな。ここで話したら、信じまへんわ」

今井彦八郎が苦笑した。

「で、わたしらはなにをしたらええんで」

「殿をお守りいただきたい」

「……殿、徳川はんを。どうやってですかいな。堺は武力をもちまへん」

本多弥八郎の求めに、魚屋與四郎が怪訝そうな顔をした。

「駿河まで船をというなら、しますけどな」

天王寺屋助五郎が、駿河落城時の脱出のためかと言った。堺の船ならば、織田信長の支配する国沿いの海で襲われることはない。紀州熊野の水軍だけ、畠山氏の影響で襲ってくるかも知れないが、それくらいならば鉄炮を多めに用意しておけば堺の船乗りたちでも片付けられる。

「そのときが来ればわかる。ただ、一向宗の者はどこにでもいるということを覚えておけ。堺にも、そして織田の家中にもな。では、頼んだぞ」

それ以上言わず、本多弥八郎は去っていった。

「なあ、今井はん、どうする」

魚屋與四郎が問うた。

「織田さまに報《しら》せますか」

天王寺屋助五郎が訊いてきた。

「…………」

今井彦八郎が目をつぶって腕を組んだ。

「……なんもせん」

しばらくして今井彦八郎が口を開いた。

「ええんか」

「…………」

魚屋與四郎と天王寺屋助五郎が不安そうな顔をした。

「織田はんのご家来衆にも一向宗の信徒がいてると言うてたで」

「上様は神はん、仏はん、気にしはれへんからな。誰がなにを信じてもええ。ただし、上様に手向かった者には厳しい」

懸念する魚屋與四郎に今井彦八郎が続けた。

「それに……裏切られなれておられるからなあ。しっかり家中のことは摑《つか》んではりまっせ」

今井彦八郎が苦笑した。

「まあ、上様が安土へお戻りになるまで待ちましょう。ただし……」

ふっと今井彦八郎が表情を硬くした。

「ええ気はしてまへん。堺が苦労して築きあげた南蛮との商いを、なんもしてへん敦賀にくれてやらなあかんのは断腸の思いや」

「そうやなあ。さっきは本多はん相手に敦賀を乗っとるくらいの話をしたけど、もうそれをするだけの気力はないなあ。あと十年若かったらしてのけたけど」

魚屋與四郎も嘆息した。

「なにより、わたしは上様が怖ろしい」

「今さらなにを」

「比叡山、長島、越前、根絶やしを平然となさるお方が、怖いのは当たり前でっせ」

今井彦八郎の恐怖を魚屋與四郎、天王寺屋助五郎は一笑した。

「違う。あのお方は天下に魅入られてはる」

「意味がようわからん」

魚屋與四郎が首を横に振った。

「先日……」

今井彦八郎が織田信長との話を語った。

「そんなもん、わたいらには関係ないやろ」

「戦うのは武士のならいや」

天王寺屋助五郎と魚屋與四郎が首を横に振った。

「そうやない。上様が天下を、日の本を手にしはったとして……戦はなくなるか」

「なくなるやろ。敵はいなくなんねん」

魚屋與四郎が今井彦八郎の言を否定した。

「敵はある」

「どこに」

「海をこえた先や」

「まさかっ、上様は南蛮を攻めると」

「……………」

今井彦八郎の口から出た言葉に、魚屋與四郎、天王寺屋助五郎が驚愕の声を漏らした。

「そのとき、南蛮への道を知っているとして先頭の船に乗せられるのは……わたいら堺の商人や」

気付いた魚屋與四郎が震えあがった。

五

武田家を滅ぼした織田信長は、宣した通り徳川家康の案内で富士山を観覧し、さらには興国寺《こうこくじ》城で北条氏政《うじまさ》の歓迎を受け、四月二十一日に安土へ帰った。

主君の凱旋《がいせん》を祝うのも家臣の役目である。

今井彦八郎は魚屋與四郎、天王寺屋助五郎の祝いも預かって、安土へと出向いた。

「このたびは、お味方の大勝利、まことにおめでとうございまする。これもひとえに上様のご威光あって……」

「やめい、聞き飽きた」

安土城天主の八角《はっかく》の間で今井彦八郎は織田信長に謁見していた。

八角の間はその名前の通り八角形の形をした部屋で、内側の壁には天女が舞い、賢人が語らう穏やかな絵が、その反対側、外側には八大地獄の絵図が描かれている。

織田の懐に入れば安泰と栄華を、敵対すれば無残な目に遭わせるとの意味があると今井彦八郎は読んだ。

「毎度毎度、家臣はもとより、公家も、商人も、判で押したように同じことを言う」

織田信長は不機嫌であった。

「困りました。ご戦勝祝いに参じて、それを不要と仰せられては……かと申しましてお城を褒めても……」

「もっと聞き飽きておるな」

心底困ったような顔をした今井彦八郎に、ようやく織田信長の様子が柔らかくなった。

「では、富士山はいかがでございましたか。お楽しみにしておられましたが」

「すばらしかったぞ。余はあれだけの美しい姿、神々しいまでの形を見たことがない」

今井彦八郎の向けた話に、織田信長が乗った。

「それほどでございましたか」

「しかも甲州から見る富士と駿河から見る富士は違うのだ」

「同じ山の姿が」

「大きな違いと言うほどではないがな。日が当たることによってできる影の形とかの。一日見ていても飽きぬ」

織田信長が滔々《とうとう》と述べた。

「富士はまさに日の本一の山である。まこと余にふさわしい」

うっとりと織田信長が陶酔した。

「それは是非一度拝見いたさねばなりませぬ」

今井彦八郎が迎合した。

「しかし、富士の余韻に浸る余の気分を害した者がおる」

不意に織田信長の表情が険しくなった。

「そのような愚か者が……」

今井彦八郎が驚いた。

「斎藤内蔵助じゃ」

「明智日向守さまのご家中さまでございますか」

織田信長の口から出た名前に今井彦八郎が怪訝な顔をした。

斎藤内蔵助利三《としみつ》は、美濃の国人である斎藤氏の流れである。もとは美濃三人衆の一人稲葉一鉄《いなばいってつ》に仕え、後、明智光秀に属した。勇猛でありながら、政にも通じていることで重用され、今では明智家中でも大身となる一万石の禄を食《は》んでいた。

「あの愚か者め」

織田信長の怒りは強い。

「一体何をなさいました」

「あやつめ、一鉄の宿老を引き抜きおった。一鉄が、怒鳴りこんできたわ」

「なんと」

よい配下を手にすることは力に繋がる。どこの大名も武将の引き抜きはおこなっているが、さすがに同じ家中では御法度になっている。

「もともと内蔵助は一鉄と仲が悪い。一鉄も内蔵助を好いておらぬ。結果、内蔵助は一鉄のところから致仕《ちし》し、日向守へ仕えた」

斎藤利三は稲葉一鉄のもとを辞してから、明智光秀に仕えている。これは引き抜きには当たらない。主君が気に入らなければ家臣はいつでも辞められる。辞めた後ならばどこへ仕官しようとも問題はない。それこそ敵対している大名に仕え、かつての主家の内情を漏らしても非難はされなかった。逆に、引き留められなかった大名が軽く見られる。

しかし、引き抜きとなると話は変わる。敵対している大名に引き抜かれた者は、戦場で付け狙われる。もし、戦に負けて今の主が前の主に降伏したときは、処刑されることもあった。

敵対している相手でさえこうなのだ。味方相手は許されない行為であった。

「きんか頭を叱りつけ、引き抜いた者を一鉄に返させたが、それですむものではない」

「はい」

原状回復だけで、被害を受けた者は納得しない。もし、織田信長がそれだけでこの騒動を終わらせようとしたならば、稲葉一鉄の忠誠は消えてしまう。

「いかがなさいまするや」

「悩みどころである。きんか頭は今までの功績に免じて、内蔵助の赦免を願っておるが、それでは家中の乱れを呼ぶ」

織田信長は悩んでいた。

「それに今はきんか頭を叱りにくい。安土で戦勝祝いと羽州、奥州の諸大名が頭を垂れてきたことへの祝賀をいたす予定でな。その差配をきんか頭にさせる」

「羽州、奥州も上様に従うと」

「まだ内々だがな、蘆名《あしな》と最上《もがみ》、佐竹も吾が膝下《しっか》に参ずると申してきた」

「それは……」

思わず今井彦八郎が息を吞んだ。もし、それがなれば、東の敵は上杉だけになる。

「そこでそなたに一つ役目を果たしてもらう」

「なんなりと」

今井彦八郎が応じた。

「安土での戦勝祝いの後、三河守が堺を見たいと願っておる。そのときの接待を預ける」

「徳川さまをご接待いたせばよいのでございまするか。わかりましてございまする。精一杯務めまする」

織田信長の指図を承諾した。

「よいか、三河守をしっかりと楽しませよ。酒も存分に振る舞え。堺から出られなくなるほどな」

「お任せをいただきますよう」

念を押す織田信長に、今井彦八郎は気になるものを覚えたが、断ることはできないと引き受けた。

堺へ戻った今井彦八郎を難しい顔の魚屋與四郎が出迎えた。

「織田はんのご機嫌はどうやった」

「ええのか、悪いのか、わからんわ」

問うた魚屋與四郎に今井彦八郎が謁見の様子を語った。

「日向守はんもお叱りを受けるか」

茶の湯で顔見知りである魚屋與四郎は明智光秀のことをよく知っていた。

魚屋與四郎がより表情を険しくした。

「どないしたんや」

今井彦八郎が首をかしげた。

「あのな、住吉の浜にな、軍勢が集まってきてんねん」

「住吉の浜にか」

堺のすぐ北に住吉神社があり、その付近に砂浜が続いていた。

「どなたの軍勢や」

「旗印は津田《つだ》はんのや」

「津田さまというと、上様の甥御《おいご》はんやな」

今井彦八郎が答えた。

父信秀の死で家督を継いだ織田信長は家中を統一するため、次弟の織田信勝を粛清した。ただ、織田信勝一人に被害を留《とど》め、その息子を一門として遇した。それが津田信澄《のぶずみ》である。

津田信澄は織田信長によく従い、また武将としての才もあり、石山本願寺との戦いで討ち死にした塙直政の代わりとして、摂津大坂の大将となっていた。

「四国攻めか」

「いや、長宗我部はんも織田はんに従うというのにか」

「まだ正式やないやろ」

「威圧か。さっさとせんと攻めこむぞと」

魚屋與四郎が笑った。

「しかし、津田さまが……長宗我部はんの相手は明智はんやったはずやけどなあ」

笑いを引っこめて魚屋與四郎が怪訝な顔をした。

「それやねんけどな……」

今井彦八郎が斎藤利三の話をした。

「なるほど、ここまで詰めてきた手柄を取りあげることで罰にするか」

魚屋與四郎が納得した。

「あと、徳川はんの接待を命じられたわ」

堺へ物見遊山に来る徳川家康の饗応《きようおう》を命じられたと今井彦八郎が告げた。

「妙やなあ」

「ああ。いかに茶堂頭とはいえ、三国の太守の接待はあり得へん。普通やったら大坂の御大将《おんたいしよう》津田さまがなさることや。その津田さまが軍を住吉の浜に集めている。長宗我部はん討伐の大将となられるだけの身分も力もお持ちやけどな、徳川はんの接待も兼ねるわけにはいかん。そやからというて、わたいには無理がある」

茶堂衆というのは、織田信長や徳川家康とでも同室できる。ただし、それは茶室のみの話であり、密談のおこなわれる茶室で同席するのは、それに参加するのではなく、雑事をおこなうためであり、基本はいない者として扱われるからである。

いない者に接待はできない。

「気をつけなあかん」

「本多はんの言うとおりになりそうや」

二人が顔を見合わせた。

六

五月十七日、安土で徳川家康の饗応を担当していた明智光秀が、その役を外され、毛利征伐援軍として進発することとなった。

四日後、安土で過ごした徳川家康が京、大坂、堺を見物するためにわずかな供を連れて、安土を離れた。

二十七日、織田信長は斎藤利三に切腹をさせるよう明智光秀に命じた。

「世話になる」

そして六月一日、徳川家康が堺を訪れた。

「ようこそお見えくださいました」

出迎えた今井彦八郎が目を大きくした。

「お供の方は……」

「これだけじゃ」

尋ねた今井彦八郎に徳川家康が述べた。

徳川家康に付いているのは、小者まで入れて五十名ほどであった。

「これだけならば、船に乗れよう」

徳川家康がにやりと笑った。

「用意はできておりまする」

今井彦八郎が答えた。

というのも、長宗我部元親の降伏文書が届いたにもかかわらず、五月二十九日津田信澄に代わって四国攻めの総大将となった織田信長の三男信孝《のぶたか》が兵を率いて住吉浜に合流、総勢一万二千という大軍になっていたのだ。

「無駄を嫌う上様とは思えんわ」

普段の織田信長ならば、長宗我部元親が膝を屈した段階で軍勢を引きあげさせている。軍はいるだけで兵糧を消費する。一万をこえるとなれば、一日で五十石からの米が要る。長宗我部の降伏が偽りだと危惧して、その抑えを考えたとしても、陸続きではないのだ。不意討ちを喰らう恐れはない。二千も残せば十分であった。

それをしないというところに、今井彦八郎は危険を感じていた。

「よろしいのでございますか」

「今さら、遅いわ」

茶室に通された徳川家康が苦い笑いを見せた。

「天下の行方は定まりつつある。このまま行けば二年ほどで、織田どのの天下はできよう」

「…………」

　黙って今井彦八郎が聞いた。

「それはいい。潰れかけていた三河の松平《まつだいら》家が今や三カ国の国主だ。文句を言ってはいかぬかも知れぬ。だがの、余には徳川の未来が見えぬ」

　徳川家康が茶を喫した。

「先日安土へ参ったそうじゃな」

「はい。戦勝のお祝いに参りましてございまする」

　問われて今井彦八郎が答えた。

「気付かなんだか、吾が屋敷が大手門《おおてもん》より内側にあったことを」

「あいにく」

　今井彦八郎が首を横に振った。

　城内に屋敷を与えられるのは、一門あるいは家臣になる。

「もはや、徳川は織田にとって同格の同盟相手ではないのじゃ」

　力なく徳川家康が口にした。

「そして、余は織田の一門ではない。一門と言えるのは三郎だけ、その三郎は余が殺した」

「徳川さまは織田の家臣……」

「そうよ。まだ三郎がいれば、屋敷が大手門の内側でもよかったのだがな」

徳川家康が嘆息した。

「織田どのは、余を家臣とした。家臣となればいつどうされても文句は言えぬ。もう関東での戦いはない。羽州も奥州も織田の下に入った。毛利も機を見ているだけ。となれば、織田の天下を邪魔する者は、九州のみだ。そこにわざわざ遠い東海から兵を出させると思うか」

「思いませぬ」

遠征した兵は疲れ、本国から離れれば離れるほど武器、兵糧の補給は困難になる。下手をすれば士気の崩壊した役立たずになりかねない。そして士気の低下は他の軍勢にも伝播《でんぱ》する。

「たとえ役に立ったとしても、より面倒だ。手柄には褒美が要る。まさか九州に領地を与えるわけにもいくまい。かといって東海に面している土地は空いていない」

徳川家康が目を閉じた。

「織田どのにとって、徳川もそなたたち堺衆と同じく安土の天下には不要となったわけだ」

「…………」

今井彦八郎は息を呑んだ。

「かといって今さら叛旗《はんき》を翻して勝てるはずもない。当然、余が思いつくことなど、織田どのは十分承知じゃ。それに織田どのの策である三郎を、余は排除している。あのときに、余は織田どのに宣戦を布告した。そして織田どのはそれを受けた。それが甲州征伐だ。本来ならば、武田に手痛い目に遭わされた余が織田どのの後押しを受けて甲州を平らげ、そこから東へ伸びるはずであった。それが同盟相手への気遣いじゃ。それをわかっていながら織田どのは余の夢を潰した。武田でさえ鉄炮には勝てぬ。いかに三河の兵が精強といえどもあれには勝てぬ。やれるものならやってみよと織田どのは見せつけた。まさに乱世。弱い者は強い者に勝てぬ。だからといって、黙って滅ぼされる気はない。そこへ弥八郎が戻ってきた」

「本多さまが」

「そうよ。戻ってきた弥八郎を余は受け入れる気はなかった。三河一向一揆から何年経つと思っているのかと怒ったわ。そうしたら、弥八郎がな。百万の一向宗徒がどこへ行ったと思われるかと言いよった。たしかに織田どのによって二十万からの一向宗徒が殺された。それでもまだ八十万残っている。そのなかには武士も牢人も少ないとはいえいる。それを聞いたとき、余は心が躍った。一向宗徒と手を組めば、存分に戦える。ゆえに三郎も殺せた」

徳川家康が茶碗を掌《てのひら》でもてあそんだ。

「もっともそれが今を生んでしまったがな」

徳川家康が苦笑した。

「織田どのは新しい天下に徳川を不要とされた。堺もな。それが住吉の浜の軍勢じゃ」

「やはり」

今井彦八郎が嘆息した。織田信長は堺と一緒に徳川家康を葬り去るために、今井彦八郎にしっかり接待をしろ、堺から出すなと命じたのだと、あらためて得心した。

「そういえば、本多さまのお姿がお供のなかに見えませぬが……」

「弥八郎は、斎藤内蔵助のもとだ。五千ほどの一向宗徒を率いてな」

「日向守さまのもとではございませぬのか」

今井彦八郎が怪訝な顔をした。

「日向守は臣の器でしかない。徳川のためには動かぬわ」

徳川家康が首を横に振った。

「荒木と別所が動いたとき、日向守も動くべきであった。その決断ができなかった。織田どのへの恩に躊躇《ちゅうちょ》した。情に流されるようでは、大きなことはなせぬ」

「たしかに、荒木さまと合わせて叛旗を翻していれば、丹波、播磨が上様の敵になる。羽柴さまは挟み撃ちになりましたな」

今井彦八郎も納得した。

「なにせ日向守は気弱じゃ。まあ無理はないがの。領地を失い、その日喰えるかどうかの牢人暮らしを経験しておる。織田どのによって引き上げてもらって甘受している今をとても捨てられまい」

「日向守さまが気弱……」

「あの比叡山の焼き討ちのとき、筑前守は金とか宝物を受け取って坊主どもを逃がしたがの、日向守は織田どのの怒りを恐れて、皆殺しにしたわ。そなたも知っておろうが」

徳川家康が嫌そうな顔をした。

「では、日向守さまは」

「織田どのに叱られたばかりだ。それも内蔵助のこと、そして余のことと二重じゃでな。次はないと思い詰めておろう」

「徳川さまのこと……」

「安土で饗応役を果たしてくれたのだがの、不備があって、織田どのに罷免を言い渡され、その場から中国行きを命じられていたわ」

小さく家康が笑った。

「まさか……」

今井彦八郎が震えた。

「…………」

　黙って徳川家康が今井彦八郎を見つめた。

「い、今、日向守さまはどこに」

「筑前守の後詰めへただちに行けと言われたのだ。今ごろは居城亀山《かめやま》より中国に近い丹波篠山《ささやま》で出陣の用意に大わらわといったところではないかの。京で何が起ころうが知るまい」

「…………」

　今井彦八郎が息を呑んだ。

「もう一つ、なぜ荒木さま、松永さま、別所さま、波多野さまらは機を合わせて蜂起なされず、個々に起《た》たれたのでございまするか」

「弥八郎に聞いた話だがの。もし一斉蜂起したら、織田どのはあっさりと京まで兵を退《ひ》くだろうということだ。逃げ足と思い切りは天下一品の織田どのじゃ。負けると思えば一度逃げて態勢を整えてから、一気呵成《いっきかせい》に反攻する」

「たしかに」

「それでは織田どのを仕留めることはできぬ。ゆえに蜂起を合わさせず、わざとあやつらを使い捨てにした。こうすることで織田どのは油断する。大和の松永、摂津の荒木、丹波の波多野、播磨の別所。これらが駆除されたことで、京は周辺まで織田のものになった。結果、京の守りは薄くなった。つまり不意討ちを受けなくなった」

「……安心して少数の兵で京へ誘い出すため」

徳川家康の説明に、今井彦八郎が呆然《ぼうぜん》となった。

「乾坤一擲《けんこんいってき》の戦いを挑んだ者たちは無駄死にではないということだな。まあ、徳川に、いや一向宗にとってだが」

なんともいえない表情で徳川家康が首を左右に振った。

「しかし、よく本多さまの、いえ、一向宗の策に乗られましたな」

今井彦八郎が感心した。

「乗るつもりなどなかったがな。織田どのが変わられた。天下を統一し、戦をなくすと思えばこそ与してきた。それが今や天下だけではなく、海の向こうまで手のものになさろう……」

「権に囚われたと」

「……権か。そうかも知れぬな。天下を取れば、次の山を欲しがる。これこそ権」

徳川家康がうなずいた。

「なぜ、そうお感じになられましたので」

「佐久間、林を追放されたであろう」

問うた今井彦八郎に徳川家康が答えた。

「それがどのように」

意味がわからず、今井彦八郎が首をかしげた。

「佐久間も林も織田譜代の重鎮じゃ。佐久間の岳父は桶狭間のときに丸根砦《まるねとりで》を守り討ち死にしている。林は織田の家老として内政を担ってきた。どちらも追放する理由と功績が釣り合わぬ。あれは数少ない織田どのへ意見ができる者を排除するためのもの」

「上様は、誰の意見も聞かれぬと」

「うむ」

重々しく徳川家康が首を縦に振った。

「誰の意見も聞かぬお方が頂点に立つ。権に冒された御仁がそうなれば、国が滅びるまで戦いは続く。それに我らは耐えられぬ。田畑は荒れ、戦で若い男が死ぬ。領土を拡《ひろ》げても、稔《みの》りは増えぬ。十年でよい。国を整えるだけのときが欲しい」

「上様が亡くなられれば、戦はまた続きましょう。毛利も長宗我部も上杉も北条も敵に回りましょう」

今井彦八郎が危惧を口にした。

「徳川は北条としか国を接しておらぬ。北条は大きいが、負けはせぬ。北条も馬鹿ではない。徳川と戦うより和睦して、甲州や上州へ出る方を選ぼう。徳川さえ、家臣、領民さえ無事ならば、あとはどうなろうが知らぬわ。織田が滅びようが、足利将軍がしゃしやり出てこようがな」

徳川家康が吐き捨てた。

「天下を望まれませぬので」

今井彦八郎が尋ねた。

「天下を欲しがれば、織田どののようになる。もちろん、手のなかに落ちてきたならば別だがの」

答えた徳川家康が笑顔になった。

「さて、腹が空《す》いた」

徳川家康が話を変えた。

「お食事を用意させましょう。お酒はいかがいたしまするか」

「もらおうか。前祝いになるか、末期の酒になるか。弥八郎が内蔵助を口説き落とせるかどうかにかかっておる」

訊いた今井彦八郎に、徳川家康が他人《ひと》に運命を預けた、大名らしくなかろうと皮肉げに唇の端を吊《つ》り上げた。

「しくじったときは、住吉浜の軍勢が攻めてくるまでにそなたの船で駿河へ帰り、華々しく一戦して散るだけよ」

「そのときは、わたくしもご一緒いたしましょう。上様をして日の本一と言わしめた富士を一度見てみたいと思っておりましたので」

今井彦八郎も笑った。

六月二日払暁、京都本能寺に入っていた織田信長は、水色桔梗《ききょう》の旗印を背にした一軍に襲われ、あえない最期を遂げた。享年四十九。五十歳を目前とし、悲願であった天下統一まであと一歩、届かなかった。

解説

末國善己

坂口安吾が一九四四年に発表した短編「鉄砲」は、弾ごめに時間がかかり歩兵が突撃する隙を与えるとして火縄銃を見くびった武田信玄と、三千挺《さんぜんちょう》の鉄砲を千挺ずつ三段にわけて斉射する新戦術を考案し弾ごめに時間がかかる火縄銃の欠点を克服した織田信長を対比し、「信長はその精神に於《お》いて内容に於てまさしく近代の鼻祖であつた」と評価した。恐らく最初に信長を近代的合理主義者としたのは安吾で、この信長像は司馬遼太郎『国盗り物語』(一九六六年)によって広まり、津本陽『下天は夢か』(一九八九年)あたりまで受け継がれた。

だがバブル崩壊による長い不況が始まると、信長の師だったが弟子の変節で見限り敵対する僧を主人公にした火坂雅志『沢彦《たくげん》』(二〇〇六年)、信長に振り回される者たちの悲哀を描く岩井三四二の短編集『あるじは信長』(二〇〇九年)など、信長をブラック企業の経営者になぞらえた作品も出てきた。しかし、今も戦国ものの歴史小説では信長の人気は高い。

『天主信長〈表〉我こそ天下なり』、『天主信長〈裏〉天を望むなかれ』（二〇一三年、文庫版）などで信長を描いた上田秀人が、改めて信長に取り組んだのが本書『布武の果て』である。著者は、堺の方針を決める納屋衆の今井彦八郎（宗久）の視点と商業という独自の切り口で信長を捉えており、信長ものは食傷気味と考える歴史小説ファンも満足できるはずだ。

信長の祖父・信定《のぶさだ》は伊勢湾交易の中心で、多くの参拝者が集まる津島神社がある津島を獲得し、父の信秀は関東と京を陸路で結ぶ交通の要衝で熱田神宮もある熱田を獲得しており、農閑期にしか出陣できない半農半士ではなく常備軍を作り、本拠地を岐阜、安土へ移すなど土地に縛られなかった信長も商業的な武将だったとされる。その意味で、信長と堺、商業との関係を掘り起こした著者の着想は、慧眼《けいがん》に値する。

臣従していた細川晴元、次いで室町幕府十三代将軍の足利義輝を京から追放し、実質的に畿内を支配していた三好長慶だが、実弟の三好実休、十河一存、嫡男の義興を亡くした後に死去し、その跡を一存の息子・義継が継いだ。だが、実休の息子を後継者にすべきとの一派もいて、長慶の死後に政権を支えた三好三人衆（三好長逸、岩成友通、三好宗渭）は反義継の立場だった。長く三好家に庇護《ひご》されていた堺だが、長慶の死で三好家が弱体化する可能性があることに加え、足利義昭を奉じた信長の上洛軍《じょうらくぐん》が京に入り、納屋衆は、このまま三好につくか、信長に乗り換えるかの決断を迫られ、堺の代官を務める彦八郎が信長に会いに行くことになる。

この時の堺の立場は、内紛もあり傾いてはいるが、まだ巨大で伝統も格式もある大企業の傘下のままか、斬新な発想で勢いに乗る新興ベンチャーにつくかの選択を迫られていたので、ビジネスの現場にいる読者は生々しく感じられるのではないか。特に若い世代は、将来性ではなくこれまでの結び付きや取引き実績しか目に入らず、反信長にまわる納屋衆へのいらだちが大きいだろう。こうした悩める堺が、畿内の支配をめぐる三好と信長の対立という斬新な軸を浮かび上がらせていくのも興味深い。

味方すると決めた武将が敗れると、敵対した堺が攻め滅ぼされるかもしれないだけに、納屋衆の判断は自分の家だけでなく堺の存続に直結する。著者は、多くの作品で武士が最優先した家の存続をテーマにしており、家の興亡を賭けて難しい決断を下す商人を描いた本書は、著者のファンであれば物語世界に親しみやすいのではないか。

堺は鉄砲の一大生産地であり、大量の硝石を輸入する商社でもあった。信長がいち早く鉄砲に目をつけていたという歴史観は本書も受け継いでいるが、安吾の「鉄砲」のように新戦術で鉄砲の弱点を克服するのではなく、高額な鉄砲の価格をどのように下げるのかを考えている。信長は鉄砲の需要より供給が上回って価格が下がるコモディティ化を狙っているが、技術の流出を避けたい堺の思惑や、コモディティ化で敵対する武将が鉄砲を大量に揃《そろ》える危険を無視してまで進めるのは難しい。こうした状況は現代の日本の製造業も直面しており、鉄砲をめぐる問題はリアルに感じられるはずだ。

戦国時代に鉄砲と並んで武将たちに広まったのが、茶道である。だが、なぜ武将が茶道に熱中したのか説明できる読者は少ないように思える。著者は、堺の豪商で高名な茶人だった武野紹鷗の娘婿で多くの名器を相続した彦八郎と、納屋衆の中では彦八郎と共に早くから信長を評価した魚屋與四郎（千利休）を登場させた。定型の作法がある茶道は他の芸道より習得が容易で、教養を重んじる公家との面談で有利になるとして武将たちが着目した。さらに茶室を密談の場にしたり、名物や茶会を開く許可が家臣への報奨になったりした普及のプロセスもよく分かるようになっており、新たな発見も多い。

彦八郎の交渉で、矢銭《やせん》の提供と鉄砲、硝石を優先的にまわす条件で信長との戦いを回避した堺だが、新参者の信長を軽んじる納屋衆は多く、朝倉義景を攻めた信長が、妹を嫁がせた浅井長政の裏切りで敗退すると、反信長派が盛り返しを見せる。著者は、時代小説の迫真の剣戟《けんげき》シーン、歴史小説のスペクタクルあふれる合戦に定評があるが、彦八郎の視点で進む本書は合戦の描写が少ない。ただ、前線が遠いと結果が分かるまでに時間がかかり、大敗なのか惜敗なのかも判然としない中で、堺が有利になる次の手を考えなければならない。その静かなサスペンスと頭脳戦には、迫力の合戦に勝るとも劣らない緊迫感がある。特に、名分を手にいれるために将軍にした足利義昭の暗躍もあって信長包囲網が狭められ、王手になるかもしれない武田信玄の上洛軍が引き返した理由をめぐる議論は、たとえ史実を知っていても引き込まれる。

信玄の上洛軍の異変は、武田家中の内通者によって誰よりも早く明智光秀に知らされたらしい。内通者は誰で、なぜ信長、徳川家康のような有力大名ではなく、光秀に連絡したのか。この謎は、三河出身で鉄砲を求めて堺に来た本多弥八郎の怪しい動きなどと共にミステリー色を濃くしていき、中盤以降を牽引する重要な鍵になる。

歴史小説で描かれる信長は、合理主義者、改革者とされるが、どの部分を強調するかは作家によって異なっている。本書で描かれる信長の合理性、改革精神は、権威を疑うところにあるように感じた。信長の時代は、室町幕府の将軍に何の力もなかったが、全国の武家を統べるという名分と、官位を求める武将と朝廷を取り持つ権威は持っていた。現代人の感覚だと、室町幕府の将軍の名分や権威に価値はないと思ってしまうが、乱世といっても戦争をするには大義名分が必要なので、名分や権威に利用価値はあった。それは越後の長尾景虎（後の上杉謙信）が有名無実になっていた関東管領《かんれい》を継ぎ、山内上杉家の名跡を手にした史実からもうかがえる。だが信長は、将軍や朝廷の権威は利用するが、崇《あが》め奉ることはしていない。それが常識だから、それが伝統だからという価値観を疑い、新しい地平を切り開こうとした信長の姿勢は、経済が低迷しているのに従来のシステムからのアップデートができず、新たな成長産業が育てられていない現代日本への批判になっているのである。

独創的な政治構想と戦術を編み出す信長は、家臣を実力だけで評価した。それは大抜《だいばっ》擢《てき》されて信長に心酔する羽柴秀吉（後の豊臣秀吉）らを生み出す一方、譜代の家臣でも平然と放逐したので恨む武将も多く、松永久秀、荒木村重、池田知正らに叛《そむ》かれた。なぜ信長が認め、助命するための条件を出すほどの名将だった久秀、村重らは、一斉に蜂起するのではなく、個別に謀叛《むほん》を起こして各個撃破されたのか？　この謎から著者は、今までにない本能寺の変の真相を導き出しており驚きが大きかった。

本能寺の変の背景には、武士が最も重んじた家の存続を脅かすほどの苛酷な競争への不満があったとされている。だが商業的な武将であり、家臣を競わせ、さらなる領土（これは市場とイコールである）拡大を狙う信長は、欲望の肥大化を止めようとしない。本書は、信長を権威に抗《あらが》う改革精神の持ち主としているが、裏切りの中で育ったので誰も信用せず、成功体験によって諫言《かんげん》を聞き入れない独裁者になり、ひたすら利益だけを追い求めるようになった暗部も掘り下げている。〝光〟と〝闇〟の両面を持つ本書の信長は、まだ信長を単純に英雄視しがちな日本人に、いつまでも経済再生の夢を追い続けるのか、別の価値観を見つけるべきかを問い掛けているのである。

（すえくに・よしみ　文芸評論家）

本書は、二〇二一年五月、集英社より刊行されました。
初出　「小説すばる」二〇二〇年三月号～二〇二一年一月号、三月号

集英社文庫

布《ふ》武《ぶ》の果《は》て

2025年2月25日　第1刷　　定価はカバーに表示してあります。

著　者　上田秀人《うえだひでと》

発行者　樋口尚也

発行所　株式会社 集英社
東京都千代田区一ツ橋2-5-10　〒101-8050
電話　【編集部】03-3230-6095
【読者係】03-3230-6080
【販売部】03-3230-6393(書店専用)

印　刷　TOPPAN株式会社

製　本　TOPPAN株式会社

フォーマットデザイン　アリヤマデザインストア　　マークデザイン　居山浩二

ISBN978-4-08-744738-5 C0193